循哉循以義滿餘生並蒙
上恩寬假哀其懇至得遂
歸老自杜門里巷与世日踈
惟竊自念年得早從
當世賢者之遊其於歐獨

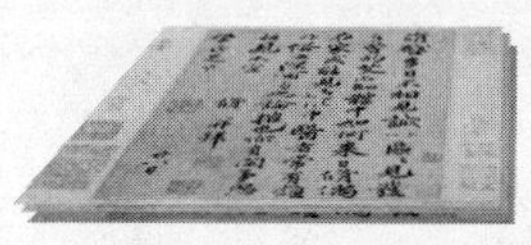

欧阳修书系　刘德清　丁功谊　主编

欧阳修文评注

欧阳勇　刘德清　编著

江西人民出版社

图书在版编目(CIP)数据

欧阳修文评注 / 欧阳勇，刘德清编著.—南昌：江西人民出版社，2012.3

(欧阳修书系 / 刘德清，丁功谊主编)

ISBN 978-7-210-05183-1

Ⅰ.①欧… Ⅱ.①欧… ②刘… Ⅲ.①欧阳修(1007~1072)-古典散文-散文评论 Ⅳ.①I207.62

中国版本图书馆 CIP 数据核字(2012)第 029371 号

欧阳修文评注

作　　者：欧阳勇　刘德清 编著

策划编辑：游道勤

责任编辑：翦新民

封面设计：同异文化传媒

出　　版：江西人民出版社

发　　行：各地新华书店

地　　址：江西省南昌市三经路 47 号附 1 号

编辑部电话：0791-86898510

发行部电话：0791-86898815

邮　　编：330006

网　　址：www.jxpph.com

E-mail：jxpph@tom.com　web@jxpph.com

2012 年 6 月第 1 版　2012 年 6 月第 1 次印刷

开　　本：787 × 1092 毫米　1/16

印　　张：17.5

字　　数：250 千

ISBN 978-7-210-05183-1

赣版权登字—01—2012—24

定　　价：25.00 元

承 印 厂：江西千叶彩印有限公司印刷

《欧阳修书系》总序

欧阳修是宋代学者型政治家的杰出代表，是封建盛世文人立身行事的光辉典范，也是宋朝重创造的时代精神的首倡风气者。他一生的为人、为政、为学、为文，都站在时代最前列，尤其是他坚持将改革创新精神贯彻于学术研究和文学创作中，取得了丰硕的成果，为创立、繁荣宋型文化，作出了全方位、开创性的贡献。

欧阳修的为人，性格刚直，襟怀坦易，宽厚廉正，风节自持。他不满宋初以来的因循世俗和卑弱士风，竭力倡导并厉行“君子”意识，讲究儒教“名节”，以“果敢之气，刚正之节”（王安石《祭欧阳文忠公文》），矫正社会陋习，化育士林新风，培育造就了宋一代士大夫忠义气节，形成宋代士林群体自觉的道德人格，开启了宋代重人格、厚人品的时代精神。

欧阳修的为政，恪守儒家仁义思想，前期积极参与朝政革新，后期坚持稳健改革。纵观其一生行迹，治国理政，基于宽简爱民；建言献策，循依人情物理。他的执政理论主要是“人情说”、“宽简说”和“爱民说”。他自始至终以人之常情作为政治圭臬，反对一切不符合人情事理的政治弊端；为政宽而不苛，简而不繁，不务虚名，注重实效；主张“节用以爱农”，关注民生，反对滥用民力。

欧阳修的为学，承继中唐韩愈的道统文统说，标举胡瑗、孙复、石介的道文观，开启宋明理学之先河。在经学研究上，他的

《易童子问》《诗本义》等著述，大胆突破汉唐章句训诂之学，自出议论，探求经典本义，使经学研究摆脱名物训诂轨道，转入讲求义理的方向。在史学著述上，他主持编纂《新唐书》，独自撰写《新五代史》，通过史著褒贬忠奸，整饬道德，标举名节，丰富并发展我国正史编纂体例。此外，他的《集古录跋尾》是我国古代金石学开山之作；他参与编纂的《崇文总目》为我国现存最早的国家图书总书目，对古代目录学的发展影响深远；他独立编撰的《欧阳氏谱图》奠定明清两代私家族谱基本范式，对我国谱牒学的发展贡献卓著。

作为北宋中期文坛宗师，欧阳修的文学创作成就最为显著。他为北宋诗文革新运动提供了系统的理论，创作了大量堪称典范的优秀文学作品，并且利用自己的政治地位，借用行政的力量，奖掖后学，爱赏人才，培养大批文学新秀。在文学理论上，他提倡"文与道俱"、"穷而后工"，把儒家之道与世间"百事"联系起来，以文学反映社会现实。在创作实践中，他众体兼备、各极其工，为诗文革新提供大量典范之作。在诗歌创作上，他先后作为西京洛邑文人集团的骨干、东京汴梁诗人群体的领袖，转益多师，学习韩愈"以文为诗"，兼学李白、杜甫、白居易等，且颇多创变，抒情议论相融，情韵理趣兼备，以个人充沛的情感，反映复杂的社会现实，矫正西昆诗风的唯美倾向，奠定宋诗的现实主义基础，导引了宋调的形成。在词的创作上，他沿着南唐后主李煜开辟的方向，多用白描，抒发自我的人生感受，富有强烈的生活气息。同时，他借鉴民歌"定格联章"等表现手法，改变词的审美趣味，朝着通俗化的方向开拓，成为宋代词史上学习民歌的第一人，并由此造就其清新明畅的词风。在辞赋创作上，他长于议论，讲究用典，句法错落有致，将诗词传神隽永的语辞特色和要眇宜修的语气之美引入辞赋，使之兼具摇曳生姿的美感。

作为北宋中期杰出的文学家、史学家与政治家，欧阳修既是吉安永丰最宝贵的历史文化资源，也是江西、中国乃至是世界的著名文化品牌。大力宣传欧阳修，对外可以提升永丰的整体形象，对内可以激发永丰人民的自豪感，从而把千年欧公的家乡建设得更加美好。

本丛书以《四部丛刊》初编影印元刻本《欧阳文忠公集》为底本，参用《全宋文》《全宋诗》《全宋词》等通行版本及李逸安点校的《欧阳修全集》，对现存的欧阳修的散文、诗歌、词赋，统一按照写作时间重加编纂，予以笺注评析，力求准确反映欧阳修思想发展和创作演变的轨迹。由于这套丛书所涉及的内容广博而复杂，编著者学识水平有限，书中缺谬在所难免，恳请海内外方家及广大读者不吝赐正。

刘德清　丁功谊

2011 年 12 月 15 日

目　录

贾谊不至公卿论

论曰:汉兴,本恭俭[1]、革弊末、移风俗之厚者[2],以孝文为称首[3];议礼乐、兴制度、切当世之务者[4],惟贾生为美谈。天子方忻然说之,倚以为用,而卒遭周勃、东阳之毁,以谓儒学之生纷乱诸事,由是斥去,竟以忧死[5]。班史赞之以"谊夭年早终,虽不至公卿,未为不遇[6]"。予切惑之[7],尝试论之曰:

孝文之兴,汉三世矣[8]。孤秦之弊未救[9],诸吕之危继作[10],南北兴两军之诛,京师新蹀血之变[11]。而文帝由代邸嗣汉位[12],天下初定,人心未集。方且破觚斫雕[13],衣绨履革[14],务率敦朴[15],推行恭俭。故改作之议[16]谦于未遑、制度之风阙然不讲者[17],二十余年矣。而谊因痛哭以悯世,太息而著论[18]。况是时方隅未宁,表里未辑,匈奴桀黠,朝那、上郡萧然苦兵[19];侯王僭拟,淮南、济北继以见戮[20]。谊指陈当世之宜,规画亿载之策,愿试属国以系单于之颈,请分诸子以弱侯王之势[21]。上徒善其言[22],而不克用。

又若鉴秦俗之薄恶,指汉风之奢侈,叹屋壁之被帝服,愤优倡之为后饰[23]。请设庠序[24],述宗周之长久[25];深戒刑罚[26],明孤秦之速亡。譬人主之如堂,所以优臣子之礼[27];置天下于大器,所以见安危之几[28]。诸所以日不可胜[29],而文帝卒能拱默化理[30]、推行恭俭、缓除刑罚、善养臣下者,谊之所言略施行矣。故天下以谓可任公卿,而刘向亦称远过伊、管[31]。然卒以不用者,得非孝文之初立日浅,而宿将老臣方握其事?或艾旗斩级矢石之勇[32]，或鼓刀贩缯贾竖之人，朴而少文，昧于大体[33]，相与非斥[34]，至于谪去。则谊之不遇，可胜叹哉！

且以谊之所陈，孝文略施其术，犹能比德于成、康[35]。况用于朝廷之间，坐于廊庙之上，则举大汉之风，登三皇之首[36]，犹决痈裨坠耳[37]。奈何俯抑佐王之略，远致诸侯之间[38]！故谊过长沙，作赋以吊汨罗[39]，而太史公传于屈原之后，明其若屈原之忠而遭弃逐也[40]。而班固不讥文帝之远贤，痛贾生之不用，但谓其天年早终。且谊以失志忧伤而横夭[41]，岂曰天年乎！则固之善志，逮与《春秋》褒贬万一矣[42]。

谨论。

注释

[1]本：以……为本。

[2]移风俗：使风俗趋向淳厚。

[3]孝文：汉文帝刘恒（前180—前157）在位，实行"与民休息"政策，轻徭薄赋，恢复农业，并削弱诸侯王势力以巩固中央政权，奠定了"文景之治"基础。汉王朝提倡"以孝治国"，除高祖外，历代皇帝均加"孝"字，故称孝文。

[4]切：贴近，切合。

[5]"天子"六句：谓汉初崇尚黄老之术，不重儒学，周勃等武将排斥贾谊。《汉书·贾谊传》："于是天子议以谊任公卿之位。绛、灌、东阳侯、冯敬之属尽害之，乃毁谊曰：'洛阳之人年少初学，专欲擅权，纷乱诸事。'于是天子后亦疏之，不用其议，以谊为长沙王太傅。"

[6]班史：班固所著《汉书》。赞：文体名，这里指传记后的评语。天年：自然寿命。遇：遭遇，这里指贤臣遇上明君，得到信用。

[7]切惑之：（对班固的说法）实在感到疑惑。切，实在。惑：

疑惑。

[8]三世:指高祖、惠帝(及吕后)、文帝。也有说高祖、惠帝、吕后。

[9]孤秦:秦以暴虐著称,孤立无援,一处起义,八方响应,故称其“孤秦”。

[10]诸吕之危:前180年,吕后死,吕氏掌权者心存疑惧,拟发动叛乱,太尉周勃、丞相陈平、朱虚侯刘章等协力平定诸吕之乱。

[11]“南北”二句:指周勃等人诛吕安刘的事迹。汉初,长安驻南、北两军,北军守卫京城,南军警卫宫廷。吕后死后,军权落入诸吕手中。太尉周勃派人从北军统领吕禄那里骗取印信,进入北军,夺得军权;又派刘章入宫斩杀南军统领吕更始,尽诛诸吕。蹀血:踩血而行,形容杀人多。

[12]代邸:即代王府。文帝本封代王,都中都(今山西平遥西南),诸吕之乱平定后,大臣迎代王至长安,即皇帝位。

[13]破觚(gū)斫雕:摒弃奢侈用品。觚:盛酒的器具。雕:雕花装饰。

[14]衣绨(tí)履革:以粗糙的丝织品做衣服,用皮革做鞋。意谓恭行节俭。绨:粗厚光滑的丝织品。

[15]务率敦朴:尽力引导社会风气走向敦厚朴实。

[16]改作之议:改变旧制度、建立新制度的建议。议,建议。

[17]阙然不讲:许多欠缺之事都不讲求。

[18]“而谊”二句:贾谊担任梁怀王太傅时,忧虑世事,上《治安策》,其中有句:“臣窃惟事势,可为痛哭者一,可为流涕者二,可为长太息者六。”

[19]“况是”四句:汉文帝即位之初,内外尚未安定。文帝前元三年(前177),匈奴右贤王侵盗上郡;前元十四年(前166),匈奴老上单于十四万骑入侵朝那、萧关。

[20]“侯王”二句:汉初大封同姓诸侯,这些诸侯王僭越礼制,威胁中央政权。淮南厉王刘长、济北王刘兴居,都因谋反事败,在文帝前元三年自杀。

[21]“谊指陈”四句：贾谊曾自荐担任典属国官职，拟运用计谋制服匈奴，又提议庶子也继承侯王土地，以削弱同姓王侯势力。

[22]上：皇上，指文帝。徒：只是。克：能够。

[23]“又若”四句：语出贾谊《治安策》：“古者以奉一帝一后而节适，今庶人屋壁得为帝服，倡优下贱得为后饰，然而天下不屈者，殆未有也。”

[24]庠序：地方学校。夏称校，殷称序，周称庠（见《孟子·滕文公上》）。

[25]述：陈述（道理）。宗周：指周朝，立国八百余年。

[26]深戒刑罚：深刻地以严刑峻罚为鉴戒。戒：以……为戒。

[27]“譬人主”二句：《治安策》：“人主之尊譬如堂，群臣如陛，众庶如地。”旨在说明君臣等级分明，相互依存，皇帝要尊重臣下。

[28]“置天下”二句：《治安策》：“夫天下，大器也。今人之置器，置诸安处则安，置诸危处则危。天下之情与器亡以异，在天子之所置之。”旨在说明统治天下的方法，法令不如礼义，刑罚不如教化。

[29]诸所以：贾谊《治安策》在阐述各项治国策略时，喜欢使用“所以”一词。此处意为等等原因。

[30]拱默化理：用清静无为思想来教化人民、治理国家。拱默：拱手缄口。

[31]“而刘向”句：《汉书·贾谊传赞》引刘向的话：“贾谊言三代与秦治乱之意，其论甚美，通达国体，虽古之伊、管未能远过也。”伊、管：古代贤相伊尹、管仲。

[32]艾旗斩级矢石之勇：冲锋陷阵冒死争功的勇夫。

[33]昧于大体：不懂国家大局。

[34]相与非斥：一起非议并排斥（贾谊）。

[35]成、康：西周成王（姬诵）与康王（姬钊）。史载成康之际，刑措四十年不用，是有名的治世。

[36]三皇：一般以教人熟食的燧人氏、教民畜牧的伏羲氏、教民稼穑的神农氏称为三皇。本文以伏羲、神农、黄帝为三皇。

[37]犹决壅裨坠:好像决堤放水,补物填堵,无济于事。

[38]“奈何”两句:为什么要压抑他(贾谊)辅佐王业的才略,将他远远地送到诸侯国去呢?指贾谊被贬为长沙王太傅一事。

[39]汨罗:江名。屈原沉江之处,贾谊至长沙,路经汨罗,作《吊屈原赋》。

[40]“而太”两句:太史公(司马迁)为贾谊所作传记,置屈原传之后,说明他与屈原一样忠贞而被放逐。

[41]横夭:遭受意外的灾祸而早死。

[42]“则固之善志”二句:批评班固在评价历史人物方面不及《春秋》万分之一。

评析

这是欧阳修举进士第时的应试论文,作于天圣八年(1030)。贾谊,汉初著名政治家、文学家,博学有才华,文帝召为博士,迁至太中大夫,因受周勃、灌婴等人谗毁,被排挤出任长沙王太傅,郁郁寡欢,忧愤成疾,三十三岁含恨而终。班固认为贾谊不是怀才不遇,而是命该如此。针对班固的观点,作者征引史实,据理驳斥,肯定贾谊实属“不遇”,揭露其“不遇”的真正原因是“文帝远贤”。作者借古劝今,祈望统治者能以史为鉴,招贤纳谏,革除政弊,大胆选拔和进用像贾谊之类的才智之士,以改变北宋积贫积弱的局面。

文章首先在序论部分交待了历史背景,表明了孝文帝能在汉代皇帝中“称首”,与贾谊提出的各种救世方略,是密不可分的。接着,作者点明了贾谊不至公卿的真正原因,是“遭周勃、东阳之毁”,而“由是斥去,竟以忧死”。作者又援引大量史实,继续对班固的观点进行批驳。先是以汉文帝对贾谊的治国良策,“徒善其言而不克用”,导致贾谊满腹经纶不能经世致用,作为“谊之不遇”的例证之一。作者摆出文帝即位时内忧外患的社会现实,外部有匈奴扰边,“方隅未宁”,战乱地区荒凉残败;内部有“侯王僭拟”,为所欲为,野心勃勃。冲突流血,此起彼伏,人心惶惶。针对这一社会现实,贾谊开出了一剂救世良方,提出了如“愿试属国以系单于之颈,请分诸子以弱侯王之势”,还提出推行恭俭,减轻刑罚,兴办学校,善养臣下等一整套切实可行方案和措施。这些方略,既“指陈当世之宜”,为治国安邦之策;又“规画亿载”,有长治久安之效。可惜文帝对贾谊的金玉良言只是称善,而不采用。贾谊只好“痛哭以悯世,太息而著论”。其次是以贾谊才过公卿,不仅“而卒以不用”,反而横遭谗毁,作为“谊之不遇”的例证之二。对贾谊上书的如戒奢侈、倡恭俭、设学校、兴礼义、缓刑罚、优臣子等措施,文帝只是“略施其术”,就成了汉代诸皇之首,贾谊之才,可想而知。这也证明贾谊足以超过胜任公卿,无怪乎“天下以谓可任公卿”,而刘向认为贾谊之才远胜于古代贤相伊尹和管仲。可惜汉文帝却对这千载难逢的绝代奇才弃之不用,令人痛心疾首。作者还深入分析了贾谊未被文帝重用的原因,归结为文帝“初立日浅”,权力掌握在老臣、宿将手中,这些人以武功起家,缺少文化,只有武夫之勇,不懂政治,立足自身利益,左右文帝,排斥贾谊,使其“卒而不用”,“至于谪去”。最后作者以强烈的感情、激愤的语调赞誉贾谊的盖世才华,指责文帝“俯抑佐王之略,远致诸侯之间”的不明之举,并以《史记》为据,说明贾谊“若屈原之忠而遭弃逐”,“谊之不遇”而被谗害排挤的史实不容置疑。至此班固之言已驳得无立锥之地。最后,作者辛辣地讽刺了《汉书》所谓“善志”,是非褒贬不及《春秋》之万分之一。

文章论据充分翔实,议论雄辩透辟,驳斥剀切有力,又大量运用排比、骈偶句式,文笔犀利,气势磅礴,堪称驳论文中的佳作。作者大胆批驳班固《汉书》,充分显露其独特新颖的见解和敢于挑战经典权威的批判精神。他并非单纯地评判这段历史,而是对北宋王朝内忧外患,积贫积弱有感而发,不希望看到北宋统治者重蹈“文帝远贤”的覆辙。由于本篇是应举“时文”,受体例所限,过于讲究偶丽和用典,加上作者早期创作风格未臻成熟等原因,文章略带生硬滞重之感。

伐树记

署之东园,久茀不治[1]。修至,始辟之。粪瘠溉枯,为蔬圃十数畦[2],又植花果桐竹凡百本。

春阳既浮[3],萌者将动。园之守启曰:"园有樗焉[4],其根壮而叶大。根壮则梗地脉,耗阳气,而新植者不得滋;叶大则阴翳蒙碍,而新植者不得畅以茂。又其材拳曲臃肿,疏轻而不坚,不足养。是宜伐。"因尽薪之。明日,圃之守又曰:"圃之南有杏焉,凡其根庇之广可六七尺,其下之地最壤腴,以杏故,特不得蔬。是亦宜薪。"修曰:"噫!今杏方春且华,将待其实,若独不能损数畦之广为杏地邪[5]?"因勿伐。

既而悟且叹曰:"吁!庄周之说曰:樗、栎以不材终其天年[6],桂、漆以有用而见伤夭。今樗诚不材矣,然一旦悉翦弃;杏之体最坚密,美泽可用,反见存[7]。岂才不才各遭其时之可否邪?"

他日,客有过修者,仆夫曳薪过堂下,因指而语客以所疑[8]。客曰:"是何怪邪?夫以无用处无用,庄周之贵也。以无用而贼有用,乌能免哉[9]!彼杏之有华实也,以有生之具而庇其根[10],幸矣。若桂、漆之不能逃乎斤斧者,盖有利之者在死[11],势不得以生也,与乎杏实异矣。今樗之臃肿不材,而以壮大害物,其见伐,诚宜尔[12]。与夫才者死、不才者生之说又异矣[13]。凡物幸之与不幸,视其处之而已[14]。"

客既去,修然其言而记之。

注释

[1]荆(fú):野草多,充塞道路。治:修整。

[2]蔬圃:菜园。畦:长条形的田垅。这里用做量词。

[3]春阳既浮:春天的阳气已经(自地表)上浮。既,已经。

[4]樗(chū):即臭椿,落叶乔木。

[5]“若独”句:你难道不可以为了杏树而减少几畦蔬菜地吗?若:你。

[6]樗、栎:喻无用之材。《庄子·人世间》,有栎为“不才之木”之说。栎:即柞树,落叶乔木。

[7]反见存:反而被保全。反:反而。见:被。存:保全。作者所说的才与不才与庄子所言正好相反。

[8]“因指”句:于是指着柴薪,将自已的疑问告诉客人。

[9]“夫以”四句:以无用之材处于无用之地,这才是庄子所看重的;以无用之材却去伤害有用之物,怎么能幸免呢?

[10]“以有”句:杏树有求生的方法来保护它的根。

[11]“若桂”二句:至于桂树、漆树不能逃避砍伐的原因,就在于只有砍伐才能为人取利。

[12]诚宜尔:确实该当如此。

[13]“与夫”二句:此樗是以壮大害物而死,而不是以不材而死,这与才者死不才者生的说法完全不同。

[14]“凡物”二句:一切事物的幸与不幸,由它所处的环境条件决定。

评析

这是一篇寓言式的哲理记叙文,作于天圣九年(1031),欧阳修时任西京洛阳留守推官。借修园伐树的小事,联想到万物有幸与不幸等不同境遇,征引事例,以“凡物幸之与不幸,视其处之而已”的观点,有力地批判了庄子“以无用处无用”的避世哲学,透露出作者力求有用于世,希望有所作为的人生态度。

文章首先以“署之东园,久荆不治”,点出了官衙东园杂草丛生，很久没有清理的情状。接着写开辟园中贫瘠干涸的土地，将其整理成菜地，又种植花草竹木，给它们施肥浇水。到了春天，阳气上升，草木萌发。守园人报告说，园内有臭椿树，根粗堵塞地下通道，消耗了阳气，使周边新种的花木不能很好地生长；叶大遮挡了阳光雨露，使新种花木不能很好地伸展；更何况这种树不能成林，树干弯曲，木质疏浮，因此建议砍伐，臭椿树随即成了柴火。第二天，守园人又报告说，菜园南部有棵杏树，它的根和枝叶约占据方圆六七尺面积，无法种菜，也建议砍掉。这回作者没有同意，对守园人说，现在正值春天，杏树即将开花，花落即可结果，还是不要为了几垅菜地毁掉杏树吧！上述两件事，引发作者"岂才不才各遭受其时之可否耶"的感叹，庄周曾说过：臭椿树和柞树，因不能成材而保全下来，尽享它们的自然年华；而桂树和漆树是有用之材而"英年夭折"。可作者认为，现在臭椿树不材，连根清除了；而杏树能开花结果且质坚美观，被保全下来了。这与庄周对待树木境遇的看法恰好相反，令人疑惑不解。于是，作者以客主问答的形式，对此进行解释：庄周所指的那些自身无用而又处在无用的地方的物类，它们有幸能够保全自己；如果自身无用却又妨害有用的东西，则是不能幸免于难的。杏树能开花结果，有益于人们生活而保全自己，也属万幸。至于桂树和漆树不能逃脱刀砍斧削的原因，是因为有人要取材获利而已。与杏树相比，所不同的是形势使它们不能生存下去。现在臭椿树被砍，是它不成材且又根粗叶大妨害了其他作物的生长，砍掉它是正确的。这与庄子所谓有才而死，无才反而活下来了的说法是不同的。总之，"凡物幸与不幸，视其处之而已"，这道出了物类的命运取决于环境对它们的取舍。

全文深入浅出，言简意明，以几种树木在不同环境需求下命运大相径庭的事实，道出社会生活中的哲理。作者借修园伐树的小事，说明人生在世，应该多为自然环境的发展和人类社会的进步做出贡献，否则自身也难以生存，无所作为。明人归有光评说此文："胸中先有末后一段议论，借客对以发其感慨"。（《欧阳文忠公文选》评语卷七）

送陈经秀才序

伊出陆浑，略国南，绝山而下，东以会河[1]。山夹水东西，北直国门，当双阙[2]。隋炀帝初营宫洛阳，登邙山南望，曰："此岂非龙门邪！"世因谓之龙门，非《禹贡》所谓导河自积石而号龙门者也[3]。然山形中断，岩崖缺呀，若断若镵[4]。当禹之治水九州[5]，披山斩木，遍行天下，凡水之破山而出之者[6]，皆禹凿之[7]，岂必龙门[8]？

然伊之流最清浅，水溅溅鸣石间。刺舟随波[9]，可为浮泛[10]；钓鲂携鳖[11]，可供膳羞。山两麓浸流[12]，中无岩嵚颓怪盘绝之险[13]，而可以登高顾望[14]。自长夏而往[15]，才十八里，可以朝游而暮归。故人之游此者，欣然得山水之乐[16]，而未尝有筋骸之劳[17]，虽数至不厌也。

然洛阳西都[18]，来此者多达官尊重[19]，不可辄轻出。幸时一往[20]，则驺奴从骑[21]，吏属遮道[22]，唱呵后先[23]，前傧旁扶[24]，登览未周[25]，意已怠矣[26]。故非有激流上下[27]，与鱼鸟相傲然徙倚之适也[28]。然能得此者，惟卑且闲者宜之[29]。

修为从事，子聪参军，应之主县簿[30]，秀才陈生旅游，皆卑且闲者，因相与期于兹。夜宿西峰[31]，步月松林间，登山上方[32]，路穷而返。明日，上香山石楼[33]，听八节滩[34]，晚泛舟，傍山足夷犹而下[35]，赋诗饮酒，暮已归。后三日，陈生告予且西。予方得生，喜与之游也，又遽去[36]，因书其所以游以赠其行。

注释

[1]“伊出”四句:伊水发源于陆浑县,经过洛阳南郊;穿过龙门山而东下,流入黄河。陆浑:旧县名,故城在今河南嵩县北。

[2]“山夹水”三句:香山、龙门山夹着伊水,北面正对着洛阳城市门,有如两座阙楼。

[3]“非《禹贡》”句:语出《尚书·禹贡》:“导河积石,至于龙门”,所说的龙门山,在今山西稷山县西北。

[4]“岩崖”二句:山崖缺了一道口子,好像是用斧头、凿子开辟的。呀:张口。镵(chán):通“劖”,凿,断。

[5]禹:夏朝的创建者。姓姒,原为夏后氏部落领袖,后为舜臣,奉命治水,疏通河道,足迹遍九州。九州:《尚书·禹贡》所定的九州为冀、豫、雍、扬、兖、徐、梁、青、荆。

[6]破山:冲破山岩。

[7]凿:凿开。

[8]岂必龙门:难道仅仅是龙门吗?岂:难道。

[9]刺舟:撑船,或划船。

[10]浮泛:在水上飘浮泛舟。

[11]擉(chuò)鳖:凿刺鳖鱼。

[12]两麓:东西两边的山麓。

[13]岩崭:形容山岩的高峻。盘绝:盘绕险绝。

[14]顾望:环视观看。

[15]长夏:指农历六月,也泛指夏季。一说地名,疑在洛阳城郊。

[16]欣然:快乐的样子。

[17]筋骸之劳:即筋骨之劳。

[18]洛阳西都:宋以洛阳为西京,故称西都。

[19]达官尊重:即高官重臣,指位高权重之官。

[20]幸时:假若有时。

[21]驺奴从骑:简称“驺从”,古时达官贵人出行时,前后侍从的骑卒。

[22]遮道:阻拦道路,禁止行人通行。

[23]唱呵后先:前呼后应,吆喝行人回避。

[24]前傧:在前面导引的人。

[25]登览未周:登高览胜还未终了。

[26]怠:懈怠,或疲倦。

[27]激流上下:指驾舟而游。

[28]“与鱼鸟”句:指与鱼鸟相伴,流连忘返的闲适之乐。徙倚:犹徘徊、流连忘返之意。

[29]卑且闲者:地位不高而且有闲暇的人。宜之:得到这种享受。

[30]从事:州府的佐吏,此处指西京推官职务。子聪:姓杨,名不详。参见《送杨子聪户曹序》。应之:即张谷,参见《张应之字序》等文。主簿:县令的属官。

[31]期:约定。西峰:龙门山。作者此行有《宿广化寺》诗。

[32]上方:上方阁。作者有《上方阁》诗。

[33]石楼:香山名胜,唐代白居易所建。作者有《石楼》诗。

[34]八节滩:伊水流经龙门的险滩,白居易开辟。

[35]山足:山脚。夷犹:犹犹豫豫的样子。

[36]遽去:突然要离去。

评析

本文作于明道元年(1032),欧阳修时任洛阳留守推官。陈经,又作陆经,据《续资治通鉴长编》卷一三四附注,陈经本姓陆,其母改嫁陈见素,改随后父姓,后父死,还归本姓。作者天圣八年(1030)结识陈经,此次陈经游学途经洛阳,作者等人陪同游玩龙门、伊水,陈经临别时,作者作本文赠别。文章抒发了“与卑且闲者游乐无穷”“与达官尊贵游之无趣”的感慨,反映出作者藐视权贵、淡泊自守的情怀。

作者首先交待伊河与龙门的地理形势及龙门之名的由来,指出“岩崖缺呀,若断若镵”的地形到处皆有,非唯龙门如此。然以突兀转折手法，变此景状为龙门独有：伊河之水虽绝山而下，却清浅平缓，不仅可以泛舟，甚至可以钓擉鱼鳖；岸边西山虽然相峙而立，却又宽坦易行。故此地山水皆具，长夏之日即能当天往返。这些景象汇集在一个共同焦点上，那就使游者可以欣然而往，怡然而归，既得山水之乐，又无攀登之苦。这些特点与龙门的地形糅合，才是有别于他山他水的龙门之景。诚然，对龙门的风光特点，以平直叙述的方式也可以交待尽至，但是，唯其如本文这样用层层转折的方式加以表述，才尤为真切地反映出游者从外观而入游，从笼统的感觉到细腻的体验这样一种发展的心理，从而由浅入深地展示了龙门的独特风貌。这种逐层转折的表现方法，不仅使文势跌宕多姿，更是为了突出作品所要表现的内容。

文章前二段重在写景，后二段重在写游。由写景转为写游，作者又用了几个"然"字作转折过渡。龙门之景确实给游者创造了"数至不厌"的条件，但游者却并非人人能享受到此种乐趣。如写达官尊贵们游赏之无趣，作者用简洁的言语，生动形象地刻画了显贵们出游的气势，但这些都是旁衬之笔，由写达官尊贵之游转为写卑闲者之游。在达官者们的反衬下，他们的游赏以无拘无束、轻松闲远为特征，这种游赏之情与龙门山水平缓宽坦的特征相吻合，虽没有更具体地抒写游赏的情状，只是一一交待足迹所经之地，而其间的乐趣自在不言中，而这些地点的交待，又补足了写景要表现的内容，使龙门山水以更具体的形貌出现在读者面前。

作者的赠序虽然数量不多，但写得熠熠生辉，常常在构思运笔中令人意外惊奇，辟昌黎未辟之境，本篇就是非常典型的例文。它奇在虽说是赠序，但未正面写别事、别境、别情，只在结尾处轻轻带过。文章通过记游状物，叙写刚劲畅达的人生感慨。充分体现出作者安于位卑职闲，乐于山水情怀。全文以描写见长，近似柳宗元的山水游记，但其格调是纡徐、明快、流畅，有更强的审美性。与其说是一篇赠序，不如说是一篇出色的游记文章。清人孙琮评说此文："将两人情绪曲曲写出，却无一笔落相，真是古人中高手。"（《山晓阁选宋大家欧阳庐陵全集》卷三）

书梅圣俞稿后

凡乐，达天地之和而与人之气相接，故其疾徐奋动可以感于心，欢欣恻怆可以察于声[1]。五声单出于金石[2]，不能自和也，而工者和之。然抱其器，知其声，节其廉肉而调其律吕[3]，如此者，工之善也。

今指其器以问于工曰：彼簨者，簴者[4]，堵而编、执而列者[5]，何也？彼必曰：鼗鼓、钟磬、丝管、干戚也。又语其声以问之曰：彼清者，浊者，刚而奋、柔而曼衍者，或在郊、或在庙堂之下而罗者[6]，何也？彼必曰：八音[7]，五声，六代之曲[8]，上者歌而下者舞也。其声器名物，皆可以数而对也[9]。然至乎动荡血脉，流通精神，使人可以喜，可以悲，或歌或泣，不知手足鼓舞之所然[10]，问其何以感之者，则虽有善工，犹不知其所以然焉，盖不可得而言也。

乐之道深矣，故工之善者，必得于心，应于手，而不可述之言也。听之善，亦必得于心而会以意，不可得而言也。尧、舜之时，夔得之[11]，以和人神、舞百兽。三代、春秋之际，师襄、师旷、州鸠之徒得之[12]，为乐官，理国家，知兴亡。周衰官失，乐器沦亡，散之河海，逾千百岁间，未闻有得之者[13]。其天地人之和气相接者，既不得泄于金石，疑其遂独钟于人。故其人之得者，虽不可和于乐，尚能歌之为诗。

古者登歌清庙，大师掌之[14]，而诸侯之国亦各有诗，以道其风土性情。至于投壶、飨射[15]，必使工歌，以达其意，而为宾乐。盖诗者，乐之苗裔与[16]！汉之苏、李，魏之曹、刘，得其正始[17]。宋、齐而下，得其浮淫流佚[18]。唐之时，子昂、李、杜、沈、宋、王维之徒，或得其淳古淡泊之声，或得其舒和高畅之节[19]，而孟郊、贾岛之徒，又得其悲愁郁堙之气。由是而下，得者时有，而不纯焉。

今圣俞亦得之。然其体长于本人情，状风物，英华雅正，变态百出，哆兮其似春[20]，凄兮其似秋，使人读之可以喜，可以悲，陶畅酣适，不知手足之将鼓舞也。斯固得深者邪！其感人之至，所谓与乐同其苗裔者邪！余尝问诗于圣俞，其声律之高下，文语之疵病，可以指而告余也，至其心之得者，不可以言而告也。余亦将以心得意会，而未能至之者也。

圣俞久在洛中[21]，其诗亦往往人皆有之，今将告归，余因求其稿而写之。然夫前所谓心之所得者，如伯牙鼓琴，子期听之[22]，不相语而意相知也。余今得圣俞之稿，犹伯牙之琴弦乎！

注释

[1]“凡乐”四句：古人把礼、乐、刑、政都当做统治手段，认为乐是圣人效法风雨雷霆、四时寒暖等天地之气而作，可以影响人的思想感情。详见《礼记·乐记》。

[2]五声：我国古代五声音阶中的五个音级，即宫、商、角、徵、羽。

[3]“节其”句：语出《礼记·乐记》：“廉直劲正庄诚之音作，而民敬肃；宽裕肉好顺成和动之音作，而民慈爱。”廉直，指高音。肉好，指低音。律吕：六吕六律的合称，泛指音律。

[4]簨(sǔn)、虡(jù)：古代悬挂钟磬鼓的木架。横杆称簨，直柱叫虡。

[5]“堵而编”句：《周礼·小胥》：“凡悬钟磬，半为堵，全为肆。”郑玄注：“钟磬者，编县之二八十六枚而在一虡，谓之堵。”执

而列者：指下文中的“干戚”，乐舞所用的盾牌和斧头。

[6]郊：古代帝王在郊外祭天的仪式。庙堂：帝王的宗庙殿堂。

[7]八音：指金、石、土、革、丝、木、匏、竹八种乐器，即钟、磬、埙、鼓、琴瑟、柷敔、笙、管。

[8]六代之曲：帝王祭祀的乐曲，指云门、咸池、萧韶、大夏、大濩、大武。

[9]数而对：指正名责实。

[10]“然至乎”六句：言音乐的感化作用。《史记·乐书》：“故音乐者，所以动荡血脉，通流精神而和正心也。”又：“故歌之为言也，长言之也。……嗟叹之不足，故不知手之舞之足之蹈之。”

[11]夔(kuí)：传说中尧、舜时代的乐官。

[12]师襄：春秋时鲁国的乐官。师旷：春秋时晋国的乐官。

[13]“周衰官失”五句：《论语·微子》记鲁哀公时礼坏乐崩，“大师挚适齐，亚饭干适楚，三饭缭适蔡，四饭缺适秦，鼓方叔入于河，播鼗武入于汉，少师阳，击磬襄入于海。”

[14]登歌清庙：《乐府诗集》卷三：“登歌者，祭祀燕飨堂上所奏之歌也。《礼记·明堂位》曰：‘升歌《清庙》，下管象《武》。’……《周礼·大师》职曰：‘大祭祀，帅瞽登歌，令奏击拊。’……按登歌，各颂祖宗之功烈，去钟撤竽，以明至德。”大师：乐官，《周礼·春官》注：“凡乐之歌，必使瞽矇为焉，命其贤知者以为大师、小师。”

[15]投壶、飨射：古代士大夫的宴饮娱乐。见《礼记·投壶》。

[16]“盖诗者”二句：指诗歌由音乐派生出来的。与：同“欤”。

[17]“汉之苏、李”三句：指苏武和李陵、曹植和刘桢。他们的诗歌感慨世乱变迁、表达彷徨苦闷，合乎“道其风土人情”的标准，继承了诗歌优良传统。

[18]“宋、齐而下”二句：言六朝的宋、齐、梁、陈等朝代，宫体诗盛行，诗坛充斥靡靡之音，是诗歌的末流。韩愈《荐士》：“齐梁及隋陈，众作等到蝉躁。”

[19]“唐之时”四句：陈子昂、李白、杜甫、沈佺期、宋之问、王

维等人的诗歌,风格不一,成就各异。其中初唐的沈、宋诗属对精切、音韵谐调,对唐代律诗的形成与发展有贡献;陈子昂首先标举“建安风骨”,对扭转初唐诗风影响最大。李、杜代表了盛唐诗歌创作的最高成就。王维多才多艺,在风格上亦能独树一帜。孟郊、贾岛多抒写个人穷愁失意的生活,有“郊寒岛瘦”之称。

[20]哆(chǐ):宽和的样子。

[21]久在洛中:天圣末年,梅尧臣官河南县主簿,和欧阳修同在洛阳。

[22]“如伯牙”二句:语出《吕氏春秋·本味》:“伯牙鼓琴,钟子期听之。”相传伯牙操琴,琴声高妙,唯钟子期知音。后世用为知音相遇之典。见《列子·汤问》。

评析

本文作于明道元年(1032),欧阳修时任西京留守推官。梅圣俞,即梅尧臣,是作者志同道合的诗友,与苏舜钦同被誉为作者诗文革新的“左右骖”。由于欧阳修的推崇,梅尧臣在北宋诗坛享有盛誉,南宋的刘克庄在《后村诗话》中将梅推为宋诗的“开山祖师”。

本文是作者读梅尧臣诗稿之后撰写的题跋,论述了音乐与诗歌的关系,论述了诗歌自身的发展沿革,重点则在称赞梅尧臣“本人情,状风物”之诗,揭示梅诗具有像音乐一样的强烈感染力,并以此作为理论武器,与西昆派“缀风月,弄花草”诗风作坚决斗争。

文章开头不写梅诗而从音乐说起。作者认为,音乐有着巨大的魅力,可以达天地之和,感动人心,表达人的欢愉与悲凄之情。但音乐的魅力不是金石丝竹等乐器本身就具备了的,美妙的音乐也不是乐器自然组合而成的,而是有赖于精通音乐的“善工”,协调音节、把握韵律,然后将优美的旋律演奏出来。作者还指出,音乐之美妙不可言,难以言说。即使是乐之善工,也只能告诉你各种乐器的名称、音质音色的清浊以及不同场合下的音乐形式等等。但旋律中那种使人热血沸腾、精神焕发,让人为之悲、为之喜、为之歌、为之哭,甚至因之手舞足蹈的东西到底是什么,即使是最优秀的乐工，也不知其所以然，也无法告诉你。所以作者对音乐的审美特性总结为“乐之道深矣”。优秀的乐工对技艺不能用言语表达，也无法授之予人，因为它是得之于心而应之于手，是得自天机，出自灵府，出神入化的；而善于欣赏音乐的人，也只能是心领神会，靠直觉体悟、心灵契合才能体会到真谛。音乐的演奏和欣赏都是只可意会，不可言传的过程。因此，能够精通音乐之道的乐工，能够领会音乐精粹的欣赏者，的确少之又少。作者用了大段文字大谈特谈音乐，而对梅尧臣的诗稿绝口不提，让读者迷惑不解，这就是作者精心设置的一个审美悬念。

紧接着，作者论述诗与乐的关系，然后又非常从容地将笔墨转到论诗上来，指出艺术起源阶段，诗乐本是一体，诗是乐之苗裔，是由音乐派生出来的。既然诗乐本是一家，文章开头的论乐即是论诗，而卓越诗人的难得，就如乐之“善工”的举世难逢。所以对本文要写的梅圣俞及其诗稿，作者其实已经曲折地表达了自己的见解。文章至此，读者疑惑顿消、恍然大悟，同时也叹服作者构思上的匠心和起承转合的从容与自然。最后作者对梅诗稿进行评述，赞叹梅诗“本人情，状风物，英华雅正，变态百出”；赞扬梅诗能够抒写人的真实性情，展现风土景物，其风格雅正，形态百出，有着强烈的感染力，“使人读之可以喜，可以悲，陶畅酣适，不知手足之将鼓舞也”。道出梅诗这种艺术魅力与音乐美一脉相承，其创造的奥妙与技巧也形同音乐，是难以言述，不可授之予人的。作者向梅请教为诗之法，梅能够传授给自己的，只是诗歌声律的讲究和遣词造句的技巧，而诗歌的精髓只能靠自己用心灵意念去领会和体悟。作者还自谦地说，自己的诗歌创作达不到梅诗境界，但对梅诗却能心领神会。接着，又借伯牙与钟子期的典故，将梅引为知己，间接表达对梅的赏识与赞誉。

文章既是作者对挚友诗稿进行品味、评价并发出由衷赞叹的题跋，也是一篇构思精妙、形散神聚的精品散文，还是一篇颇具参考价值的音乐与诗歌理论批评论文。全文新颖奇特，别出心裁，逶迤而来，转合自然，开章抛开正题写音乐，初看不着边际，实则处处写梅诗、赞梅诗；后面着重论诗，又处处和音乐关联。诗如乐，乐如诗，诗乐的奥妙得到完美展现，梅诗的魅力也一并托出，文章的精妙亦在其中。乾隆《唐宋文醇》评述此文："今观欧、苏二人书跋，如遇圣俞于高山流水之间矣"。(《唐宋文醇》卷二十二)明人茅坤评说此文为"知音之言"。(《唐宋八大家文钞》卷六十)。

非非堂记

权衡之平物[1]，动则轻重差，其于静也，锱铢不失[2]。水之鉴物，动则不能有睹，其于静也，毫发可辨[3]。在乎人，耳司听，目司视，动则乱于聪明[4]，其于静也，闻见必审[5]。

处身者不为外物眩晃而动[6]，则其心静，心静则智识明，是是非非[7]，无所施而不中。夫是是近乎谄[8]，非非近乎讪[9]，不幸而过，宁讪无谄[10]。是者，君子之常，是之何加[11]！一以观之，未若非非之为正也。

予居洛之明年[12]，既新厅事[13]，有文纪于壁末[14]。营其西偏作堂[15]，户北向，植丛竹，辟户于其南[16]，纳日月之光。设一几一榻，架书数百卷，朝夕居其中。以其静也，闭目澄心，览今照古，思虑无所不至焉。故其堂以非非为名云。

注释

[1]权衡：称量物体轻重的用具。

[2]锱铢：极小的重量单位，一般认为两的二十四分之一为铢，六铢为锱。

[3]"水之鉴物"四句：语出《庄子·天道》："万物无足以铙心者，故静也。水静则明烛须眉，中平准，大匠取法焉。水静犹明，

而况精神！圣人之心静乎，天地之鉴也，万物之镜也。”

[4]聪明：指听觉和视觉，即“耳聪目明”。

[5]其于静也，闻见必审：处于“静”态时，耳聪目明，听到的见到的都准确无误。审：确切。

[6]处身者：立身处世的人。外物：身外之物，一般指名利、地位、荣辱等。

[7]是是非非：肯定正确的，否定错误的。

[8]谄：巴结奉承。

[9]讪：诽谤，说坏话。

[10]宁讪无谄：宁愿批评指责而不阿谀奉承。讪，诽谤，说坏话，此指批评之语。谄，巴结奉承。

[11]“是者”三句：言行正确，对于君子来说是正常现象，去特别地肯定他，也并不能增加君子的光荣。

[12]明年：第二年。欧阳修于天圣九年(1031)到洛阳任职，次年改元明道。

[13]新厅事：指重修河南府官署。

[14]“有文”句：作者于明道元年(1032)撰写《河南府重修使院记》。

[15]营其西偏作堂：在官署西边营建非非堂。

[16]辟户：开辟门窗。

评析

本文作于明道元年(1032)。非非堂，在河南府新修的官署西侧，为欧阳修所建，以作读书歇息之用。文章紧扣堂名展开议论，阐述“是是非非”“宁讪无谄”的为人原则，寄寓人生体验，自表处世人格。

文章开头由写静而展开议论。天平静，称物才能分毫不差；水静，照物才能毫发可辨；人的耳目静，视听才能准确无误。作者用秤、水、耳目三重比喻，证明为人处世只有“心静”，才能“智识明”而不为物欲所蔽，才能明辨是非，做到恰如其分地肯定正确事物，否定错误事物，即文中所说的“是是非非，无所施而不中”。所谓“是是”“非非”，指的是肯定正确、批判错误；歌颂光明，揭露黑暗。倘若二者择一，作者以为宁可没有前者，不可没有后者，因为正确与光明本是君子固有的品质，而批评与揭露可以鞭策人们向上向善，以此说明立身处世只有“心静”而“不为外物玄晃”，摒绝一切私欲杂念，才能心明眼亮，洞察是非。继而推出本文的主旨：肯定正确的似乎有谄媚吹嘘之嫌，批评错误似乎有讽刺讥笑之嫌，如果万一发生判断上的失误，宁可选择“讪”而不选择“谄”。正确的、好的，是君子所固有的品质，再去肯定他、表扬他，又能给君子增添什么光彩呢？如果把“是是非非”放在一起来观察，不如说多批评缺点错误更重要。结尾过渡到洛阳新建西堂，而取名“非非”的缘由，就在于“静”有利于践行“非非之为正”的处世原则，也揭示出静中见真，静能生悲的生活哲理。接着写非非堂营建情况，着重描写非非堂环境的安静以及这安静给作者带来的莫大益处，即“以其静也，闭目澄心，览今照古，思虑无所不至焉”。我们不难领会，非非堂内外清幽的环境，有助于作者安心读书、思考问题、贯通古今、辨别是非。作为初入仕途的早期作品，文章议论有的放矢，针砭社会上歌功颂德、谄谀成风、粉饰太平等时弊，表明自我人格。作者信仰儒学，笃信名教，首创“君子”“小人”之辩，一事当前，只要道义所在，便会不恤浮议，奋勇向前，诚如其《斑斑林间鸠寄内》诗所说：“横身当众怒，见者旁可栗。”这种“非非之为正”的人格力量，受到苏轼的赞许（见苏轼《刘壮舆长官是是堂》诗），也遭到明人杨慎的非议（见杨慎《欧阳公非非堂记》）。作者一生诚如王安石《祭欧阳文忠公文》所称“果敢之气，刚正之节，至晚而不衰”，他的人格净化了宋初污浊的社会风气，培育了宋人砥砺名节的士林新风。

本文写作打破樊笼，自创新路，运用精辟的比喻，逐层深入，语言平易，含意深远。林景亮称道此文：“起笔二叠，句法于整齐中杂参差。”（《评注古文读本》）

养鱼记

折檐之前有隙地[1]，方四五丈，直对非非堂。修竹环绕荫映，未尝植物，因洿以为池[2]。不方不圆，任其地形；不甃不筑[3]，全其自然。纵锸以浚之，汲井以盈之[4]。湛乎汪洋，晶乎清明[5]，微风而波，无波而平，若星若月，精彩下入[6]。予偃息其上，潜形于毫芒；循漪沿岸，渺然有江湖千里之想[7]。斯足以舒忧隘而娱穷独也[8]。

乃求渔者之罟[9]，市数十鱼，童子养之乎其中。童子以为斗斛之水不能广其容，盖活其小者而弃其大者[10]。怪而问之，且以是对。

嗟乎！其童子无乃嚚昏而无识矣乎[11]！予观巨鱼，枯涸在旁，不得其所，而群小鱼游戏乎浅狭之间，有若自足焉，感之而作《养鱼记》。

注释

[1]折檐：曲折的走廊。檐：同“榈”，走廊。

[2]洿(wū)：挖掘。

[3]甃(zhòu)：用砖砌。

[4]“纵锸”句：用铁锹疏通水道。锸：铁锹。

[5]“湛乎”二句：池水清澈而浩渺，光亮而透明。湛：澄清。

[6]“若星”二句：指夜间星星和月亮好像进入池中，神采奕奕。

[7]“予偃息”句：我休息在池旁，身影倒映水中，毛发都看得清楚；我绕着水池散步，微波荡漾，仿佛漫游在浩渺的江湖之上。潜形于毫芒：化用晋朝应贞《临丹赋》“清波引镜，形无遁影”句意。

[8]忧隘:忧愁逼仄之感。穷独:穷困孤独。语出《孟子·尽心上》:“穷则独善其身”。

[9]罟(gǔ):渔网。

[10]“童子”二句:这小童以为池中水量太小而又不能扩大它的容量,因而只能养活小鱼而把大鱼放走了。斗斛之水:指池中水量小。斛:十斗为斛。

[11]嚚(yín)昏:愚蠢糊涂。

评析

本文作于明道元年(1032),欧阳修时任洛阳留守推官。针对当时章献刘太后垂帘听政,幸臣专权,人才埋没的政治环境,借非非堂前掘池养鱼之事发表议论,用大鱼“不得其所”而小鱼“有若自足”,慨叹贤才被排挤,而小人被重用的残酷现实,表现了作者对当时政治社会的深切忧虑。

文章首先交待池塘的位置环境与挖池经过。原来的洼地不作任何的人为改变,不加方、不加圆、不砌砖、不筑堤而“全其自然”,只是用锹加深,汲水灌满。作者在池塘边休息,身影映照水中,微波荡漾,好像处在广阔千里的江湖,此情此景令人心旷神怡。接着借养鱼之道,指出当时奸臣当道,贤人受欺。作者叫书童买鱼放养,书童只放小鱼入水而弃大鱼池岸,并说池水太少,容量不够,所以只好将大鱼抛弃。看到池塘岸上处在干涸环境中的大鱼不得其所,小鱼反而悠然自得地嬉戏在池塘中。作者联想到古往今来贤臣被黜,小人得志的黑暗政治,感叹那些妒贤嫉能的小人与愚蠢无知的童子并无异样。

这是一篇寓言性的记事文,也是一篇短小精悍的小品文。文章表面谈的是鱼,影射的却是“用士”,表面指责的是童子,实际痛骂的是小人。这则寓言小品,不仅道出了小人当朝、人才不用的现实,也自然流露出作者对国家积贫积弱现状的焦虑与忧伤。同时,从优美的言辞和生动活泼的语气中,从记事抒情的融洽无间和昂奋进取的格调里,我们可清楚地体会到作者的胸怀大志,及其渴望在政治上有所作为的报国思想。

文章虽然简短平淡，但文意委婉曲折，自然流畅，语言清新优美，寓意深刻。近人林景亮评说此文："文为喻言体，然通篇绝不道及正意，唯结数语略露正意，故又为含蓄法"。(《评注古文读本》)

上范司谏书

月日，具官谨斋沐拜书司谏学士执事[1]：前月中得进奏吏报[2]，云自陈州召至阙拜司谏，即欲为一书以贺，多事，匆卒未能也。

司谏，七品官尔[3]，于执事得之不为喜，而独区区欲一贺者，诚以谏官者，天下之得失、一时之公议系焉。今世之官，自九卿、百执事，外至一郡县吏[4]，非无贵官大职可以行其道也。然县越其封，郡逾其境，虽贤守长不得行，以其有守也[5]。吏部之官不得理兵部，鸿胪之卿不得理光禄，以其有司也[6]。若天下之失得、生民之利害、社稷之大计，惟所见闻而不系职司者[7]，独宰相可行之、谏官可言之尔。故士学古怀道者仕于时[8]，不得为宰相，必为谏官。谏官虽卑，与宰相等。天子曰不可，宰相曰可；天子曰然，宰相曰不然。坐乎庙堂之上与天子相可否者，宰相也。天子曰是，谏官曰非；天子曰必行，谏官曰必不可行。立殿陛之前与天子争是非者，谏官也。宰相尊，行其道；谏官卑，行其言。言行，道亦行也。九卿、百司、郡县之吏守一职者，任一职之责；宰相、谏官系天下之事，亦任天下之责。然宰相、九卿而下失职者，受责于有司[9]；谏官之失职也，取讥于君子。有司之法行乎一时，君子之讥著之简册而昭明，垂之百世而不泯，甚可惧也。夫七品之官，任天下之责，惧百世之讥，岂不重邪！非材且贤者，不能为也。

近执事始被召于陈州，洛之士大夫相与语曰[10]：“我识范君，知其材也。其来不为御史，必为谏官。”及命下，果然。则又相与语曰：“我识范君，知其贤也。他日闻有立天子陛下，直辞正色面争庭论者，非他人，必范君也。”拜命以来，翘首企足，伫乎有闻，而卒未也[11]。窃惑之。岂洛之士大夫能料于前而不能料于后也，将执事有待而为也？

昔韩退之作《争臣论》，以讥阳城不能极谏，卒以谏显[12]。人皆谓城之不谏盖有待而然，退之不识其意而妄讥。修独以谓不然。当退之作论时，城为谏议大夫已五年，后又二年，始庭论陆贽，及沮裴延龄作相，欲裂其麻[13]，才两事尔。当德宗时，可谓多事矣，授受失宜，叛将强臣罗列天下，又多猜忌，进任小人[14]。于此之时，岂无一事可言，而须七年耶？当时之事，岂无急于沮延龄、论陆贽两事也？谓宜朝拜官而夕奏疏也。幸而城为谏官七年，适遇延龄、陆贽事，一谏而罢，以塞其责。向使止五年六年而遂迁司业[15]，是终无一言而去也，何所取哉！

今之居官者，率三岁而一迁[16]，或一二岁，甚者半岁而迁也，此又非一可以待乎七年也。今天子躬亲庶政[17]，化理清明，虽为无事，然自千里诏执事而拜是官者，岂不欲闻正议而乐谠言乎[18]？然今未闻有所言说，使天下知朝廷有正士，而彰吾君有纳谏之明也。

夫布衣韦带之士[19]，穷居草茅，坐诵书史，常恨不见用。及用也，又曰彼非我职，不敢言；或曰我位犹卑，不得言，得言矣，又曰我有待。是终无一人言也，可不惜哉！伏惟执事思天子所以见用之意，惧君子百世之讥，一陈昌言，以塞重望[20]，且解洛之士大夫之惑，则幸甚幸甚。

注释

[1]“具官”句：这是古人书信中对收信人的客套称呼。具官：古代书信底稿上对个人官职的省写。斋沐：斋戒沐浴，表示尊敬。执事：称呼对方的谦敬词，意思是信件不敢直接写给收信者本人，只是给他身边的办事人员。月日：书信底稿上省去具体日期，正式誊写时要写某月某日。

[2]进奏吏：即进奏官。宋朝各州府在京师设置官邸，以本州府人为进奏官，负责呈送本州府公文，并接受诏令与朝廷各部门公文送回本州府。

[3]司谏：据《宋史·职官志》，左右司谏的散官为朝奉郎，正六品官。

[4]九卿：指朝廷高级官员，名称不一，实即中央各行政机关的总称。百执事：即“百司”，指朝廷百官。郡县吏：州、县官。

[5]行其道：实现自己的政治理想。封：与下文的“境”，都是疆界之意。有守：有明确范围的职守（不能越职行事）。

[6]鸿胪：鸿胪寺。光禄：光禄寺。《宋史·职官志》：鸿胪寺“掌四夷朝贡宴劳给赐送迎之事，及国之凶仪，中都祠庙，道释籍帐除附之禁令”；光禄寺“掌祭祀朝会宴飨酒醴膳羞之事”。有司：各有主管范围。

[7]不系职司：意为不受任何专门机构的限制。

[8]学古怀道：学习古代圣贤，怀抱古代道德。

[9]有司：负有专门职务的官署。

[10]“洛之士大夫”句：时作者在洛阳担任西京留守推官，所以听到洛阳士大夫的议论。

[11]翘首企足：抬起头，踮起脚跟盼望，形容盼望之切。伫乎有闻：久立而等待着范仲淹向朝廷建言的消息。卒未：终于没有。

[12]“昔韩退之”三句:唐德宗时,谏议大夫阳城就职五年不肯言事。韩愈作《争臣论》讽刺他。后来,德宗宠信裴延龄,贬黜陆贽等,朝廷没人敢说话,阳城上书论裴延龄奸邪,陆贽等人无罪;德宗打算任命裴延龄为宰相,阳城公开谏阻,并在朝廷上痛哭陈词,表示反对,因此改任国子司业,后来又贬为道州刺史。后世称誉阳城为正直敢言之士。卒以谏显:(阳城)终于以敢谏而显名。

[13]庭论陆贽:在朝堂上为陆贽无罪辩论。(陆贽为中唐名臣,历任翰林学士、宰相,因裴延龄的谗害,罢官被贬。)裴延龄:唐德宗时官至户部侍郎。好欺罔谗毁,但受德宗宠信。沮:阻止。欲裂其麻:阳城反对裴延龄出任宰相,公开说:如果朝廷用裴为相,我要撕毁白麻诏书。麻,唐宋时宰相的任命书用白麻纸书写。

[14]“当德宗时”六句:唐德宗性猜忌,重用奸臣卢杞、赵赞等,在位时藩镇割据,变乱频繁。京城一度被叛军攻陷,德宗逃往奉天避难。授受不宜:指任命官员不当。叛将强臣:德宗时朝纲不振,奸佞当道,藩镇割据,天下纷乱。

[15]司业:学官名。国子司业,国子监(全国最高学府)的副职,太学的清闲官职。阳城因谏裴延龄事改官国子司业,后贬道州刺史而死。

[16]三岁而一迁:宋代制度,官员一任三年,任满之后照例考核迁官。

[17]躬亲庶政:亲自处理政事。仁宗幼年即位,章献太后垂帘听政。明道二年(1033),太后死,仁宗亲政,起用范仲淹等人。

[18]谠言:正直的言论。

[19]布衣韦带:粗布衣,熟皮带,平民百姓的服装。

[20]伏惟:俯伏着想,表示谦恭之辞。以塞重望:用以满足人们的厚望。

评析

本文作于明道二年(1033),欧阳修时任西京留守推官。这年三月章献太后病逝,仁宗主政并酝酿改革。四月,范仲淹由陈州通判召回京城,任右司谏。血气方刚的欧阳修,出于改革朝廷弊政的迫切心情,在范仲淹任职不久,就写下了这封鼓励和企盼的信,殷切期望范仲淹忠于职守、莫负众望、不失时机、直言进谏。

本文开宗明义,直入主题,正面强调谏官责任的重大,认为谏官关乎"天下之失得,生民之利害,社稷之大计",作用可以和宰相相提并论。朝廷上下,百官之中,只有谏官与宰相能够与天子面争是非。尽管宰相位尊,坐庙堂之上,谏官位卑,立殿陛之前,但都"系天下之事,亦任天下之责",故必须尽心尽责。而宰相与九卿百官都职有专司,各负专责,如果失职、渎职,要"受责于有司"。谏官失职,虽无有司责罚,却"取讥于君子",且天下仁人志士都在注视朝廷谏官是否敢于直言相谏,舆论的监督压力胜于百官有司的责管。所以作者总结说:"夫七品之官,任天下之责,惧百世之讥,它不重耶? 非材且贤者不能为也。"其正面说理,义正辞严,令人折服。

这是一封批评信,批评范仲淹任谏官以来没有什么谏言。这又是一封祝贺信,作者明确表示,写信的目的不是一般庆贺升迁官职,"七品官尔""不为喜"。对范仲淹来说,小小七品官,不值得称喜,但作者字里行间流露出对范君的敬重之情。那作者又为什么这么诚挚地写信祝贺呢? 原来是庆贺范仲淹担任了谏官,其官位虽卑,但关系国家得失大事。他对范仲淹的中肯批评,正所谓爱之深而责之切。全文反映出作者对好友的殷殷期望和关心时事的宽广情怀。

文章纵向推进与横向对比,交织错落,使文章纵横捭阖,纡徐委备,道理阐述得鞭辟入里而又深入浅出。宋人谢枋得评论此文:"气力健,光焰长,可以发才气,可以生议论"。(《文章轨范》卷四)清人何焯评述说:"文势如云出岫,愈转愈妙"。(《义门读书记》欧文上卷)

与张秀才第二书

修顿首白秀才足下：前日去后，复取前所贶古今杂文十数篇，反复读之，若《大节赋》《乐古》《太古曲》等篇，言尤高而志极大。寻足下之意，岂非闵世病俗，究古明道，欲拔今以复之古，而翦剥齐整凡今之纷淆驳冗者欤[1]？然后益知足下之好学，甚有志者也。然而述三皇太古之道[2]，舍近取远，务高言而鲜事实，此少过也。

君子之于学也务为道，为道必求知古，知古明道，而后履之以身，施之于事，而又见于文章而发之，以信后世[3]。其道，周公、孔子、孟轲之徒常履而行之者是也；其文章，则六经所载至今而取信者是也。其道易知而可法，其言易明而可行。及诞者言之，乃以混蒙虚无为道，洪荒广略为古，其道难法，其言难行[4]。孔子之言道曰："道不远人。"言中庸者曰："率性之谓道。"又曰："可离非道也[5]。"《春秋》之为书也，以成、隐让而不正之，传者曰"《春秋》信道不信邪"，谓隐未能蹈道[6]。齐侯迁卫，书"城楚丘"，与其仁不与其专封，传者曰"仁不胜道[7]"。凡此所谓道者，乃圣人之道也。此履之于身、施之于事而可得者也，岂如诞者之言者耶！

尧、禹之《书》皆曰"若稽古"；傅说曰"事不师古"，"匪说攸闻"，仲尼曰"吾好古，敏以求之者[8]"。凡此所谓古者，其事乃君臣、上下、礼乐、刑法之事，又岂如诞者之言者邪！此君子之所学也。

夫所谓舍近而取远云者，孔子曰生周之世，去尧、舜远，孰与今去尧舜远也？孔子删《书》，断自《尧典》，而弗道其前，其所谓学，则曰"祖述尧舜[9]"。如孔子之圣且勤，而弗道其前者，岂不能邪？盖以其渐远而难彰，不可以信后世也。今生于孔子之绝后[10]，而反欲求尧、舜之已前，世所谓务高言而鲜事实者也。

唐、虞之道为百王首，仲尼之叹曰"荡荡乎"，谓高深闳大而不可名也[11]。及夫二《典》[12]，述之炳然，使后世尊崇仰望不可及。其严若天，然则《书》之言岂不高邪？然其事不过于亲九族、平百姓、忧水患、问臣下谁可任、以女妻舜，及祀山川、见诸侯、齐律度、谨权衡、使臣下诛放四罪而已[13]。孔子之后，惟孟轲最知道，然其言不过于教人树桑麻、畜鸡豚，以谓养生送死为王道之本[14]。夫二《典》之文，岂不为文，孟轲之言道，岂不为道？而其事乃世人之甚易知而近者，盖切于事实而已。

今学者不深本之，乃乐诞者之言。思混沌于古初，以无形为至道者，无有高下远近[15]。使贤者能之，愚者可勉而至，无过不及，而一本乎大中[16]，故能亘万世，可行而不变也。今以谓不足为，而务高远之为胜，以广诞者无用之说，是非学者之所尽心也。宜少下其高而近其远，以及乎中，则庶乎至矣。

凡仆之所论者，皆陈言浅语，如足下之多闻博学，不宜为足下道之也。然某之所以云者，本欲损足下高远而俯就之，则安敢务为奇言以自高邪？幸足下少思焉。

注释

[1]"岂非"四句：莫非是不满当今浮薄世俗，探求上古圣贤之道，打算变今复古，整饬文坛风气。拔：改易，变革。纷淆驳冗：指当时学风、文风的烦琐杂乱。

[2]三皇：传说中的远古帝王，一般指伏羲、神农、黄帝。

[3]"君子"七句：表述作者关于文道关系的基本观点。欧阳

修认为道是核心,文的作用是体现、阐明道理。

[4]“及诞者”五句:批评虚妄不切实际的老庄玄学。混蒙虚无为道:道的本源是浑朴、无形、独立永存、运行不息。洪荒广略为古:上古时代混沌、蒙昧、空旷。语见《庄子·马蹄》。

[5]“孔子”五句:解释儒家的道切合现实人生。

[6]“春秋”四句:据《史记·鲁世家》,鲁隐公名息(一作息姑),是惠公的庶子。惠公死时,以幼子允(一作轨,即鲁桓公。)为太子,而鲁人共立隐公摄政。后来,公子挥杀隐公,立太子为桓公。《春秋》于隐公元年(前722)正月只书“春王正月”,不记隐公“即位”,对此三传各有说法。参见《春秋论(上)》。《穀梁传》说,《春秋》伸张道义而不伸张邪恶。信:通“伸”,舒展、伸张。《穀梁传》隐元年:“《春秋》贵义不贵惠,信道不信邪。”穀梁认为,惠公临终遗命由隐公摄政,日后归政桓的心理是不正当的,而隐公坚持让位给桓公,实际是成了惠公的邪心,即“信邪”,故其让位桓公是施行小惠而舍去了道义,理应受到《春秋》的贬斥。谓隐未能蹈道:认为隐公不能遵循道义。《穀梁传》隐元年:“若隐者,可谓轻千乘之国,蹈道,则未也。”

[7]“齐侯”五句:《春秋》僖公二年(前658):“春王正月,城楚丘。”《左传》:“春,诸侯城楚丘而封卫焉,不书所会,后也。”《穀梁传》:“其言城之者,专辞也。故非天子不得专封诸侯。诸侯不得专封诸侯,虽通其仁,以义而不与也,故曰仁不胜道。”意思是《春秋》不记载齐桓公救卫而只记载“城楚丘”,是赞许齐桓公的仁道而不赞同他的专擅封卫国。因为封地是周天子的权力,诸侯不得僭越。卫国的都城原在朝歌(今河南淇县东北),公元前660年狄人伐卫而灭之,齐桓公率诸侯伐狄复卫。前658年,以齐国为首的诸侯为卫营建楚丘(今河南滑县东)卫文公迁都于此。书“城楚丘”,《春秋》僖二年:“春,王正月,城楚丘。”不与其专封:《春秋》僖公二年:“曷为不言桓公城之?不与诸侯专封也。”与:赞许。专封:主持分封。这里指主持卫国迁都。封地给诸侯或者迁都,均为天子之事,诸侯不得擅专。即所谓“非天子不得专封诸侯”。

[8]"尧、禹"五句:《尚书·尧典》有"若稽古帝尧",《舜典》有"若稽古帝舜",《大禹谟》有"若稽古大禹"等文句。又《说命》:"事不师古,以克永世,匪说攸闻"。《论语·述而》:"子曰:我非生而知之者,好古,敏以求之者也"。稽古:考古。将叙尧舜之事,所以先言"考古之尧舜"云云。事不师古,匪说攸闻:事情不师法古训,这不是我傅说的。说:傅说,相传原是傅岩版筑的奴隶,后被商王武丁任为大臣,治理国政。匪:同"非"。攸:所。《书·说命下》:"事不师古,以克永世,匪说所闻。"好古:爱好古代的东西。敏:勤奋地。

[9]"孔子"五句:《尚书》始自《尧典》,相传为孔子所删修。孔子删订《尚书》时,最上截止到《尧典》。意即孔子删订《尚书》《尧典》以前的典籍一律不录,因为它远而维明。据说《书》篇什原来很多,后曾经孔子删订。《史记·孔子世家》:"孔子之时,周室微而礼乐废,《诗》《书》缺。追迹三代之礼,序《书传》,上纪唐虞之际,下至秦穆,编次其事"。祖述尧舜:远宗尧舜之道,加以述说。《礼记·中庸》:"仲尼祖述尧舜,宪章文武"。

[10]绝后:极后。极:非常。

[11]"唐、虞"三句:唐虞,即陶唐氏和有虞氏,亦称唐尧、虞舜。传说尧初居于陶,后封于唐,为唐侯,故称陶唐,也称唐尧。虞,有虞氏,即舜,也叫虞舜。《论语·泰伯》:"大哉,尧之为君也!巍巍乎,唯天为大,唯尧则之。荡荡乎,民无能名焉。巍巍乎,其有成功也。焕乎,其有文章"。荡荡:广大,广远。名:称述,形容。

[12]二典:指《尚书》中的《尧典》和《舜典》。

[13]"然其事"十句:概述《尧典》《舜典》的内容。亲九族:和睦九族。九族,一说为同姓亲族,以己身为基点,上至高祖,下至玄孙为九族。一说为异姓亲族,即父族四,母族三,妻族二。《书·尧典》:"以亲九族。"平百姓:平和百姓民众。一说百姓指百官。《书·尧典》:"平章百姓。"忧水患:《书·尧典》:"帝曰:'咨,四岳,汤汤洪水方割,荡荡怀山襄陵,浩浩滔天,下民其咨,有能俾乂?'"问臣下谁可任:尧征询臣子意见,问谁人可以接替帝位。《书·尧典》:"帝曰:'畴咨,若时登用?'"以女妻舜:尧把自己的

两个女儿嫁给舜。祀山川，见诸侯：祭祀山河，朝会诸侯。诸侯：指部落首领。《书·舜典》："至于岱宗，柴，望秩于山川，肆覲于东后。"律度：音律标准。权衡：秤锤和秤杆，代指度量标准。诛放四罪：《舜典》："流共工于幽州，放驩兜于崇山，窜三苗于三危，殛鲧于羽山，四罪而天下咸服。"

[14]"孔子之后"五句：意为孟子是孔子之后最了解道的人，然而他也只是把发展生产、使人民得以养生送死作为王道根本。《孟子·梁惠王》："不违农事，谷不可胜食也；数罟不入洿池，鱼鳖不可胜食也；斧斤以时入山林，材木不可胜用也。谷与鱼鳖不可胜食，材木不可胜用，是使民养生丧死无憾也。养生丧死无憾，王道之始也。五亩之宅，树之以桑，五十者可以衣帛矣。鸡豚狗彘之畜，无失其时，七十者可以食肉矣。百亩之田，勿夺其时，数口之家可以无饥矣。……七十者衣帛食肉，黎民不饥不寒，然而不王者，未之有也"。

[15]"以无形"二句：《庄子·大宗师》："夫道，有情有信，无为无形，可传而不可受，可得而不可见；自本自根，未有天地，自古以固存"。

[16]"无过不及"二句：儒家主张"中庸"之道，凡事恰如其分，过分或不足都不妥善。无过不及：《论语·先进》："子贡曰：'师与商也孰贤？'子曰：'师也过，商也不及。'曰：'然则师愈与？'子曰：'过犹不及。'"大中：尊大而居中。《易经·大有》："柔得尊位大中"。后世泛指无过不及、恰如其分的道理、原则，是儒家最高道德标准。

评析

这是欧阳修最早论述文道关系的一篇文章。作于明道二年(1033)，作者时任西京留守推官。张秀才，名棐，河中府(今山西永济蒲州)人，曾经将自己撰写的诗赋杂文投赠欧阳修，请求指导。作者说自己虽在西京，但官职卑微、学行不够、经验缺乏，不足以为人之师。坦诚批评了张秀才求学拜师舍近求远，对他的作品也提出了批评建议，同时还阐明了自己的学术观点。

此信先赞扬张秀才“言尤高而志极大”，说他言辞尤其高古，志向极其远大，是个好学有志者。接着话锋一转，批评他：讲述三皇远古时代的道，舍近求远，务求高古的言论却很少有事实。然后勉励他：研究道一定要懂得古人，懂得了古人，明确了道，然后亲身去实践道，在办事时推行道，并且又在文章里发扬道，以取信于后世。作者所谓的道，是周公、孔子、孟轲他们通常实践并推行的道，容易知道，并可以仿效，这些言辞，也容易明确，并可以实行。故寄望学者：应当稍微降低它的高古、缩减它的深远，这样来达到中道，那么就有希望达到道了。信中还引用孔子的话和《春秋》记事，远述《尚书》中尧舜禹的记载，以及孟轲对王道的解释，以弘扬儒家之道。

这封书信，文辞委婉，平易从容，既表现出了作者的学术思想，又体现了作者对后学循循善诱的风姿。清人储欣说：“高虚者之药石”。（《唐宋十大家全集录·六一居士外集录》卷一）清人沈德潜说：“文境少平，然论道切近，足以针砭骛高远而入虚无者”。（《唐宋八家文读本》卷十一）

与石推官第一书

修顿首再拜白公操足下[1]：前岁于洛阳，得在郓州时所寄书[2]，卒然不能即报，遂以及今。然其勤心未必若书之怠，而独不知公操察不察也？修来京师已一岁也，宋州临汴水[3]，公操之誉日与南方之舟至京师。修少，与时人相接尤寡，而誉者无日不闻[4]，若幸使尽识舟上人，则公操之美可胜道哉！

凡人之相亲者，居则握手共席，道欢欣，既别则问疾病起居，以相为忧者，常人之情尔。若闻如足下之誉者，何必问其他乎？闻之欣然，亦不减握手之乐也。夫不以相见为欢乐，不以疾病为忧问，是岂无情者乎？得非相期者在于道尔[5]。其或有过而不至于道者，乃可为忧也。

近于京师频得足下所为文[6]，读之甚善。其好古闵世之意，皆公操自得于古人，不待修之赞也。然有自许太高，诋时太过，其论若未深究其源者[7]，此事有本末[8]，不可卒然语，须相见乃能尽。然有一事，今详而说，此计公操可朝闻而暮改者，试先陈之。

君贶家有足下手作书一通[9]，及有二像记石本[10]，始见之，骇然不可识，徐而视定，辨其点画，乃可渐通。吁，何怪之甚也[11]！既而持以问人，曰："是不能乎书者邪[12]？"曰："非不能也。""书之法当尔邪[13]？"曰："非也。""古有之乎？"曰："无。""今有之乎？"亦曰："无也。""然则何谓而若是？"曰："特欲与世异而已。"修闻君子之于学，是而已[14]，不闻为异也。好学莫如扬雄，亦曰如此[15]。然古之人或有称独行而高世者[16]，考其行，亦不过乎君子，但与世之庸人不合尔[17]。行非异世，盖人不及而反弃之，举世斥以为异者欤。及其过，圣人犹欲就之于中庸[18]。况今书前不师乎古，后不足以为来者法。虽天下皆好之，犹不可为。况天下皆非之，乃独为之，何也？是果好异以取高欤[19]？然向谓公操能使人誉者，岂其履中道、秉常德而然欤？抑亦昂然自异以惊世人而得之欤[20]？

古之教童子者，立必正，听不倾，常视之毋诳，勤谨乎其始[21]，惟恐其见异而惑也。今足下端然居乎学舍[22]，以教人为师，而反率然以自异，顾学者何所法哉[23]？不幸学者皆从而效之，足下又果为独异乎！今不急止，则惧他日有责后生之好怪者，推其事，罪以奉归[24]，此修所以为忧而敢告也[25]，惟幸察之。不宣。同年弟欧阳某顿首[26]。

注释

[1]公操：即石推官石介(1005—1045)，字守道，又字公操，兖州奉符(今山东泰安)人，天圣八年(1030)进士，官至太子中允。

[2]"前岁"二句：前岁，即明道二年(1033)，当时作者在洛阳任西京留守推官，石介任郓州观察推官。

[3]"宋州"句：石介于景祐元年(1034)调任南京为学官。宋州：即应天府南京，今河南商丘。宋州是其本名，因为宋太祖赵匡胤在此发迹，所以在真宗景德三年升为应天府，大中祥符七年又升为南京，成为北宋陪都之一。

[4]誉者：赞誉石介的话。

[5]得非相期者在于道尔：大概互相期望于对方的在于追求正道罢了。得非：恐怕，或大概。其或有过：如果有时犯了错误。其：如果。或：有时，或许。过：过错，或错误。

[6]所为文：当指石介反杨亿，斥佛、老的代表作《怪说》三篇以及《中国论》等著述。

[7]"然有"三句：批评石介的文章过于自信，立论偏激而轻率。

[8]本末：根稍，或因果，指问题较复杂。

[9]君贶(kuàng)：王拱辰，字君贶，与作者同年及第，为是科状元。娶胥偃之女为妻，与欧阳修为连襟之亲。

[10]二像记：指石介《去二画本记》。景祐元年(1034)，知应天府兼南京留守刘随令学官石介剔去府学东书库"非圣人书"，石介趁机同时剔去道、释画像，并刻石记事。《去二画本记》："老与佛之书犹不可使学者见，况使学者见老与佛之像乎！……所谓老与佛二者，吾令悉去之，后来者将谓吾不恭职，失二画本，吾故书石以告。"石本：即刻石拓印本。

[11]何怪之甚也：怎么能如此古怪。

[12]是不能乎书者邪:这人是不懂书法的吗?乎,于。

[13]当尔:应当这样。尔:这样。这句是作者的问话。

[14]是而已:只学正确的东西罢了。是:对的,或正确。

[15]"好学"两句:《汉书·扬雄传》:"雄少而好学,不为章句,训诂通而已,博览无所不见。……故人时有问雄者,常用法应之,撰以为十三卷,像《论语》、号曰《法言》"。扬雄(前53—18):字子云,西汉蜀郡成都(四川成都市)人。汉成帝时做给事黄门郎,王莽时为大夫。雄少年好学,长于辞赋,后来主张一切言论以"五经"为准则,鄙薄辞赋,谓为"雕虫篆刻,壮夫不为",转而研究哲学。著有《长扬赋》《甘泉赋》《羽猎赋》和《法言》《太玄》《方言》等。

[16]称独行而高世:号称独行而在当世有很高名望。独行,志节高远超俗。《礼·儒行》:"其特立独行有如此者"。

[17]不过乎君子:没有超出君子的操行。

[18]及其过:待到他超过了正确的界限。中庸:儒家提出的不偏不倚、平和守常的处世哲学,是儒家的最高道德准则。语见《论语》。

[19]师乎古:师法于古贤,向古人学习。法:当作典范学习。虽:即使。好异以取高:喜好以怪异来获取"高尚"的名誉。

[20]岂:大概,表示推度。《庄子·外物》:"君岂有斗升之水而活我哉?"中道:无过无不及,中庸之道。抑:或者,还是。

[21]听不倾:不侧耳听人说话。视之毋诳:向童子显示不能欺骗。视:通"示",展示于人。勤谨:使勤谨,也是指导学生。

[22]居乎学舍:担任府学学官。石介于景祐元年调任应天府学官,次年秋天,夏竦知南京应天府,石介改任留守推官。

[23]教人为师:教导别人,当老师。率然:轻率地。顾:却,倒。学者:学习的人。

[24]有责后生之好怪者:有责备年轻人追求怪异的人。推其事:推究事情的根源。罪以奉归:把罪责归还给人。

[25]此修所以为忧而敢告也:这就是我感到忧虑的原因,而我大胆地告诉你。不宣:不尽,言不尽意。书信结尾处的常用语,

多用于朋友平辈之间。宋魏泰《东轩笔录》卷十五:“近世书问,自尊与卑即曰不具,自卑上尊即曰不备,朋友交驰即曰不宣,三字义皆同,而例无轻重之说,不知何人定为上下之分。”

[26]同年:科举时代同榜中式的人,作者与石介同于天圣八年(1030)进士及第。

评析

本文作于景祐二年(1035),欧阳修时任馆阁校勘。石推官,名介,字守道,一字公操,兖州奉符人,著名古文家。作者任西京留守推官时,就收到石介从郓州寄来的书信,因事未及时回信,故调到京城之后才予回复。这封书信,委婉而尖锐地批评石介文章好古,书法尚怪的创作倾向。

文章开头说,作者在京师听到许多人对石介赞誉,对这些赞誉,闻之欣然,认为也不减相见握手之欢。接着,作者笔锋一转说:“夫不以相见为欢乐,不以疾病为忧问,是岂无情者乎?”作者对这一设问虽没有正面回答,但言外之意是说自己并非无情之人,因为他们所企求的都是儒家之道,只有违背儒家之道,在道方面“过犹不及”才是需要忧虑的东西。作者所说的道,实际是儒家中庸之道,也是中道。中庸与中道,都要求在对立的两极中间用折中的方法求得和谐,即儒家所说的“中和”,要求对两个极端不偏不倚,既反对过分,又反对“不及”“过犹不及”均违背了中庸之道。接着肯定石介文章的“好古闵世之意”及“自得于古人”之处。但重点不是赞扬石介文章,故用“不待修之赞也”一笔带过。紧接着转到批评石介文章“自许太高,诋时太过”,所论述的问题也没有“深究其源”。然后批评的是石介书法的怪异。石介书法的怪,初看让人骇然不可辨识,通过慢慢辨其点画,才略可辨认。作者手持石介的字问人,别人对它的评价也是否定的,有人认为石介根本不会写字,有的提出质问:书法难道应该这样吗?作者的回答都是“非也”“无也”。信中连发五问,最后的一问一答,是找出石介书法怪异的原因。一言以蔽之曰:“特欲与世异而已。”这是问题的症结所在。原来石介在有意追求怪异,有追怪尚异的倾向。作者在《与石推官第二书》中,又指出石介书法"以直者为斜,以方者为圆",由此可见石介书法的怪异特色。针对石介书法的怪异,作者提出君子之于学,求其"是"而不求其"异",进而指出古代"称独行而高世者",就其行为而论,也没有超出君子,只是与世上的庸人不合而已。

作者批评石介所用的标准并非儒家的中庸思想。中庸思想主张人的行为要不偏不倚,"过犹不及"则不符合中道。一个人的行为虽然与世无异,但行事不求适度,让人感到过分或不及,人们反而会抛弃他,或遭到"举世斥以为异"的下场。作者指出石介书法"前不师乎古,后不足以为来者法。虽然天下皆好之,犹不可为。况天下皆非之,乃独为之,何也?是果好异为取高欤"?最后一句可谓击中要害。接着又加以反问:你以前所以受到人们的称誉,是履行中道、秉承常德才受到的呢?还是"昂然自异以惊世人"而获得的呢?最后换了一个角度批评石介书法怪异,作者以《礼记·曲礼》为立论的基础,以《礼记》对童子的一系列要求,归结到唯恐石介的怪异之举,会导致童子"见异而惑",因为石介身居学舍、身为人师,反而"率然以自异",这不仅理不应该,还会导致贻误后学的严重后果。作者认为,如果学生以你为法,都追求怪异,你也不能独异了,如不立即制止"好异以取高"的倾向,造成不良影响,追究责任,你就难辞其咎了。

这篇文章在谋篇布局上,叙次井然,转折层次颇多,论说得体,有理有序有节,或婉转,或直露,呈现出直而婉的艺术风貌。明人茅坤评说此文:"引誉后进,亦规训后进"。(《唐宋八大家文钞·欧阳文忠公文钞》卷十一)明末清初吕留良、吕葆中评述说:"守道矜奇负异,不肯即服,故折之一以平直之道,立言极有法则"。(《晚村精选八大家古文·欧阳文》)

上杜中丞论举官书

具官修谨斋沐拜书中丞执事[1]:修前伏见举南京留守推官石介为主簿。近者,闻介以上书论赦被罢,而台中因举他吏代介者。主簿于台职最卑[2],介,一贱士也,用不用,当否,未足害政。然可惜者,中丞之举动也。

介为人刚果有气节,力学,喜辩是非,真好义之士也。始执事举其材[3],议者咸曰知人之明。今闻其罢,皆谓赦乃天子已行之令,非疏贱当有说[4],以此罪介,曰当罢。修独以为不然。然不知介果指何事而言也[5]。传者皆云:"介之所论,谓朱梁刘汉不当求其后裔尔[6]。"若止此一事,则介不为过也。然又不知执事以介为是为非也。若随以为非,是大不可也。

且主簿于台中,非言事之官,然大抵居台中者,必以正直、刚明、不畏避为称职。今介足未履台门之阈[7],而已用言事见罢,真可谓正直刚明、不畏避矣。度介之才,不止为主簿,直可任御史也。是执事有知人之明,而介不负执事之知矣。

修尝闻长老说,赵中令相太祖皇帝也[8],尝为某事择官,中令列二臣姓名以进,太祖不肯用。它日又问,复以进,又不用。它日又问,复以进,太祖大怒,裂其奏,掷殿阶上。中令色不动,插笏带间[9],徐拾碎纸,袖归中书。它日又问,则补缀之,复以进。太祖大悟,终用二臣者。彼之敢尔者[10],盖先审知其人之可用,然后果而不可易也。今执事之举介也,亦先审知其可举邪,是偶举之也?若知而举,则不可遽止;若偶举之,犹宜一请介之所言[11],辩其是非而后已。若介虽忤上,而言是也,当助以辩；若其言非也，犹宜曰所举者为主簿尔，非言事也，待为主簿不任职，则可罢请，以此辞焉可也。

且中丞为天子司直之臣[12]。上虽好之，其人不肖，则当弹而去之；上虽恶之，其人贤，则当举而申之。非谓随时好恶而高下者也[13]。今备位之臣百十，邪者正者，其纠举一信于台臣[14]。而执事始举介曰能，朝廷信而将用之，及以为不能，则亦曰不能，是执事自信犹不果。若遂言它事，何敢望天子之取信于执事哉？故曰主簿虽卑，介虽贱士，其可惜者，中丞之举动也。

况今斥介而他举，必亦择贤而举也。夫贤者固好辩[15]，若举而入台，又有言，则又斥而它举乎？如此，则必得愚暗懦默者而后止也。伏惟执事如欲举愚者，则岂敢复云[16]；若将举贤也，愿无易介而它取也。

今世之官，兼御史者例不与台事[17]，故敢布狂言，窃献门下，伏惟幸察焉。

注释

[1]具官、斋沐、执事：见《上范司谏书》注释[1]。

[2]“主簿”句：宋制，御史台正官有中丞、侍御史、殿中侍御史、监察御史；御史台主簿只负责收发登记文籍，是办事人员，所以说“于台职最卑”。

[3]举其材：因其人有才干加以推荐。

[4]“非疏浅”句：不是地位疏远、低下的人所该议论的。

[5]“然不知”句：当时石介上书的内容并未公开，作者只是听到传闻。

[6]“介之论”三句：石介认为不应该录用朱温、刘知远他们的后裔做官。朱梁：指朱温所建立的后梁。刘汉：指刘知远所建立的后汉。

[7]“今介”句：石介上书时还未到御史台任职。阈：门槛。

[8]赵中令:即赵普,宋初名相,辅佐宋太祖、太宗两朝。中令:即中书令,是总管国家政务的中书省的最高行政长官。

[9]插笏带间:把笏插在腰带间。笏:古代大臣朝见皇帝时所执的手板,可用以记事,因要腾出双手做事,就将笏板插在腰间衣带上。

[10]彼之敢尔:他敢于这样做的原因。

[11]犹宜一请介之所言:还应该弄清楚石介究竟说了些什么。

[12]司直之臣:主管直言诤谏的大臣。

[13]随时好恶而高下:跟随时人的说好说坏而抬高或贬低某人。

[14]纠举:弹劾与举荐。

[15]贤者固好辩:《孟子·滕文公》:"孟子曰:予岂好辩哉,予不得已也。"

[16]"伏惟"两句:我想您如果想要荐举庸愚之辈,那就不敢再说了。

[17]"兼御史"句:欧阳修当时兼领监察御史,此仅有官资迁叙之名义,不可实际参与御史台事务。

评析

本文作于景祐二年(1035),欧阳修时任馆阁校勘。这年二月,御史中丞杜衍荐举石介为御史台主簿,十一月,宋仁宗因行祭天大礼,下诏大赦,录用五代及诸国后嗣。当时还未到御史台就职的石介,上书表示反对,触怒仁宗,被罢免官职,朝中众臣都认为石介职位低卑,还谏说皇帝已行之令,罪该当罢。唯独作者不以为然,故致书杜衍,对罢免石介一事提出了自己的看法,希望杜衍能向皇帝申说而挽回此事。

当时,作者虽兼任监察御史,但此职仅作官资迁叙之名,不可参预御史台事务,也无权对石介罢免一事发表意见,但他深感此事反映了朝廷用人的原则,会对朝政产生重大影响。于是,作者毅然仗义执言,修书杜衍。可以想象,他的心情是十分急迫的。然而在这封书信中,作者并没有用严厉质问或慷慨陈词的方式来表达自己的心绪,而是处处从维护杜衍的角度来思考问题,根据对方的身份和面对此事可能出现的心理情状,设想周全,说理透辟,在不急不躁的叙述议论中,却又透出步步紧逼的气势。

作者开始就指出,若就事论事地看石介罢免,本无关治政大局,然令人深感可惜的是,恰恰杜衍因此而受到影响。这清楚地表明,作者致书杜衍的原因不单是为石介抱屈叫冤,更是出于对杜衍的尊重与关心。对杜衍而言,荐举的对象未上任就遭罢免,毕竟令人沮丧,举人不当似乎难辞其咎。然而作者却大力肯定杜衍有知人之明,一是强调石介一贯刚直好义,得到当时朝官的一致称赞,证明杜衍荐举是正确的;二是作者对石介的这次举动作出与众不同的解释,认为这恰好证明了石介的品格,也证明了杜衍的眼光。作者又以宋初赵普三举贤臣之例,阐述择官之原则应"先审知其人之可用,然后果而不可易也",认为中丞为"司直之臣",负有对官员纠察弹劾、检举不法之权,故不应以皇帝好恶为处事标准,从而婉言批评杜衍"始举介曰能","及以为不能,则亦曰不能","是执事自信犹不果"。接着,作者又以假设论证,并尖锐地指出:人云亦云,不坚持原则,将有损于御史中丞名誉的严重后果,"何敢望天子之取信于执事哉"?这种"自信犹不果"的表现,最终必将失去皇帝的信任,在其他问题上也难以实现自己的主张。可以看到,作者的态度明朗坚决、不留余地,但他论说的前提是对杜衍有知人之明的肯定,基调是对杜衍的敬重和信任,内容是设身处地地为杜衍权衡谋划,这就构成了本文刚柔兼具的气格。

本文表现出执著激奋与从容细密两者紧密结合的特点。能够形成这样的文章风格,固然有写作上的技巧,但也离不开作者的宽广的胸襟和恢弘的气度。就作者与石介的关系而言,他确实认同石介的基本人格,但对石介的某些不足,也毫不留情地指责批评。作者对石介罢免一事的评说,完全是出于高度责任感而不夹杂个人私念,这使得这篇文章显得大气而从容。明人茅坤评述说:"议论明切,归之正直而后先中彀率"。(《唐宋八大家文钞》卷三十

八)明唐顺之评价说:“贯珠之文,与《高若纳书》同”。(《文编》卷四十六)

原弊

孟子曰:养生送死,王道之本[1]。管子曰:仓廪实而知礼节[2]。故农者,天下之本也,而王政所由起也,古之为国者未尝敢忽。而今之为吏者不然,簿书听断而已矣[3],闻有道农之事,则相与笑之曰鄙。夫知赋敛移用之为急,不知务农为先者,是未原为政之本末也。知务农而不知节用以爱农,是未尽务农之方也。

古之为政者,上下相移用以济,下之用力者甚勤,上之用物者有节,民无遗力,国不过费,上爱其下,下给其上,使不相困。三代之法皆如此,而最备于周。周之法曰:井牧其田[4],十而一之[5]。一夫之力,督之必尽其所任;一日之用,节之必量其所入;一岁之耕,供公与民食,皆出其间而常有余。故三年而余一年之备[6]。今乃不然,耕者不复督其力,用者不复计其出入,一岁之耕,供公仅足,而民食不过数月。甚者,场功甫毕,簸糠麸而食秕稗,或采橡实、畜菜根以延冬春。夫糠核橡实,孟子所谓狗彘之食也[7],而卒岁之民不免食之[8]。不幸一水旱,则相枕为饿殍。此甚可叹也!

夫三代之为国,公卿士庶之禄廪,兵甲车牛之材用,山川宗庙鬼神之供给,未尝阙也。是皆出于农,而民之所耕,不过今九州之地也。岁之凶荒,亦时时而有,与今无以异。今固尽有向时之地,而制度无过于三代者。昔者用常用馀,而今常不足,何也?其为术相反而然也。

昔者知务农又知节用,今以不勤之农赡无节之用故也。非徒不勤农,又为众弊以耗之;非徒不量民力以为节,又直不量天力之所任也。

何为众弊?有诱民之弊,有兼并之弊,有力役之弊。请详言之。今坐华屋享美食而无事者,曰浮图之民;仰衣食而养妻子者,曰兵戎之民。此在三代时,南亩之民也[9]。今之议者,以浮图并周、孔之事曰三教,不可以去;兵戎曰国备,不可以去。浮图不可并周、孔,不言而易知。请试言之。国家自景德罢兵[10],三十三岁矣,兵尝经用者老死今尽,而后来者未尝闻金鼓、识战阵也。生于无事而饱于衣食也,其势不得不骄惰。今卫兵入宿,不自持被而使人持之;禁兵给粮,不自荷而雇人荷之。其骄如此,况肯冒辛苦以战斗乎[11]!前日西边之吏,如高化军齐宗举,两用兵而辄败[12],此其效也。夫就使兵耐辛苦而能斗战,惟耗农民为之可也。奈何有为兵之虚名,而其实骄惰无用之人也?

古之凡民长大壮健者,皆在南亩,农隙则教之以战。今乃大异。一遇凶岁,则州郡吏以尺度量民之长大而试其壮健者,招之去为禁兵,其次不及尺度而稍怯弱者,籍之以为厢兵。吏招人多者有赏,而民方穷时争投之,故一经凶荒,则所留在南亩者惟老弱也。而吏方曰:“不收为兵,则恐为盗。”噫!苟知一时之不为盗,而不知其终身骄惰而窃食也。古之长大壮健者任耕,而老弱者游惰;今之长大壮健者游惰,而老弱者留耕也。何相反之甚邪!然民尽力乎南亩者,或不免乎狗彘之食,而一去为僧、兵,则终身安佚而享丰腴,则南亩之民不得不日减也。故曰有诱民之弊者,谓此也,其耗之一端也。

古者计口而受田,家给而人足。井田既坏,而兼并乃兴。今大率一户之田及百顷者，养客数十家[13]。其间用主牛而出己力者用己牛而事主田以分利者，不过十余户。其余皆出产租而侨居者，曰浮客，而有畬田[14]。夫此数十家者，素非富而畜积之家也，其春秋神社、婚姻死葬之具，又不幸遇凶荒与公家之事，当其乏时，尝举责于主人，而后偿之，息不两倍则三倍。及其成也，出种与税而后分之，偿三倍之息，尽其所得或不能足。其场功朝毕而暮乏食，则又举之。故冬春举食则指麦于夏而偿，麦偿尽矣，夏秋则指禾于冬而偿也。似此数十家者，常食三倍之物，而一户常尽取百顷之利也。夫主百顷而出税赋者一户，尽力而输一户者数十家也。就使国家有宽征薄赋之恩，是徒益一家之幸，而数十家者困苦常自如也。故曰有兼并之弊者，谓此也。此亦耗之一端也。

民有幸而不役于人，能有田而自耕者，下自二顷至一顷，皆以等书于籍[15]。而公役之多者为大役[16]，少者为小役，至不胜，则贱卖其田，或逃而去。故曰有力役之弊者，谓此也。此亦耗之一端也。

夫此三弊，是其大端。又有奇邪之民去为浮巧之工，与夫兼并商贾之人为僭侈之费，又有贪吏之诛求，赋敛之无名，其弊不可以尽举也。既不劝之使勤，又为众弊以耗之。大抵天下中民之士富且贵者，化粗粝为精善，是一人常食五人之食也。为兵者，养父母妻子，而计其馈运之费，是一兵常食五农之食也。为僧者，养子弟而自丰食，是一僧常食五农之食也。贫民举倍息而食者，是一人常食二人三人之食也。天下几何其不乏也！

何谓不量民力以为节？方今量国用而取之民，未尝量民力而制国用也。古者冢宰制国用[17]，量入以为出，一岁之物三分之，一以给公上，一以给民食，一以备凶荒。今不先制乎国用，而一切临民而取之。故有支移之赋，有和籴之粟，有入中之粟，有和买之绢，有杂料之物[18]，茶盐山泽之利有榷有征[19]。制而不足，则有司屡变其法，以争毫末之利。用心益劳而益不足者，何也？制不先定，而取之无量也。

何谓不量天力之所任？此不知水旱之谓也。夫阴阳在天地间腾降而相推，不能无愆伏[20]，如人身之有血气，不能无疾病也。故善医者不能使人无疾病，疗之而已；善为政者不能使岁无凶荒，备之而已。尧、汤大圣，不能使无水旱，而能备之者也[21]。古者丰年补救之术，三年耕必留一年之蓄，是凡三岁，期一岁以必灾也。此古之善知天者也。今有司之调度，用足一岁而已，是期天岁岁不水旱也。故曰不量天力之所任。是以前二三岁，连遭旱蝗而公私乏食，是期天之无水旱，卒而遇之，无备故也。

夫井田什一之法，不可复用于今。为计者莫若就民而为之制[22]，要在下者尽力而无耗弊，上者量民而用有节，则民与国庶几乎俱富矣！今士大夫方共修太平之基，颇推务本以兴农，故辄原其弊而列之，以俟兴利除害者采于有司也[23]。

注释

[1]孟子：名轲，战国时思想家，儒家学派代表人物，他的言论由其弟子辑成《孟子》一书。《孟子·梁惠王》："养生丧死无憾，王道之始也"。

[2]管子：即管仲。春秋时齐国宰相，著名政治家。他的言论记载在《管子》一书中。《管子·牧民》："仓廪实则知礼节，衣食足则知荣辱"。

[3]簿书:登记钱财谷物的册子。听断:古代地方官兼理司法刑狱,此指审判案件。

[4]井牧其田:语出《周礼·地官·小司徒》:"乃经土地而井牧其田野"。即分配土地给老百姓,低湿多草的地方用于放牧牛羊,平整肥沃的地方实施井田制,用于耕种农作物。

[5]十而一之:十分抽一的税法。

[6]"故三年"句:连续耕种三年,可以积储够一年食用的粮食。语出《礼记·王制》:"三年耕必有一年之食"。

[7]狗彘之食:猪狗吃的东西。

[8]卒岁:过年,或熬过年底。

[9]南亩:田垄南北向称南亩,田垄东西向称东亩,故南亩泛指农田,而南亩之民,即指农民。

[10]景德罢兵:指宋真宗景德元年(1004)澶渊之盟。

[11]"今卫兵入宿"六句:禁军调入京师宿卫皇宫,按照宋太祖的规定,军需粮食必须由士兵亲自背运。这一规定到北宋中期已经弛废。

[12]"前日"三句:当指西夏国主元昊领兵侵扰庆州,两度打败宋军之事。见《宋史纪事本末·夏元昊拒命》。

[13]养客数十家:宋代户籍有主户、客户的区别。主户又称税户,乡村主户有田产,应服役纳税。乡村客户中有一部分是本地人,有牛无田,或有田无牛,受剥削较轻;大部分是外地逃亡而来的,称为浮客,一无所有,受地租和高利贷剥削最重。

[14]畲田:新开垦的荒地。《宋史·食货志》:"真宗景德初,诏诸州,不堪牧马闲田,依职田例,招主客户,多方种莳,以沃瘠分三等输课"。

[15]"民有幸"四句:不做佃户的自耕农,官府根据各自的土地、财产、人口状况登记在册,每户按等级纳税服役。以等书于籍:宋代分民户为五等,登记在"五等丁产簿",作为征科赋役的依据。

[16]公役:给官府服劳役,有小役、大役之分。小役为充当弓手,捕捉盗贼,巡查市场,维护地方治安,服役期或长达七年以上。大役如衙前役,主管官物,负责辇运。服役者必须办过差事方能

告退,因此要行贿谋求差事。如果失陷官物,要用家财赔偿,往往导致破产。

[17]冢宰:周代官名,为百官之长。语出《周礼·天官》:"乃立天官冢宰,使率其属而掌邦治"。

[18]"故有支移"五句:列举种种苛捐杂税。支移之赋:命令农民把应缴的粮食不缴本州本县,而缴到缺粮的他州他县,所谓"移此输彼,移近输远"。如果准免支移,需缴纳脚钱,成为变相加税。和籴之粟:在正赋之外,朝廷强制收购粮草。入中之粟:《宋史·食货志》记载:天圣元年(1023),实行陕西、河北入中刍粮见钱法。募商人入纳粮草到规定的沿边地点,给予钞引,使至京城或他处领取现钱或金银、盐、茶、香药等。目的在于充实朝廷财力,供应边地军需,后来弊端丛生。和买之绢:预买细绢。官府在上一年贷钱给农民,次年收绢匹,实际上是低价硬性派购。杂料之物:除有名目的税收外,增收其他物品,《宋史·食货志》称为"杂变"。

[19]榷:官府专卖。宋代盐茶铜铁等,均由官府专卖。

[20]"夫阴阳"二句:指阴阳二气构成事物。愆伏:季节寒暖失调,气候反常。愆:冬暖;伏:夏寒。

[21]"尧汤"三句:晁错《论贵粟疏》:"故尧、禹有九年之水,汤有七年之旱,而国无捐瘠者,以蓄积多而备先具也"。

[22]就民而为之制:根据农民的承受能力制订相应的赋税制度。

[23]原其弊而列之:推究这件事情的弊端而论列之。俟:等待。

评析

本文作于景祐三年(1036),欧阳修贬谪夷陵之前。当时北宋内忧外患、危急四伏,有识之士纷纷要求改革弊政。在此背景之下,作者为探究宋王朝积贫积弱根源而写下此文。文章着重论述农民问题,揭露批判了"诱民""兼并""力役"等各种时弊,并提出了解决问题的办法。文章强调"务本以兴农""节用以爱农",表现作者兴利除弊、富国强民的改革思想,为后来“庆历新政”作了舆论上的准备。

文章开头引述孟子、管仲的话,提出以“农者,天下之本”为为政之本、以“节用以爱农”为务农之策的主张。接着,以古之为政与今之为政的一系列具体事例的生动对比,指出今之为政不以农为本,不节用以爱农。作者多运用了设问起笔,结尾归纳概括的方法,显示出文章的逻辑力量。以作者论析“众弊”为例,先设问:“何为众弊?”随之予以概括回答:“有诱民之弊、兼并之弊、力役之弊”。

所谓诱民之弊,即引诱农民脱离农业生产。作者生动具体地叙述了“浮图之民”“兵戎之民”与农民作了鲜明对比。那些和尚、士兵“坐华屋而享美食”,饱食终日,无所事事;士兵骄横跋扈,出战“辄败”,实为“骄惰无用之人”。如果他们肯吃苦耐劳,英勇善战,即使消耗农民的血汗,供养他们也还是可以的。正因为和尚、士兵待遇丰厚,农民“穷时争投之”,唯“老弱者留耕”。所谓兼并之弊,即废井田后,土地集中在少数庄户手中,农民租种其田。作者用具体的数字和例子,揭露庄主对庄户的高利盘剥,使庄户入不敷出,负债累累。所谓力役之弊,各种劳役名目繁多,沉重的劳役使农民不堪忍受,纷纷破产,弃田而逃,无法从事农业生产。作者最后提出解决问题的办法是,实行“宽简”的政治,以农为本,节用爱农,休养生息,缓和统治阶级与人民之间的矛盾,改变积贫积弱局面。

文章立论精当,陈词痛切,借助古今对比、引数据、举事例等论证方法,观点鲜明,重点突出,文风平易,条理清晰。明人茅坤评述本文:“中多切当时情弊”。(《唐宋八大家文钞》卷四十一)

送王圣纪赴扶风主簿序

前年五月,大霖雨杀麦[1],河溢东畿,浸下田。已而不雨,至于八月,菽粟死高田。三司有言[2]:“前时溢博州，民冒河为言[3]，得免租者盖万计。今岁秋当租，惧民幸水旱，因缘得妄免，以亏兵食，慎敕有司谨之[4]。”朝廷因举田令[5]，约束州县吏。吏无远近，皆望风恶民言水旱，一以农田敕限，甚者笞而绝之[6]。

畿之民诉其县，不听；则诉于开封，又不听；则相与聚立宣德门外[7]，诉于宰相。于是遣吏四出视诸县。视者还，而或言灾，或言否，然言否者十七八。最后视者还，言民实灾，而吏徒畏约束以苟自免尔。天子闻之恻然，尽蠲畿民之租[8]。

余尝窃叹曰：民生幸而为畿民，有缓急，近而易知也[9]。雨降于天，河溢于地，与赤日之出，是三者物之易见也。前二三岁，旱蝗相连[10]，朝廷岁岁随其灾之厚薄，蠲其赋之多少，至兵食不足，则岁籴或入粟以爵而充之[11]。是在上者之爱人，而仁人之心易恻也[12]。以易知之近，言易见之事，告易恻之仁，然吏一壅之，几不得达。况四海之大，几万里而远，事之难知，不若霖潦赤日之易见者何数！使上有恻之之心不得达于下，下有思告之苦不得通于上者，吏居其间而壅之尔，可胜叹哉！

扶风为县，限关之西[13]，距京师在千里外，民之不幸而事有隐微者何限，其能生死曲直之者，令与主簿、尉三人[14]。而民之志得不壅而闻于州，州不壅而闻于上，县不壅而民志通者，令与主簿、尉达之而已。

王君圣纪主簿于其县。圣纪好学有文，佐是县也，始试其为政焉[15]，故以夫素所叹者告之。

景祐三年二月二十四日，庐陵欧阳修序。

注释

[1]“大霖雨”句：大雨久下不停，毁坏田里的麦子。

[2]三司:官署名,即盐铁、度支、户部,是北宋最高财政机构。

[3]博州:宋代州名,州治在今山东聊城。冒河为言:假冒黄河灾害提出减免赋税的要求。

[4]慎敕有司谨之:命令主管部门对减免赋税要谨慎。

[5]因举田令:因而发布征收田赋的命令。

[6]"吏无远近"四句:远近官吏都迎合朝廷旨意,讨厌百姓报告水旱灾情,一律按农田面积限期交纳田赋,甚至用鞭打的办法禁绝灾情上报。

[7]宣德门:开封城内宫城的正门。

[8]蠲(juān):免除。

[9]近而易知:(京畿之人)因为离京城近,他们的困难容易为朝廷了解。

[10]"前二三岁"二句:宋代李焘《续资治通鉴长编》卷一一四载,景祐元年(1034)"春正月甲子,遣使督江、淮漕米,以赈京东饥民"。同年三月,开封府判官谢绛奏告:"蝗亘田野,坌入郛郭,跳掷官寺,井堰皆满,而使者数出,府县监捕驱逐,蹂践田舍,民不聊生。"

[11]入粟以爵:富人向官府缴纳粮食买取官爵。

[12]仁人之心易恻也:仁德的皇帝容易对百姓产生恻隐之心。恻:恻隐,同情。

[13]限关之西:隔在潼关的西面。限:阻隔。

[14]"其能"二句:能够决定百姓生死,判断事理曲直的,便是县令、主簿、县尉三人。《宋史·职官志》:"开宝三年(970)诏:诸县千户以上置令、簿、尉;四百户以上置令、尉,令知主簿事;四百户以下置簿、尉,以主簿兼知县事"。

[15]"始试"句:第一次出任官职。宋代新进士除少数留任京职外,大多分发到地方任职。

评析

本文作于景祐三年(1036),欧阳修时任馆阁校勘。王圣纪,生平不详，当时新中进士，在即将出任陕西扶风县主簿时，作者作此文赠行。主要针对当时朝廷官员，望风希旨，尽说假话，于百姓死活之不顾，而发出“上有恻之之心不得达于下，下有思告之苦不得通于上者，吏居其间而壅之尔”的感叹。为此勉励王氏：为政要关心民生疾苦，为百姓讲真话，办实事。

文章开始，作者摆出近年京城附近百姓受灾，地方官吏隐瞒灾情以邀功请赏的事实。面对严重的旱涝灾害，三司却提出建议说：以前黄河在博州泛滥时，老百姓曾假冒黄河灾害，提出减免赋税的要求。今年恐怕百姓又要借水旱为由，要求减免赋税，从而使军粮减少，因此朝廷应郑重下令让有关官员谨慎处理。根据三司的建议，朝廷发布了严格征收田赋的命令，要求州县官吏执行。这主观上是要充实国库，增强军备。但是水旱之灾是客观现实，百姓提出减免赋税也是完全合理的要求。那些阿谀奉承的官员们，不顾民间实情，仍让百姓一律按规定时间和数量交纳田赋，并阻止上报灾情。百姓不堪忍受，层层上告，直到告至宰相，朝廷才派官吏视察灾情。可调查回来的官吏十有七八还是隐瞒灾情，直到最后，才有人说出实情。作者指出，这些隐瞒灾情的官吏都是惧怕朝廷命令，为保全自己的官禄而说假话，根本不顾百姓死活。作者认为皇帝还是开明的、仁慈的、有远见的，对京畿灾情“天子闻之恻然，尽蠲畿民之租”。

作者就此事抒发内心感慨，从“易知、易见、易恻”三方面作详细剖析，认为此事发生实属不该。因为百姓生活在京城附近，遇到急难之事，朝廷本容易知晓；天降暴雨、河水泛滥、酷日当空都是自然现象，人人都看得见；当今皇帝开明而有仁爱之心，因此对百姓很容易产生同情，问题本来容易解决。可问题是，官吏们阻隔上下之间的联系。作者把典型的易事与普遍的难事相对照，深刻地指出了当时官场存在的弊端。文章最后，作者把主题落到了对王圣纪赴扶风任主簿的期望上，说扶风在京城千里之外，老百姓有很多痛苦不能被觉察，作为州县地方官就显得特别重要了，因此对王圣纪提出殷切的希望。

文章摆事实、讲道理，剖析深刻，论证精到，使人们从一管窥全貌,从局部看全局,在深刻揭露社会弊端的同时,流露出作者对人民的无比同情和对窃禄保位的官吏极端痛恨。站在人民的立场上,关注民生疾苦,洞察社会弊端,为广大百姓直言,这正是这篇文章影响深远的原因所在。

与高司谏书

修顿首再拜白司谏足下[1]:某年十七时,家随州[2],见天圣二年进士及第榜,始识足下姓名。是时予年少,未与人接,又居远方,但闻今宋舍人兄弟与叶道卿、郑天休数人者[3],以文学大有名,号称得人。而足下厕其间,独无卓卓可道说者,予固疑足下不知何如人也。

其后更十一年,予再至京师[4],足下已为御史里行[5],然犹未暇一识足下之面,但时时于予友尹师鲁问足下之贤否,而师鲁说足下正直有学问,君子人也,予犹疑之。夫正直者不可屈曲,有学问者必能辨是非,以不可屈之节,有能辨是非之明,又为言事之官,而俯仰默默,无异众人,是果贤者耶?此不得使予之不疑也。

自足下为谏官来,始得相识,侃然正色[6],论前世事,历历可听,褒贬是非,无一谬说。噫!持此辨以示人,孰不爱之?虽予亦疑足下真君子也。

是予自闻足下之名及相识,凡十有四年,而三疑之。今者推其实迹而较之,然后决知足下非君子也。

前日范希文贬官后[7],与足下相见于安道家[8],足下诋诮希文为人。予始闻之,疑是戏言,及见师鲁,亦说足下深非希文所为,然后其疑遂决。希文平生刚正,好学通古今,其立朝有本末[9],天下所共知,今又以言事触宰相得罪，足下既不能为辨其非辜，又畏有识者之责己，遂随而诋之，以为当黜，是可怪也。

夫人之性，刚果懦软禀之于天，不可勉强，虽圣人亦不以不能责人之必能[10]。今足下家有老母，身惜官位，惧饥寒而顾利禄，不敢一忤宰相以近刑祸，此乃庸人之常情，不过作一不才谏官尔。虽朝廷君子，亦将闵足下之不能，而不责以必能也。今乃不然，反昂然自得，了无愧畏，便毁其贤[11]，以为当黜，庶乎饰己不言之过。夫力所不敢为，乃愚者之不逮；以智文其过，此君子之贼也。

且希文果不贤邪？自三四年来，从大理寺丞至前行员外郎[12]、作待制日，日备顾问，今班行中无与比者。是天子骤用不贤之人？夫使天子待不贤以为贤，是聪明有所未尽[13]。足下身为司谏，乃耳目之官[14]，当其骤用时，何不一为天子辨其不贤，反默默无一语，待其自败，然后随而非之？若果贤邪？则今日天子与宰相以忤意逐贤人，足下不得不言。是则足下以希文为贤，亦不免责，以为不贤，亦不免责，大抵罪在默默尔。

昔汉杀萧望之与王章[15]，计其当时之议，必不肯明言杀贤者也，必以石显、王凤为忠臣[16]，望之与章为不贤而被罪也。今足下视石显、王凤果忠邪，望之与章果不贤邪？当时亦有谏臣，必不肯自言畏祸而不谏，亦必曰当诛而不足谏也。今足下视之，果当诛邪？是直可欺当时之人，而不可欺后世也。今足下又欲欺今人，而不惧后世之不可欺邪？况今之人未可欺也。

伏以今皇帝即位已来，进用谏臣，容纳言论，如曹修古、刘越，虽殁犹被褒称[17]。今希文与孔道辅[18]，皆自谏诤擢用。足下幸生此时，遇纳谏之圣主如此，犹不敢一言,何也?前日又闻御史台榜朝堂,戒百官不得越职言事,是可言者惟谏臣尔[19]。若足下又遂不言,是天下无得言者也。足下在其位而不言,便当去之,无妨他人之堪其任者也。昨日安道贬官,师鲁待罪,足下犹能以面目见士大夫,出入朝中称谏官,是足下不复知人间有羞耻事尔!所可惜者,圣朝有事,谏官不言,而使他人言之。书在史册,他日为朝廷羞者,足下也。

《春秋》之法,责贤者备[20]。今某区区犹望足下之能一言者,不忍便绝足下,而不以贤者责也。若犹以谓希文不贤而当逐,则予今所言如此,乃是朋邪之人尔,愿足下直携此书于朝,使正予罪而诛之,使天下皆释然知希文之当逐,亦谏臣之一效也[21]。

前日足下在安道家,召予往论希文之事,时坐有他客,不能尽所怀,故辄布区区,伏惟幸察。不宣。修再拜。

注释

[1]顿首:头叩地而拜。再拜:拜两次,一种表示恭敬的礼节。古人书信中的客套话,用于开头或结尾。

[2]家随州:胡柯《庐陵欧阳文忠公年谱》:大中祥符三年(1010):"郑公(欧阳观)终于泰州军事判官,公叔父晔时任随州推官,因卜居焉。公母夫人郑氏,年方二十九,携公往依之,遂家于随"。

[3]宋舍人兄弟:指宋庠、宋祁兄弟。《宋史》本传称"祁兄弟皆以文学显",且宋庠、宋祁兄弟都曾以起居舍人寄禄,故称舍人。舍人:官名,多以文学名士充任,掌撰拟诏旨等职。叶道卿:叶清臣,字道卿,长洲(今江苏吴县)人;《宋史》本传称他"善属文"。郑天休:郑戬,字天休,吴县(今江苏苏州)人;《宋史》本传称他"以属辞知名"。二人都是当时的有名文士。

[4]“其后”二句:天圣二年(1024)往后十一年,即景祐元年(1034),欧阳修西京留守任满,由枢密使王曙推荐,召试学士院,官馆阁校勘,居开封。在此之前,天圣五年,天圣六年至八年应进士试及明道二年(1033)因公事到过开封,故曰“再至”。

[5]御史里行:官名,见习御史,非正官,无定员,职责同监察御史,但品级较低。

[6]侃然正色:刚正严肃。侃然:刚直的样子。

[7]范希文:范仲淹,字希文,时以天章阁待制权知开封府,上《百官图》指责宰相吕夷简任用私人,又连奏四论讥讽时政,受吕夷简诬陷,被贬知饶州。

[8]安道:余靖,字安道,时任集贤校理。范仲淹被贬,他上书抗争,随后亦贬官。

[9]立朝有本末:在朝做官,处世行事有原则,此喻施政纲领和具体措施。本末:树木的根和梢,亦称主流末节,《易·系辞》:“其初难知,其上易知,本末也”。《礼记·大学》:“物有本末,事有始终”。

[10]“虽圣人”句:“不能”是干不了,“不为”是不愿干,故曰“不以不能责人之必能”。《孟子·梁惠王》:“挟太山以超北海,语人曰我不能,是诚不能也。为长者折枝,语人曰我不能,是不为也,非不能也”。

[11]便毁:花言巧语,随意诋毁。

[12]“自三四年”二句:范仲淹于宋仁宗天圣三年(1025)至六年为大理寺丞,景祐二年(1035)升至尚书吏部员外郎、天章阁待制、权知开封府。“三四年”言其擢升快速,并非确数。大理寺丞:大理寺是掌管刑狱的官署,丞为其下属官。前行:唐宋时尚书省六部分为前行、中行和后行,兵、吏二部及左右司为前行,这里指吏部员外郎。从大理寺丞至吏部员外郎,官资升迁十五阶。

[13]聪明:听觉灵敏叫聪,视觉敏锐叫明。这里代称皇帝的视听与观察。

[14]耳目之官:谏官负责纠察朝政,向皇帝诤谏进言,如同目耳,故称。

[15]萧望之:字长倩,西汉大臣,遭宦官弘恭、石显等人排挤。汉宣帝时任太子太傅,受宣帝遗命辅政,汉元帝继位后任宰相,因反对宦官石显为中书令,被石显等诬告下狱,被迫自杀。王章:字仲卿,汉元帝时官左曹中郎将,因反对石显被罢官。汉成帝时复任京兆尹,上章论帝舅王凤不可用,被专权的外戚大将军王凤诬陷,死于狱中。

[16]石显:为中黄门,汉元帝时,贵幸倾朝。王凤:汉元帝王皇后之弟,为大司马、大将军,领尚书事,势倾朝野。

[17]曹修古:字述之,章献太后垂帘听政时,官监察御史,《宋史》本传说他"立朝慷慨有风节,当太后临朝,权幸用事,人人顾望畏忌,而修古遇事辄言,无所回挠"。仁宗亲政时,曹修古已死,"帝思修古忠,特赠右谏议大夫",赐其家钱二十万。刘越:字子长,曾官秘书丞,与滕宗谅上疏请太后还政,仁宗亲政时,刘越已死,赠官右司谏,赐其家钱十万。

[18]孔道辅:曾任御史中丞。明道二年(1033)因谏阻仁宗废黜郭皇后,被贬职,三年后复召为御史中丞。《宋史》本传称他"性鲠挺特达,遇事弹劾无所避,出入风采肃然"。

[19]"前日"三句:《宋史纪事本末·庆历党议》:"御史韩缜希夷简旨,请以仲淹朋党榜朝堂,戒百官越职言事者。从之"。在朝堂上公布范仲淹"朋党"名单,警告除谏官以外的其他官员不准议论本职范围外的事情。

[20]"春秋"二句:《新唐书·太宗本纪赞》:"《春秋》之法,常责备于贤者"。意思是孔子作《春秋》的义例,对于贤者要求高,多所责难。备:全面,完美无缺。

[21]"亦谏臣"句:这也算你做谏臣的一份功劳。语含讥讽。

评析

本文作于景祐三年(1036),欧阳修时任馆阁校勘。当时吕夷简久居相位,不思振治,官吏进用多出其门。吏部员外郎、开封知府范仲淹上《百官图》,论迁除之弊。不久,他又献《帝王好尚》《选贤任能》《近名》《推委》四论，讥切时政。此举触怒了吕夷简，二人在皇帝面前公开辩论，吕夷简攻击范仲淹“越职言事，离间君臣，引用朋党”，且不准百官“越职言事”。范仲淹因此贬知饶州(今江西波阳)。余靖、尹洙上书论救，皆遭贬谪。此时只有谏官能主公道，可是谏官高若讷不仅不替范辩诬，反而附和吕夷简而诋毁范仲淹。作者义愤填膺，写下此文，痛斥高若讷“不复知人间有羞耻事”。

文章开篇写作者自从听到高若讷的名字，到与高若讷见面的十四年间，曾经三次怀疑过他的为人。第一次是天圣二年(1024)，看到进士榜中有高若讷的名字，还有宋庠和宋祁兄弟、叶道卿、郑天休等名士，可谓人才济济，“而足下厕其间，独无卓卓可道说者，予固疑足下不知何如人也”，作者将高若讷置于众多名士的比较之中，竟然没有发现他可以为人称道的杰出之处，这就不能不让人怀疑他的平庸。第二次是景祐元年(1034)，作者入京师任馆阁校勘，在朋友尹洙处，时常听到对高若讷正直且有学问的褒扬，不禁又产生怀疑。“为言事之官，而俯仰默默，无异众人，是果贤者耶?”高若讷此时为御史里行，作者认为他既然作为言事之官，却随人进退，遇事缄默，因此不能不怀疑他是否贤者。第三次是在高若讷任左司谏后，作者始与他相识。前两次作者已对他产生了不良印象，但见面后，其侃侃而谈，“褒贬是非”，俨然一副正人君子的面目，作者惊异之余，又百思不得其解：“噫，持此辩以示人，孰不爱之？虽予亦疑足下真君子也”。事实上，作者没有释疑，反而疑心更重了。行文至此，作者一直在娓娓而谈对高的几次印象，直言不讳，语近尖刻，但又不着一言于实处，这就使文章造成一种引而不发的张力，使人捉摸不透，疑窦顿生，急于想知道作者此文的目的，这种起笔的蓄势，也为下文一气贯注作了铺设。

接下来作者笔锋一转，直截了当地断定对方不是君子，至此点出主题。文章紧紧围绕争论的核心，即范仲淹贤与不贤的问题，作者阐明自己的观点：“希文平生刚正，好学通古今，其立朝有本末，天下所共知”。表明作者对范仲淹个人品行的崇敬和改革弊政的支持，态度鲜明、措词坚定。由于这封信是写给高若讷的，本非替范仲淹辩诬，故一笔带过，而把重点放在指责高若讷的行为上，指出他不仅不替范“辩其非辜”，而且还“随而诋之”，实在令人费解。作者认为：如果仅仅是因为生性懦弱、贪禄畏祸而不敢为此事上书直言，充其量是一个不称职的庸碌谏官，这还情有可原。但如今对方却不是这样，反而“昂然自得，了无愧畏，便毁其贤，以为当黜”。为了掩饰自己的惧祸失职，逃避责任，还故意颠倒是非，混淆真伪，这就不仅仅是一个庸人，而且是一个伪君子，实在可憎又可恨了。

由于作者指斥对方，是以范仲淹之贤为前提，因此作者进一步设辟问答，诘难推理说：如果范仲淹不贤，当初他迅速提升，受到皇帝重用，对方就应该直谏，为何却“默默无一语，待其自败，然后随而非之”？如果范仲淹确是贤才，今日之贬便是以言罹罪，对方更不该不置一言。因此，无论范贤与不贤，对于他的升迁贬黜，对方身为谏官，都负有不可推卸的失职责任，“大抵罪在默默尔”。

为了增强辩论的力量，作者又联系历史，以古类今，“举得失以表黜陟，征存亡以标劝戒”。作者引用汉代萧望之和王章两位忠直谏臣被石显、王凤谗害的故事，说明逝者如斯，历史无情，忠奸真伪，必有定论。随即指出：“今足下又欲欺今人，而不惧后世之不可欺耶？况今之人未可欺也。”这真是大义凛然，掷地有声。作者意犹未尽，又列举本朝曹修古、刘越等忠臣事例，谴责对方身为谏官，却“不敢一言”，实为同列所不齿。当御史韩缜迎合吕夷简，上书“请以范仲淹朋党榜朝堂，戒百官越职言事者，从之”。也就是说，除了谏官，其他官员不准议论本职以外的事。对此作者十分愤慨，采取以子之矛攻子之盾的办法指斥对方：既为谏臣，便可言事，如果你又不说话，这样天下就没有能讲话的人了。你既然在谏官的位置上又不肯出来讲话，那就应该离开这个职位，不要妨碍能堪称此职的人。这置对方于无言以对的境地。至此，作者出于对社会和时代的思考、治国安邦的实现、国事日非的忧虑，全部汇聚为充塞天地的一腔正气，直斥对方在许多诤臣遭贬时，犹能出入朝廷，恬然自安，简直是“不复知人间有羞耻事”，还严厉指出“书在史册，他日为朝廷羞者，足下也”。

作者最后说：如果你依然认为范希文不贤而应当驱逐，那么我今天这样说，就是跟奸邪小人结为朋党了。您可以把这封信交到朝堂上去，让朝廷指正我的罪名而诛杀我，让天下都知道范希文应当被驱逐，那倒也算是谏官的一桩功劳呢！为了维护正义，作者显然已置生死于度外，表现出大义凛然、光明磊落的风范。高若讷见此信后，果然羞怒难当，上此书于朝廷，作者因此被贬为夷陵县令。

全文义正词严，说理透彻，笔势一波三折，舒徐迂曲，充分体现了“六一风神”特点。宋人苏辙评价说：“天才有余，丰约中度，雍容俯仰，不发声色，而义理自胜”。（《欧阳文忠公神道碑》文）

与尹师鲁书第一书

某顿首师鲁十二兄书记[1]：前在京师相别时，约使人如河上[2]。既受命，便遣白头奴出城[3]，而还言不见舟矣。其夕，及得师鲁手简，乃知留船以待，怪不如约，方悟此奴懒去而见绐[4]。

临行，台吏催苛百端，不比催师鲁人长者有礼，使人惶迫不知所为。是以又不留下书在京师，但深托君贶因书道修意以西[5]。始谋陆赴夷陵，以大暑，又无马，乃作此行。沿汴绝淮[6]，泛大江，凡五千里，用一百一十程，才至荆南[7]。在路无附书处，不知君贶曾作书道修意否？

及来此，问荆人，云去郢止两程，方喜得作书以奉问。又见家兄[8]，言有人见师鲁过襄州，计今在郢久矣。师鲁欢戚不问可知，所渴欲问者，别后安否？及家人处之如何，莫苦相尤否？六郎旧疾平否？

修行虽久，然江湖皆昔所游，往往有亲旧留连[9]，又不遇恶风水，老母用术者言，果以此行为幸。又闻夷陵有米、面、鱼，如京洛，又有梨、栗、橘、柚、大笋、茶荈[10]，皆可饮食，益相喜贺。昨日因参转运[11]，作庭趋，始觉身是县令矣[12]。其余皆如昔时。

师鲁简中言，疑修有自疑之意者[13]，非他，盖惧责人太深以取直尔。今而思之，自决不复疑也。然师鲁又云暗于朋友，此似未知修心。当与高书时，盖已知其非君子，发于极愤而切责之，非以朋友待之也，其所为何足惊骇？路中来，颇有人以罪出不测见吊者，此皆不知修心也。师鲁又云非忘亲，此又非也。得罪虽死，不为忘亲，此事须相见，可尽其说也[14]。

五六十年来，天生此辈，沈默畏慎，布在世间，相师成风[15]。忽见吾辈作此事[16]，下至灶门老婢，亦相惊怪，交口议之。不知此事古人日日有也，但问所言当否而已。又有深相赏叹者，此亦是不惯见事人也[17]。可嗟世人不见如往时事久矣！往时砧斧鼎镬，皆是烹斩人之物，然士有死不失义，则趋而就之，与几席枕藉之无异[18]。有义君子在旁，见有就死，知其当然，亦不甚叹赏也。史册所以书之者，盖特欲警后世愚懦者，使知事有当然而不得避尔，非以为奇事而诧人也。幸今世用刑至仁慈，无此物，使有而一人就之，不知作何等怪骇也。然吾辈亦自当绝口，不可及前事也。居闲僻处，日知进道而已，此事不须言。然师鲁以修有自疑之言，要知修处之如何，故略道也。

安道与予在楚州[19]，谈祸福事甚详，安道亦以为然。俟到夷陵写去，然后得知修所以处之之心也。又常与安道言，每见前世有名人，当论事时，感激不避诛死，真若知义者，及到贬所，则戚戚怨嗟，有不堪之穷愁形于文字，其心欢戚无异庸人，虽韩文公不免此累[20]，用此戒安道慎勿作戚戚之文。师鲁察修此语，则处之之心又可知矣。近世人因言事亦有被贬者，然或傲逸狂醉，自言我为大不为小。故师鲁相别，自言益慎职，无饮酒，此事修今亦遵此语。咽喉自出京愈矣，至今不曾饮酒，到县后勤官，以惩洛中时懒慢矣[21]。

夷陵有一路，只数日可至郢，白头奴足以往来。秋寒矣，千万保重。不宣。修顿首。

注释

[1]十二兄：尹洙在家族兄弟中排行第十二，故称。唐宋时期盛行按家族中第四代同辈兄弟的年龄大小排行。朋友之间为表示亲近，往往以排行相称。书记：尹洙贬职后，其官资仍带山南东道节度掌书记衔，故有此称。

[2]"前在"二句：尹洙比欧阳修先启程赴贬所，别时尹洙要作者派人到河边相送。如：到，往。河：汴河。

[3]白头奴：老仆人。

[4]怪不如约：责怪作者没有如约。见绐：被欺骗。见，被。绐，欺哄。

[5]台吏：御史台的办事人员。催苛百端：百般催促，非常苛刻。长者有礼：催尹洙上路的是个长者，态度比较客气。"但深托君贶因书道修意以西"句：只能重托王拱辰给你写信时顺便转告我的意思。君贶：即王拱辰。道修意：表达我的心意。西：向西，指赴夷陵贬所。

[6]沿汴绝淮：沿着汴河南下，穿过淮河。汴：河名，流经京城开封的南北重要漕运河道，今已淤塞。

[7]荆南：指江陵府（今湖北江陵）。峡川夷陵是荆南节度所属。

[8]家兄：欧阳修异母兄欧阳昺。据作者贬途中的日记《于役志》记载：景祐三年(1036)八月二十七日至三十日，欧与家兄在黄陂会面。

[9]亲旧留连：欧阳修贬官途中，沿途受到石介、田况、杨察、

廖倚、杨子聪、王琪、许元、欧阳昺等亲朋旧友的款待，又在楚州与余靖相会。

[10]茶荈(chuǎn)：即茶叶。《尔雅·释木》"苦荼"郭璞注："今呼早采者为荼，晚取者为茗，一名荈，蜀人名之苦荼"。

[11]转运：即转运使，负责本路财赋转运，并兼有监察本路地方官的职权。

[12]"始觉"句：唐宋时代，士大夫重京官，轻外职。欧阳修在京师任馆阁校勘，被视为文人"清贵"之职，今降黜为县令，故感慨系之。

[13]自疑：反省自己的行为有无不正确的地方，指写作《与高司谏书》一事。

[14]"师鲁"六句：古人认为，身遭罪罚，累及父母，是忘了父母养育之恩。尹洙"不要忘亲"的规劝，作者不以为然。他认为坚持忠义，即使获罪被杀，也不算忘亲。后来，作者在《新五代史》明宗子从璟论，符习论中都论及此事，认为"忠孝以义则两得"。

[15]"五六十年来"五句：指北宋开国以来，士大夫谨小慎微，苟且因循。相师：相互模仿、因袭。

[16]吾辈作此事：指尹洙、余靖、欧阳修等人为范仲淹贬官而犯颜极谏、仗义执言的事。

[17]"又有"二句：指范仲淹被贬时，馆阁校勘蔡襄作《四贤一不肖诗》，赞赏范、尹、余、欧，讥刺高若讷。

[18]"然士"三句：士大夫慷慨就义，当他们走向砧斧鼎镬等杀人刑具时，就像平日去赴宴、睡觉一样。

[19]楚州：州治在江苏淮安县。《于役志》记载：六月十二日、十三日，欧阳修与余靖在淮南舟中面晤。

[20]"每见"九句：感叹唐代韩愈立朝刚正、犯颜谏迎佛骨，敢于杀身成仁，然而一到贬谪地，就写作《潮州刺史谢上表》这类戚戚怨嗟的文章，内心的悲喜哀乐和普通人一样。韩文公：唐代韩愈，文公是死后的谥号。此处是欧阳修对韩愈在贬谪时也不免作戚戚之文，表示惋惜。欧虽对韩愈本十分推崇，但颇不满韩愈"及到贬所，则戚戚怨嗟，有不堪之穷愁形于文字"，这里是对韩愈的

批评,与《读李皋文》中所说"不过羡二鸟之光荣,叹一饱之无时尔",意见是一致的。宋人胡仔在《苕溪渔隐丛话》中也说:"凡人能处忧患,盖在其平日胸中所养。韩退之,唐之文士也,正色立朝,抗疏谏佛骨,疑若杀身成仁者,一经窜谪,则忧愁无聊,概见于诗词"。

[21]洛中时懒慢:在洛阳任上宴游无度的散漫生活。《续资治通鉴》宋纪三十九:"始,钱惟演留守西京,修及尹洙为官属,皆有时名,惟演待之甚厚,修等游饮无节。惟演去,(王)曙继至,数加戒敕"。

评析

本文作于景祐三年(1036)。这年五月,范仲淹得罪吕夷简贬知饶州,尹洙(师鲁)、余靖(安道),因论救范仲淹分别被贬郢州、筠州,欧阳修也因替范仲淹鸣不平,写《与高司谏书》而贬为夷陵县令。欧阳修赴贬所抵达江陵之后,给挚友尹师鲁写此信。信中表明了作者自己对贬逐绝无追悔的态度,且申明自己直言取祸并非忘亲不孝,只不过是继承古代正直官吏的政治原则和行为方式而已。同时,勉励朋友遭贬之后,不要悲悲戚戚作穷愁文字,怨天尤人,更要勤于职守,关心民瘼,奋发有为。

作者与尹师鲁的交情很深,是政治和文学上的同道,是生活上的知己,这次因论救范仲淹,而均为"天涯沦落人"。这封信是回答尹洙的询问,抒发自己的感想,倾吐内心的真情。文章的欣赏价值主要体现在以下三方面:

一是体现作者高尚的人格。从作者贬官的态度看,其为人处世,刚正不阿,无所畏惧,立身行事,襟怀坦荡,光明磊落,敢于伸张正义,勇于主持公道,这种高尚的人格倾注于作者的整个精神世界。他在信中袒露心迹说:虽然贬官,也须"居闲僻处,日知进道而已",且告诫同道者面对贬谪,既不要悲观,也不要放纵,更不要像"前世有名人"那样,"当论事时,感激不避诛死,真若知义者;及到贬所,则戚戚怨嗟,有不堪之穷愁形于文字,其心欢戚无异庸人"。

这种对朋友、同道的关心勉励，为人处世的光明磊落，虽处贬官仍具积极有为的精神状态，无不构成其光辉的人格。故《宋史》本传说他“以风节自持”。

二是委婉亲切的行文章法。这篇文章不见豪壮磅礴的气势，不见大开大合的曲折，换之以反复亲切的慰藉、叮咛，细致入微的表白、鼓励。文中用十二个“也”字，使文章显得格外自然、平易，语气格外舒缓从容，拉家常，叙衷情，如促膝谈心，叙说往事，在亲切的气氛中说理，亮明心迹，真切感人。

三是浅近平易的语言。在这封给挚友的问安信中，作者的措词亲切平易，选用了不少日常生活用词，如“白头奴”“家兄”“家人”“老母”等等，浅近通俗，其神态也松弛自然。

全文说理清晰，语言平易，文意含蓄委婉，字里行间饱含对朋友的热爱之情。乾隆《唐宋文醇》评述此文：“此修遗书责谏官高若讷，若讷以书闻，遂落馆职，责授夷陵令，尹洙同时贬逐，有书问修，而修答之也。较韩愈《潮州谢表》、柳宗元《与萧俛》等书，可谓不觉前贤畏后生矣”。（《唐宋文醇》卷二十三）

读李翱文

予始读翱《复性书》三篇[1]，曰此《中庸》之义疏尔[2]。智者诚其性，当读《中庸》。愚者虽读此，不晓也，不作可焉[3]。又读《与韩侍郎荐贤书》[4]，以谓翱特穷时，愤世无荐己者，故丁宁如此，使其得志，亦未必。然以韩为秦汉间好侠行义之一豪隽[5]，亦善论人者也。最后读《幽怀赋》[6]，然后置书而叹，叹已复读，不自休。恨翱不生于今，不得与之交；又恨予不得生翱时，与翱上下其论也[7]。

凡昔翱一时人，有道而能文者，莫若韩愈。愈尝有赋矣,不过羡二鸟之光荣,叹一饱之无时尔[8]。此其心使光荣而饱,则不复云矣。若翱独不然,其赋曰:“众嚣嚣而杂处兮,咸叹老而嗟卑。视予心之不然兮,虑行道之犹非[9]。”又怪神尧以一旅取天下[10],后世子孙不能以天下取河北[11],以为忧。呜呼!使当时君子皆易其叹老嗟卑之心,为翱所忧之心,则唐之天下岂有乱与亡哉!

然翱幸不生今时,见今之事[12],则其忧又甚矣。奈何今之人不忧也?余行天下,见人多矣,脱有一人能如翱忧者[13],又皆贱远,与翱无异[14]。其余光荣而饱者,一闻忧世之言,不以为狂人,则以为病痴子,不怒则笑之矣。呜呼!在位而不肯自忧,又禁他人使皆不得忧,可叹也夫!

景祐三年十月十七日,欧阳修书。

注释

[1]翱:李翱,字习之,唐代哲学家、文学家,他的《复性书》是研究人性问题的著作。关于人性,自孟子的性善说、荀子的性恶说、汉代扬雄的性善恶混合说提出后,历代思想家多有专门著述。李翱主张性善,提出克除不善之情,恢复至善之性。他以《中庸》为理论根据,把“性”和“情”分开,认为性善情恶,要求去“情”复“性”。这是韩愈观点的进一步发展,成为宋代理学的先导。作者主张“修身治人”,强调教育的作用,反对空谈人性,参见《答李诩文》。

[2]《中庸》:本是《礼记》中的一篇,相传为孔子之孙孔伋所作。

[3]“智者”四句:是说聪明的人了解性的含义,应该读《中庸》原书;愚蠢的人即使读《复性书》,仍旧搞不清楚说的是什么,因此大可以不写这样的文章。

[4]《与韩侍郎荐贤书》:即李翱《答韩侍郎书》。韩侍郎:即韩愈,官吏部侍郎,故称。

[5]"然以"句:《答韩侍郎书》论及韩愈为人,有云"此秦汉间尚义行侠之一豪俊耳"。

[6]《幽怀赋》:李翱所著。其序云:"朋友有相叹者,赋幽怀以答之"。

[7]上下其论:斟酌研讨他的议论。

[8]"愈尝"三句:韩愈入仕前,曾作《感二鸟赋》,其中有云:"感二鸟之无知,方蒙恩而入幸。……余生命之湮厄,曾二鸟之不如。汩东西与南北,恒十年而不居。辱饱食其有数,况策名于荐书"。赋文抒发自己不得志的愤懑。

[9]"其赋"五句:李翱《幽怀赋》,感叹唐室的衰落,自己不能为国家出力,表达了心系国家命运和前途的思想。

[10]神尧:指唐高祖。唐高祖谥"神尧皇帝",见《唐书·高祖本纪》。

[11]"后世子孙"句:唐代自安史之乱后,河北、河南诸重镇相继被藩镇割据,战事不休,唐王朝始终未能收复。

[12]今之事:指吕夷简专权,驱逐范仲淹"朋党"一事。

[13]脱:倘若,或许。

[14]与翱无异:李翱因性格耿直,议论不屈,官位不显,多任外职,很少留在朝廷。这是作者对当时朝廷不问是非、不辨贤愚的感慨。

评析

本文作于景祐三年(1036),时欧阳修赴夷陵途中。李翱,字习之,唐代文学家、哲学家,韩愈门徒。本文是作者回顾三读李翱文的感受,评李翱为文,赞李翱为人,借题发挥,抒发自我感慨,表明自我心志,抨击吕夷简之流"在位而不肯自忧,又禁他人使皆不得忧"的腐败行径。表现了作者身处逆境,依然忧国忧民的积极人生观,及其对叹老嗟卑、穷愁戚戚文风的强烈不满。

文章先写作者读完李翱三篇文章的感受。作者认为李翱的《复性书》就是《中庸》的注释，主张聪明的人要想了解人性的含义，就应当去读《中庸》原文，愚笨的人即使读了《复性书》，也不懂得《中庸》的道理，所以这样的文章不写也可以。作者主张“修身治人”，强调教育的作用，反对空谈人性，对《复性书》评价较低。第二篇是《与韩侍郎荐贤书》，这是李翱写给当时吏部侍郎韩愈的一封信，作者对此文也评价一般，认为这只是李翱怀才不遇时，怨恨世人没有推荐他而发牢骚而已，如果他得志了，就未必这样写了。只是李翱在信中称韩愈为“秦汉间好侠行义之一豪隽”，作者认为这还算得上善于评论人物。第三篇《幽怀赋》，作者给予了高度评价，生动地抒写了读完此文的感受，把李翱视为异世知己，深憾李翱不是生在今天，不能与他交游，深恨自己不是生在李翱的时代，不能与他探讨问题。作者之所以对《幽怀赋》评价极高，其主要原因就是文中“众嚣嚣而杂处兮，咸叹老而嗟卑。视予心之不然兮，虑行道之犹非”句，引起了作者的强烈共鸣。作者认为李翱能摆脱个人得失穷通的卑微情感，不叹老嗟卑，不自怨自艾，而是虑道之非行，忧时之难危。这种不戚戚于个人进退得失的磊落情怀与心忧天下、胸怀天下的高尚思想境界，成了作者与李翱之间的精神契合点。当作者仕途生涯遭受挫折，革新势力屡遭打击，一大批朝廷的中坚力量被贬官罢官之际，作者引李翱为同调，强调失意者不应当仅仅为个人遭遇发泄不平，不应当沉溺于哀怨与牢骚之中，而要忘怀个人得失荣辱，以天下为己任，继续求索。可见作者是有为而作，用心良苦。也可以说，《读李翱文》既是作者逆境中的自我鞭策，也是与遭贬的诸多同道的共勉，凝聚了庆历之际独特的时代精神，由此折射出作者的高尚人格、博大胸怀和贤者风范，与范仲淹的《岳阳楼记》有异曲同工之妙。

作者写法百转千回，蓄势并发，逐渐地把情感推向高潮，水到渠成似的凸显文章主题。首先采用欲扬先抑法，突出李翱《幽怀赋》的精妙，以李翱《复性书》《与韩侍郎荐贤书》作为铺垫，衬托出《幽怀赋》与作者心灵的强烈共鸣，令作者“置书而叹，叹已复读，不自休”。又运用对比衬托手法，赞誉李翱心忧天下的境界。作者以韩愈的《感二鸟赋》相对照,认为这只不过是韩愈失意时的牢骚,如果韩愈能像二只贡鸟之"光荣而饱",志得意满,便不会再发类似牢骚了。接着作者笔锋一转,指出"若翱独不然",便是"视予心之不然兮,虑行道之犹非",赞扬李翱能跳出个人命运圈子,以天下为己任。作者还巧妙地运用了一个转折句,使文意发生陡转,将李翱所处的唐朝与当时的宋朝进行对比,顺势由对历史人物评述,转到对现实的感慨,说李翱幸亏不是生在今天,否则他会更加忧心疾首。

这篇读后感,以"忧"为文眼,以李翱的《幽怀赋》为引子,由古及今,由人及己,感慨深沉,波澜起伏,充分体现作者散文迂徐有致、曲折变化的特点。明茅坤评述说:"其结胎全在感当时事上,归重于愤世"。(《唐宋八大家文钞》卷六十)清人林云铭评点说:"文之曲折感怆,能令古今来误国庸臣无地生活"。(《古文析义》卷十四)

夷陵县至喜堂记

峡州治夷陵[1],地滨大江,虽有椒、漆、纸以通商贾,而民俗俭陋,常自足,无所仰于四方。贩夫所售,不过鳙鱼腐鲍,民所嗜而已。富商大贾,皆无为而至。地僻而贫,故夷陵为下县,而峡为小州[2]。

州居无郭郛,通衢不能容车马,市无百货之列,而鲍鱼之肆不可入。虽邦君之过市,必常下乘,掩鼻以疾趋。而民之列处,灶、廪、堰、井无异位,一室之间,上父子而下畜豕[3]。其覆皆用茅竹,故岁常火灾,而俗信鬼神[4],其相传曰作瓦屋者不利。夷陵者,楚之西境,昔《春秋》书荆以狄之[5],而诗人亦曰蛮荆[6],岂其陋俗自古然欤?

景祐二年,尚书驾部员外郎朱公治是州[7],始树木,增城栅,甓南北之街,作市门市区。又教民为瓦屋,别灶廪，异人畜，以变其俗。既又命夷陵令刘光裔治其县[8]，起敕书楼[9]，饰厅事，新吏舍。三年夏，县功毕。某有罪来是邦，朱公于某有旧，且哀其以罪而来，为至县舍，择其厅事之东以作斯堂，度为疏洁高明，而日居之以休其心。堂成，又与宾客偕至而落之。

夫罪戾之人，宜弃恶地，处穷险，使其憔悴忧思，而知自悔咎[10]，今乃赖朱公而得善地，以偷宴安，顽然使忘其有罪之忧，是皆异其所以来之意。

然夷陵之僻，陆走荆门、襄阳至京师，二十有八驿[11]；水道大江，绝淮，抵汴东水门，五千五百有九十里。故为吏者多不欲远来，而居者往往不得代[12]，至岁满，或自罢去。然不知夷陵风俗朴野，少盗争，而令之日食有稻与鱼，又有橘、柚、茶、笋四时之味，江山美秀而邑居缮完[13]，无不可爱。是非惟有罪者之可以忘其忧，而凡为吏者，莫不始来而不乐，既至而后喜也。

作《至喜堂记》，藏其壁[14]。夫令虽卑，而有土与民[15]，宜志其风俗变化之善恶，使后来者有考焉尔。

注释

[1]峡州：宋代州名，属荆湖北路，州治夷陵，即今湖北宜昌市。

[2]“故夷陵”二句：宋代州分上、中、下三等，县分紧、望、上、中、下五等。据《宋史·地理志》，峡州是中州，夷陵属中县。

[3]“而民之列处”四句：老百姓的居室安排，将厨房、仓库、厕所、水井等杂集在一起，人住楼上，猪圈在楼下。

[4]俗信鬼神：荆楚自古盛行巫风，迷信鬼神。作者诗《夷陵岁暮书事呈元珍表臣》自注：“夷陵俗朴陋，惟岁暮祭鬼，则男女数百相从而乐饮”。

[5]“昔春秋”句:《春秋》是记载春秋时代的历史典籍。相传孔子依据鲁国史籍整理修订而成。它讲究华夷之辨,轻视少数民族,称之为夷狄。《春秋》称楚为“荆”,也含有轻视之意。狄之:把楚国当做夷狄看待。

[6]“而诗人”句:《诗·小雅·采芑》有“蛮荆来威”的诗句。

[7]朱公:据《清一统志》卷三五零《宜昌府志》,此朱公为朱庆基,当时以尚书驾部员外郎的官衔任峡州知州。一说为“朱正基”,见宋·释文莹《玉壶野史》卷三记事。又一说为“朱叔庠”,见宋·黄庭坚《山谷集》卷三十《跋欧阳公红梨花诗》。

[8]刘光裔:前任的夷陵县令。

[9]敕书楼:地方官衙供奉皇帝诏书的地方。

[10]“夫罪戾之人”五句:官员降职贬至僻地,不管原因如何,必须自认是有罪者,这是封建的纪纲,所以这样说。作者至夷陵前《回丁判官书》:“且为政者之惩有罪也,若不鞭肤刑肉以痛切其身,则必择恶地而斥之。使其奔走颠踬窘苦,左山右壑,前虺虎而后蒺藜,重不逢偶吉而辄奇凶,其状可为闵笑。所以深困辱之者,欲其知自悔而改为善也”。

[11]“然夷陵”三句:写夷陵的偏僻。古代陆路设置驿站,供往来官吏和传递文书的人歇息换马。汉唐通路上每三十里置驿一所,至宋时每十里或二十里置一邮铺,大路上并设马递铺。荆门:宋置荆门军,军治在今湖北荆门县。

[12]居者:指在夷陵做官的人。代:替换,交接。

[13]江山美秀:夷陵地近长江三峡,风景秀丽。《欧阳文忠公集》中多夷陵山水诗,《黄溪夜泊》说:“行见江山且吟咏,不因迁谪岂能来”。

[14]藏其壁:古代碑记文往往刻石后砌在建筑物墙壁上。

[15]“夫令虽卑”二句:是说县令的地位虽然低下,仍应该行使惠民的德政。有土与民:《礼记·大学》:“有德此有人,有人此有土,有土此有财,有财此有用。德者本也,财者末也”。

评析

本文作于景祐三年(1036)冬,欧阳修时为夷陵县令。在夷陵时,作者得到峡州知州朱庆基关照,朱庆基在县衙东侧为他修建一座房子,取名至喜堂,作者因此写下了此文。文章叙写当时夷陵概况,以及自己以顺处逆、乐观旷达的情怀。

文章先写夷陵县的地理位置及人文环境。虽濒临长江,又是州治所在地,但是荒僻落后,经济、文化很不发达,常常被人忽视,完全是自供自给的自然经济;城外没有城墙,所谓的通衢大道也狭小得连车马都难以通行,街上看不见百货,只有臭鱼烂蟹之类的物品,连州官老爷来了,也只能掩鼻而过,急急走开;县城居民灶台、米仓、厕所、水井靠得太近,屋里人住在上、畜养在下,非常不卫生,建筑材料只有茅草和竹片,既不牢靠,也易引起火灾;百姓迷信鬼神,以为瓦屋会对住者不吉利。作者刚来夷陵,就能了解到这么多风土人情、现实情状,并能写得这样详实、真切、感人,可见作者认真负责、一丝不苟的态度。接着,写峡州知州朱庆基的治绩:种树、增城栅、修街道、建瓦屋、破迷信、革陋习、人畜分住、灶仓分开、修官衙、建官舍,还特别在官衙的东面为作者修建"至喜堂",专供作者"休其心"之用。这至喜的含意是双向的,既属主人,也包括客人。这让作者大出所料,朱庆基为何对作者如此厚爱?作者的解释是"于某有旧"。同为朝臣,朱庆基早就倾慕作者的胆识、才华和敢作敢当的品格。然后补写作者赴贬的大略经过,以及逐渐适应当地环境,由"始来而不乐,既至而后喜"的情绪转换,最后归于平和、自适,夷陵也在作者眼中变得可爱起来。笔触自然婉转,颇显大家风范。

全文文笔朴实,亲切自然,叙事、议论融为一体,是研究欧阳修贬谪心态和夷陵古风的重要史料。宋人黄震评论说:"先叙其险陋,次叙朱侯能变其俗,次自叙得善地而忘其忧"。(《黄氏日抄》卷六十一)明人茅坤称之为"以叙事行议论"。(《唐宋八大家文钞·欧阳文忠公文钞》卷二十一)

峡州至喜亭记

蜀于五代为僭国[1]，以险为虞，以富自足，舟车之迹不通乎中国者，五十有九年。宋受天命，一海内，四方次第平。太祖改元之三年[2]，始平蜀。然后蜀之丝枲织文之富，衣被于天下，而贡输商旅之往来者，陆辇秦凤[3]，水道岷江，不绝于万里之外。

岷江之来，合蜀众水，出三峡为荆江[4]，倾折回直，捍怒斗激，束之为湍，触之为旋。顺流之舟，顷刻数百里，不及顾视，一失毫厘与崖石遇，则糜溃漂没不见踪迹。故凡蜀之可以充内府、供京师而移用乎诸州者，皆陆出，而其羡馀不急之物[5]，乃下于江，若弃之然。其为险且不测如此。夷陵为州，当峡口，江出峡始漫为平流。故舟人至此者，必沥酒再拜相贺，以为更生。

尚书虞部郎中朱公再治是州之三月[6]，作至喜亭于江津，以为舟者之停留也。且志夫天下之大险，至此而始平夷，以为行人之喜幸。夷陵固为下州[7]，廪与俸皆薄，而僻且远，虽有善政，不足为名誉以资进取。朱公能不以陋而安之，其心又喜夫人之去忧患而就乐易，《诗》所谓"恺悌君子"者矣[8]。

自公之来，岁数大丰，因民之余，然后有作。惠于往来，以馆以劳，动不违时而人有赖[9]，是皆宜书。故凡公之佐吏，因相与谋而属笔于修焉。

注释

[1]僭国：犹伪国。即古代史学家认为不符合封建正统的

国家。

[2]“太祖改元”句:指宋太祖乾德三年(965)。太祖即位,年号始称“建隆”,按,建隆四年改元乾德。

[3]“陆辇”句:蜀地财富通过陆路可以运抵今甘肃、陕西境域。辇,以车辆运输。秦:秦州,今甘肃天水。凤:凤州,今陕西凤县。

[4]“岷江”三句:叙三峡上下水系。《荆州记》:“江出岷山,……初在犍为,与青衣水、汶水合;至洛县,与洛水合;东北至巴郡,与涪水、汉水、白水合。”荆江:指长江出三峡后至湖南岳阳的一段。

[5]羡馀:剩余的。

[6]虞部:官署名,属工部,掌管山泽、苑囿、草木、薪炭、供顿等事。朱公:即朱庆基,见《夷陵县至喜堂记》注释[7]。

[7]下州:据《宋史·地理志》,峡州为中州。参见《夷陵县至喜堂记》注释[2]。

[8]“诗所谓”句:《诗·大雅·泂酌》:“岂弟君子,民之父母。”恺悌:同“岂弟”,和乐简易的样子。

[9]动不违时:征用民役不影响农事。《孟子·梁惠王》:“不违农时,谷不可胜食也。”

评析

本文作于景祐四年(1037),作者时任夷陵县令。夷陵(今湖北宜昌),是峡州的州治所在地,峡州知州朱庆基在此建亭,供船者、行人歇息停留,以“天下之大险,至此而始平夷,以为行人之喜幸”。故取名至喜亭,并请欧阳修作记。

文章本为亭作记,却先不说亭,而是从大处落墨,写蜀地从五代至宋的经济、贸易和交通状况,先介绍了峡州夷陵的变迁历史。又简述长江自古以来就是东南地区与蜀地水上交通的重要通道,并肯定其水运价值。尔后自然转入长江,描写长江上游流水的湍急惊险。进而言及夷陵,“顺流之舟”过三峡艰险而至夷陵,“必沥酒再拜相贺，以为更生”，再言及至喜亭。如此由远及近，由大到小，曲折写来，在广阔的时空中凸显了一个小小亭子存在的意义。最后言及建亭者峡州知州朱庆基，称颂其爱民仁政的功绩。文末借“公之佐吏”之记，道出写记的由来。

全文紧扣“至喜”二字而作，题目小，寓意深，语言平易清晰，文章气势恢弘，行文极富起伏张弛之妙。明茅坤评述此文说：“极力摹写蜀之险之不测，以形出人情喜幸之至，此文字布置斡旋之法。”（《唐宋八大家文钞》卷四十九）

与乐秀才第一书

某白秀才乐君足下[1]：昨者舟行往来，皆辱见过，又蒙以所业一册，先之启事，宛然如后进之见先达之仪[2]。某年始三十矣，其不从乡进士之后者于今才七年[3]，而官仅得一县令，又为有罪之人，其德、爵、齿三者[4]，皆不足以称足下之所待，此其所以为惭。自冬涉春，阴泄不止[5]，夷陵水土之气，比频作疾，又苦多事，是以阙。

然闻古人之于学也，讲之深而信之笃，其充于中者足，而后发乎外者大以光[6]。譬夫金玉之有英华，非由磨饰染濯之所为，而由其质性坚实而光辉之发自然也。《易》之《大畜》曰：“刚健笃实，辉光日新。”谓夫畜于其内者实，而后发为光辉者日益新而不竭也。故其文曰“君子多识前言往行，以畜其德[7]”，此之谓也。

古人之学者非一家，其为道虽同，言语文章未尝相似。孔子之系《易》[8]，周公之作《书》[9]，奚斯之作《颂》[10]，其辞皆不同，而各自以为经。子游、子夏、子张与颜回同一师[11]，其为人皆不同，各由其性而就于道耳。今之学者或不然，不务深讲而笃信之，徒巧其词以为华，张其言以为大。夫强为则用力艰，用力艰则有限，有限则易竭。又其为辞不规模于前人，则必屈曲变态以随时俗之所好，鲜克自立[12]。此其充于中者不足，而莫自知其所守也。

窃读足下之所为高健[13]，志甚壮力有余。譬夫良骏之马，有其质矣，使驾大辂而王良驭之，节以和銮而行大道，不难也[14]。夫欲充其中，由讲之深，至其深，然后知自守。能如是矣，言出其口而皆文。

修见恶于时，弃身此邑，不敢自齿于人[15]。人所共弃，而足下过礼之，以贤明巧正见待，虽不敢当，是以尽所怀为报，以塞其惭[16]。某顿首

注释

[1]秀才：唐宋时代从事举子业的文人都称秀才。

[2]“又蒙”三句：唐宋时读书人干谒显宦，往往事先送呈一封书信，并献上自己的诗文作为进见礼。所业：同“所为”，指所作的文章。启事：陈述事由的书信。先达：前辈。

[3]从乡进士之后：随同众人应举赴试。宋代凡应考进士的称进士，中举以后称前进士。

[4]德、爵、齿：品德、官爵和年龄，是古人尊重的三个内容。见《孟子·公孙丑》。

[5]阴泄：阴寒腹泻。

[6]“其充于”二句：道德学问充实，写出来的文章就光辉灿烂。充于中者：内在的品德学问。发于外者：写出来的文章。

[7]“易之”八句：“大畜”是《易经》卦名。“刚健笃实辉光，日新其德”，是解释《大畜》卦的彖辞，意思为内心刚正健壮诚实，就会发出光辉，每天一个新样子，永不衰竭。“君子多识前言往行，以畜其德”，是解释《大畜》卦的象辞，意思为君子要多多学习前贤

的好言行,以修养自己的品德。

[8]“孔子”句:相传孔子曾为《易经》作十翼,即上下彖、上下象、上下系辞、文言、说卦、序卦和杂卦。

[9]“周公”句:《尚书》中的《金縢》《大诰》《多士》《无逸》等篇,相传为周公所作。周公:姓姬,名旦,周武王之弟。

[10]“奚斯”句:《诗经·鲁颂·閟宫》有“奚斯所作”的诗句。

[11]“子游”句:子游、子夏、子张、颜回,都是孔子的弟子。

[12]鲜克自立:很少能够有自己独立的见解和风格。鲜,很少。

[13]窃:我。用作表示自己的谦词。所为高健:所作的高健文辞。此为对乐秀才的称赞,更是鼓励,也是书信中的礼貌之词。

[14]“譬夫”五句:设喻从内容和形式的关系来阐述文道观,即作者“道胜者文不难而自至”的观点。大辂:皇帝郊祀时所乘的大车。王良:春秋时著名的车夫。事见《淮南子·览冥训》。和銮:也作“和鸾”,皇帝车驾上的铃。

[15]自齿于人:把自己和平常人等同。

[16]尽所怀:倾尽我之所怀,即毫无保留。塞其惭:弥补我的惭愧。塞,弥补。

评析

本文作于景祐四年(1037),作者时任夷陵县令。乐秀才,名不详,是作者贬官夷陵途中在江陵结识的一位青年学子。此书与同年写作的《与荆南乐秀才书》开章文字基本相同,全书内容也相近,据书中“再辱书,再而未答”等语,疑此书为草稿,并未寄出,而《与荆南乐秀才书》才是正式寄出的答书。作者在此书中,不屑回答乐秀才所问举子业文章,而着重谈了文道关系问题,规劝学者必须对古人的道德文章“自立”与“自守”。

文章首先追述作者路经荆南,受到乐秀才“宛然如后进之见先达之仪”的礼敬而感到惭愧,对乐秀才希求提携仕进的急切心情,觉得可以理解,但又感觉难以满足。于是坦诚地告知对方:一是自己年龄不多，资历尚浅；二是官爵低微，经验缺乏；三是德行亏损，“为有罪之人”；并对自己迟迟没有回信作了不服水土、阴泻作疾，又苦多事等解释。作者以低调谦恭的态度，表达了对乐秀才真实欲求的婉拒。接着作者谈了“古人之学者”的内在修养、文章风格以及乐秀才文章的特点，启发、鼓励乐秀才励志进取。作者用“刚健笃实，辉光日新”作喻，强调钻研要深入而诚信专一，充实自己的内心而写出来的文章，就能博大光辉，达到学以致用、经世致用的目的。然而作者又正反论述“古人之学者”与“今人之学者”的本质区别。古之学者指古代尊奉儒学的学者，“为道虽同”而学派并“非一家”，如儒家后学子游、子夏、子张、颜回等，言语文章各异，同是尊孔为师，为人性情都不同，各自顺随个人性情去接近、体悟、涵养儒道精神。所以“为道虽同”，性情各异，导致明道载事“言语文章”风格多样，异彩纷呈。此为正论。继而反论，“今之学者”两大弊端，一是不务深讲笃信，忽视品德修养与百事学问，只是“巧其词以为华，张其言以为大”，勉强行文，导致力竭文枯；二是为辞不以前贤为楷模，却“随时俗之所好”，使自己的性情、文辞“屈曲变态”，少有自己的独到见解与个性风格。最后作者诚恳地指出，乐秀才的文章自壮其志，用世求进之心甚为迫切，而在品德修养与百事学问方面似有不足，希望他“充其中”“讲之深”“知自守”，若能做到这些，则可“言出其口而皆文”。

文章以作者亲身经历为现身说法，因人施教，委婉恳切，足见他对青年学子的拳拳爱护之心。

答陕西安抚使范龙图辞辟命书

修顿首再拜启：急脚至[1]，得七月十九日华州所发书，伏审即日尊体动止万福[2]，卑情不任欣慰之至。戎狄侵边[3]，自古常事，边吏无状[4]，至烦大贤。伏惟执事忠义之节信于天下，天下之士得一识面者，退夸于人，以为荣耀。至于游谈、布衣之贱，往往窃托门下之名。矧今以大谋小，以顺取逆，济以明哲之才，有必成功之势。则士之好功名者，于此为时，孰不愿出所长少助万一，得托附以成其名哉？况闻狂虏猖蹶，屡有斥指之词[5]，加之轻侮购募之辱[6]，至于执戮将吏，杀害边民。凡此数事，在于修辈，尤为愤耻，每一思之，中夜三起。

不幸修无所能，徒以少喜文字，过为世俗见许，此岂足以当大君子之举哉？若夫参决军谋、经画财利、料敌制胜，在于幕府，苟不乏人，则军书奏记一末事耳，有不待修而堪者矣。由此始敢以亲为辞[7]。况今世人所谓四六者，非修所好，少为进士时，不免作之，自及第，遂弃不复作。在西京佐三相幕府[8]，于职当作，亦不为作，此师鲁所见。今废已久，惧无好辞，以辱嘉命。此一端也。某虽儒生，不知兵事，窃惟兵法有勇有怯，必较彼我之利否，事之如何，要在成功，不限迟速。某近至京师，屡于诸公间，略闻绪言攻守之计，此实当时之宜，非深思远见者孰能至此？愿不为浮议所移。

伏见自至关西，辟士甚众。古人所与成事者，必有国士共之[9]。非惟在上者以知人为难，士虽贫贱，以身许人，固亦未易。欲其尽死，必深相知，知之不尽，士不为用。今奇怪豪俊之士，往往蒙见收择，顾用之如何尔。此在明哲，岂须献言。然尚虑山林草莽，有挺特知义、慷慨自重之士[10]，未得出于门下也，宜少思焉。

若修者，恨无他才以当长者之用，非敢效庸人苟且乐安佚也。伏蒙示书，夏公又以见举[11]。某孤贱，素未尝登其门，非执事过见褒称，何以及此？愧畏！然某已以亲老为辞，更无可往之理，惟幸察焉。

注释

[1]急脚:宋代军邮,分步递、马递、急脚递三等,急脚递日行四百里,速度最快。

[2]伏审:获悉、知道的敬辞。伏:表示敬意,下文"伏惟""伏见"同。

[3]戎狄侵边:古代对中原以外四境民族蔑称为"戎狄"。这年正月,西夏主元昊领兵围攻延州,侵扰边地。

[4]无状:不成样子,无成绩。

[5]斥指之词:妄自尊大,不避宋朝忌讳的言语。

[6]轻侮购募:轻慢欺侮,悬赏收买。

[7]以亲为辞:以奉养母亲为理由辞谢征辟。

[8]三相:指钱惟演、王曙、王曾。欧阳修担任西京留守推官期间,三人先后为西京留守,并都带有使相职衔。

[9]国士:国内杰出人才。

[10]"有挺特"二句:有深明大义,慷慨多志的义士,似指梅尧臣。次年,欧阳修送梅尧臣赴湖州监税时,作《圣俞会饮》诗云:"诗工镵刻露天骨,将论纵横轻玉钤。遗编最爱孙武说,往往曹杜遭夷芟。关西幕府不能辟。陇山败将死可惭。嗟余身贱不敢荐。四十白发犹青衫"。可知欧曾向范推荐过兼具文武之才的梅尧臣,却没有被接受。挺特,优异突出。

[11]夏公:当指夏竦,时任陕西经略安抚使。有《文庄集》传世,其荐举欧阳修文今不存。

评析

本文作于康定元年(1040)秋,欧阳修时任滑州武成军节度判官。当时西夏屡犯边境,数陷州寨。北宋大将刘平、石元孙被俘。八月,起用范仲淹任陕西经略安抚副使,范仲淹召作者为幕府掌书记,作者以事亲及"四六者,非修所好"等由为辞,并告慰范仲淹,当初上书论救而被贬,并无个人私欲,现在没有同时起用也是正常的事,表现出作者坦荡无私的胸襟。

《宋史》本传记载:“范仲淹使陕西,辟掌书记,修笑而辞曰:昔者之举岂以为己利哉,同其退不同其进可也”。作者推辞说,景祐三年(1036),您被人谗害排挤出朝,我为你抱不平,斥责高若讷等守旧派的卑劣行径,根本就没有带丝毫个人利益的念头,我们同时被贬逐,但没有一起被进用,这完全是正常的事情。作者答本书说:我没有什么能力,只是从小喜爱文章诗赋,受到世人的过分赞许,这就难道足以担当大君子的荐举吗?至于参谋、制订军事计划,经营、筹划财物军需,估料敌情,克敌制胜,在您的幕府中只要不缺少这类人才,那么,军书、奏记不过是一件小事罢了,不必等待我就能够找到可以胜任的人,因此才敢用奉养母亲的理由来谢辞。况且现在时人所说的四六文章,不是我所喜爱的,年少时参加进士考试,免不了要写作这些文字,自从考中进士后,就抛弃不再写作了。现在已经废弃很久了,恐怕写不出好的言辞来,会玷辱您的好意。其实作者辞命的真正理由:是“军书奏记一末事耳”“四六者,非修所好”,故以“事亲为辞”。

书信文字简短朴实,字里行间处处表现出对范公的敬仰与感激,也流露出立志文章复古的决心和信心。全文在委婉中见明快,在称颂中见箴规,欧公胸襟,可以想见。清人储欣评述此书:“逼真西汉札牍”(《唐宋十大家全集录·六一居士外集录》卷五)。清人孙琮评说此书:“但见其词之温顺,不觉其词之径直,岂非辞令之妙手”。(《山晓阁唐宋八大家选·欧阳庐陵》卷一)

纵囚论

信义行于君子,而刑戮施于小人[1]。刑入于死者[2],乃罪大恶极,此又小人之尤甚者也。宁以义死,不苟幸生,而视死如归,此又君子之尤难者也[3]。方唐太宗之六年,录大辟囚三百余人,纵使还家,约其自归以就死,是以君子之难能,期小人之尤者以必能也。其囚及期而卒自归无后者[4]，是君子之所难，而小人之所易也。此岂近于人情？

或曰：罪大恶极，诚小人矣，及施恩德以临之，可使变而为君子。盖恩德入人之深而移人之速，有如是者矣。曰：太宗之为此，所以求此名也。然安知夫纵之去也，不意其必来以冀免，所以纵之乎[5]？又安知夫被纵而去也，不意其自归而必获免，所以复来乎[6]？夫意其必来而纵之，是上贼下之情也[7]；意其必免而复来，是下贼上之心也。吾见上下交相贼以成此名也，乌有所谓施恩德与夫知信义者哉！不然，太宗施德于天下，于兹六年矣，不能使小人不为极恶大罪，而一日之恩，能使视死如归而存信义，此又不通之论也[8]。

然则何为而可？曰：纵而来归，杀之无赦，而又纵之，而又来，则可知为恩德之致尔。然此必无之事也。若夫纵而来归而赦之，可偶一为之尔，若屡为之，则杀人者皆不死，是可为天下之常法乎？不可为常者，其圣人之法乎？是以尧、舜、三王之治[9]，必本于人情，不立异以为高，不逆情以干誉[10]。

注释

[1]“信义”二句：信义通行于君子之中，刑戮施于小人之上。信义：信用和道义，指遵守承诺，坚持公理。君子：指道德高尚，遵纪守法的人。小人：指道德低劣，触犯刑法的人。刑戮：刑法和杀戮。

[2]刑入于死者：指刑法定罪达到死刑的人。

[3]“宁以”四句：即“当仁不让于死”的意思。作者认为就是在“君子”中也很少能做到“视死如归”。

[4]“其囚”句：囚犯们到时全都自动回来，没有一个超过期

限的。

[5]“然安知”三句:推论唐太宗释放囚犯出去,是估计到犯人一定会回来以图得到赦免。冀免:希求赦免(死罪)。

[6]“又安知”三句:推论囚犯们自动回来一定会得到赦免。

[7]上贼下之情:皇上在窥测囚犯的心情。贼:窃料,窥探。

[8]“太宗施德”六句:纵囚事发生在贞观六年,作者认为唐太宗即位后六年的政教措施,不能使人不犯重罪,而纵囚一举却使人视死如归,这是根本讲不通的。

[9]三王:指夏禹、商汤、周文王。

[10]“不立异”二句:不标新立异以显示自己高明,不违背人之常情去谋求个人声誉。

评析

本文作于康定元年(1040)。据《旧唐书·太宗纪》:“贞观六年(632)十二月辛未,亲录囚徒,归死罪者二百九十人于家,令明年秋末就刑。其后应期毕至,诏悉原之。”此事被历代史学家当做唐太宗李世民的“仁德”美政,广为传颂。欧阳修一反常论,认为立法治民应该本于人情,“不立异以为高,不逆情以干誉”,批评唐太宗的做法不情不实,不足为训,表现出作者敢于怀疑史书,敢于非议“明主”的非凡胆识。

作者开宗明义地先揭示立论的根据,认为死囚是“小人之尤甚者”,要这种人去干“君子之尤难者”之事,且要他们做到“宁以义死,不苟幸生,而视死如归”,实在是不近人情。接着作者用假设的口气,推出一种辩解:唐太宗的恩德深入人心,迅速地改变了死囚的恶性,故死囚能按期自动回来。但作者没有立即驳斥这种设论,而是一针见血地指出唐太宗干这种事的真正目的是为了干求美誉。紧接着又具体地揭露唐太宗纵囚时的心理,他预测到被释死囚一定会自动按期回来以求得赦免,死囚也窥测到唐太宗纵囚的心理。所以作者斩钉截铁地说:“吾见上下交相贼以成此名也,乌有所谓施恩德与夫知信义者哉?”作者认为死囚利用唐太宗干求美誉以求不死，唐太宗利用死囚侥幸免死的心理以求美名，只不过是上下交互利用而已。至此，作者又回过头来驳斥设论，唐太宗已经统治了六年，不能以恩德感化那些小人不犯死罪，怎么又能在一日之间就把那些罪大恶极的人感化得视死如归呢？认为此种理论实在令人费解。于是加重这段驳斥力度，使其力贯千钧，无法动摇。至此已从情理和现实两个方面对太宗纵囚的实质揭露无余。文章似乎可以结束了，但作者又进一步设想："纵而来归，杀之无赦，而又纵之，而又来"，只有这种情况出现，才能说明死囚按期自来不是为恩德所致，但这又是根本不可能的事。这个设论可以进一步证明，以上批评的合情合理，也为下面的余论作了铺垫。退一步讲，即使承认唐太宗这种纵囚行为可以偶尔为之，也决不能屡屡为之。否则，杀人者不判死刑，天下还有常法吗？圣人是要坚持和遵守常法的。作者针对太宗"纵囚"之事，提出君王治国要以"本于人情的'尧、舜'三王之治"为常法，不能立异以求成高名，逆情以博取美誉。

文章以普通人情立论，由论及事，据事发议，抓住要害，层层深入，语言明快酣畅。宋吕祖谦评论说："文最紧，曲折辩论，惊人险语，精神聚处，词尽意未尽"。(《古文关键》卷上）宋谢枋得评价说："文有气力，有光焰，熟读之可发人才气，善于立论。"(《文章轨范》卷二）清吴楚材、吴调侯说："通篇雄辩深刻，一步紧一步，令无可躲闪处。此等笔力，如刀斫斧截，快利无双"。(《古文观止》卷九）

答吴充秀才书

修顿首白先辈吴君足下[1]：前辱示书及文三篇，发而读之，浩乎若千万言之多，及少定而视焉，才数百言尔[2]。非夫辞丰意雄，霈然有不可御之势，何以至此？然犹自患伥伥莫有开之使前者，此好学之谦言也[3]。

修材不足用于时,仕不足荣于世,其毁誉不足轻重,气力不足动人[4]。世之欲假誉以为重、借力而后进者,奚取于修焉[5]?先辈学精文雄,其施于时,又非待修誉而为重、力而后进者也。然而惠然见临,若有所责,得非急于谋道,不择其人而问焉者欤?

夫学者未始不为道,而至者鲜焉。非道之于人远也,学者有所溺焉尔。盖文之为言,难工而可喜,易悦而自足[6]。世之学者往往溺之,一有工焉,则曰“吾学足矣”。甚者至弃百事不关于心,曰“吾文士也,职于文而已”。此其所以至之鲜也。

昔孔子老而归鲁,六经之作,数年之顷尔[7]。然读《易》者如无《春秋》,读《书》者如无《诗》[8],何其用功少而至于至也!圣人之文虽不可及,然大抵道胜者文不难而自至也。故孟子皇皇不暇著书[9],荀卿盖亦晚而有作[10]。若子云、仲淹,方勉焉以模言语,此道未足而强言者也[11]。后之惑者,徒见前世之文传,以为学者文而已,故愈力愈勤而愈不至。此足下所谓终日不出于轩序[12],不能纵横高下皆如意者,道未足也。若道之充焉,虽行乎天地,入于渊泉,无不之也。

先辈之文浩乎霈然,可谓善矣。而又志于为道,犹自以为未广,若不止焉,孟、荀可至而不难也。修学道而不至者,然幸不甘于所悦而溺于所止,因吾子之能不自止,又以励修之少进焉。幸甚幸甚。修白。

注释

[1]先辈:唐、宋应试科举的士人互相敬称为先辈。李肇《唐国史补》:“得第谓之前进士,互相推敬谓之先辈,俱捷谓之同年。”明、清称先得第者为“前辈”。这里用做一般的敬称。

[2]“浩乎”三句:称赞吴充文章语言精炼,而内容丰富,气势磅礴。

[3]“然犹”句:然而你还担心没有人引导自己前进,感到无所适从。伥伥:无所适从的样子。

[4]气力:才气、能力。

[5]“世之”三句:自谦人微言轻。当时应进士举的士人多用文章向有声誉或有权力的人干谒,以求得推荐进身。欧阳修认为自己的名望和地位不符合干谒者的要求。

[6]“难工”二句:文章难于做到精密高明,令人喜爱;容易做到取悦于一时,自我满足。

[7]“昔孔子”三句:孔子周游列国,年老回鲁国著书立说,著书时间大约只有五年。《史记·孔子世家》:“孔子之去鲁,凡十四岁而返乎鲁”。

[8]“然读”二句:言孔子编纂整理六经,道胜文至,著作都能卓然自立,各具特色。语本唐·李翱《答朱载言》:“创意造言,皆不相师。故其读《春秋》也,如未尝有《诗》也;其读《诗》也,如未尝有《易》也;其读《易》也,如未尝有《书》也;其读屈原、庄周也,如未尝有六经也。”

[9]“故孟子”句:孟子一生游说诸侯,奔波道路。据《史记》本传,晚年“退而与万章之徒……作《孟子》七篇。”韩愈则认为《孟子》七篇是孟子弟子万章等记述先生言行的书,故云。皇皇:同“遑遑”,匆忙的样子。

[10]“荀卿”句:荀卿,即荀况。据《史记》本传,荀况先仕齐,后适楚,晚年依春申君为兰陵令,春申君死后,退居兰陵,著《荀子》。

[11]“若子云”二句:如扬雄、王通,他们都能尽力模仿前人著作来写书,这是道不足而勉强写作的表现。子云:西汉扬雄,字子云,曾模拟《易经》作《太玄》,模拟《论语》作《法言》。仲淹:隋代王通,字仲淹,曾模拟《论语》作《中说》。

[12]轩序:指屋子。轩是窗,序是房屋中堂两旁的隔墙。

评析

本文作于康定元年(1040),欧阳修由武成军节度判官任上被召回京城,再次担任馆阁校勘。吴充,字冲卿,建州(今福建松溪县)人,到京城应试进士,投赠书文向作者求教,作者作此书以答。文章主要阐述了文道关系,提出了“文道并重,道先文后”“道胜文至”的文学主张。

文章开头,作者就赞扬吴充的才能、品德和文章,并很谦虚地说自己不敢做吴秀才的导师,还委婉地批评了那种借名人、权臣以干誉求进的不良世风。接着紧紧围绕“道”与“文”的关系,层层剖析,步步深入展开论证。作者反对重文轻道、片面讲究形式而忽视内容的倾向,也反对一味溺于文辞,只在技巧和形式上下工夫的做法,提倡重道以充文,把作品的思想内容放在首位,并提出了“大抵道胜者文不难而自至也”的中心论点。为进一步论证此观点,作者还举了正反两个方面的例子。正面以孟子四处奔波,没有闲暇时间写书;荀子早先并未写作,直到晚年才进行著述。他们留下的不朽著作,正是道胜而文不难自至的证明。相反,扬雄、王通只能写一些模仿圣人的著述,就是因为“道未足而强言”。接着说:“后之惑者,徒见前世之文传,以为学者文而已,故愈力愈勤而愈不至。”认为忽视道而仅致力于文,就会南辕北辙,适得其反,愈是用力愈写不出好作品来。总之,作者的观点是既要重道又不轻文,主张文道并重、道先文后,强调“道”是文章的核心,“道”对于文具有统领作用。作者所说的“道”,主要指儒家之道,也指“百事”,含有与现实政治紧密联系的内容。他先在文中说:求学的人没有一个不追求道的,但达到道的人很少。不是道离人太远,而是求学的人沉迷于某种事物。这因为文章这东西,难以写得精工。往往一旦有点小成绩,就说:“吾学足矣!”甚至有的人弃百事不关心,还说:“吾文士也,职于文而已,此其所以至之鲜也。”指出有些作者所写“为道”的作品,之所以不能达到极致境界,就是因为他们往往满足于文字上的“工”,“甚至弃百事不关于心”。作者这种关心“百事”,重视反映现实的主张,是其政治革新精神和忧国忧民思想在文学上的体现。在继承和革新问题上,作者指出“孟、韩文虽高,不必似之也，取其自然耳”，主张继承与革新相结合，标举创新，反对模仿。

文章平易近人，循循善诱，体现作者奖掖后学的学者风度。分析说理层层推进，观点明确，逻辑严密，表现出欧文纡徐平易，一唱三叹的散文特色。明归有光评述：“文本于道，道乃生文，其识深而论确”。（《欧阳文忠公文选》卷三）明人茅坤评述说：“论为文本乎学道，道胜者文不难而自至，最是确论”。（《唐宋八大家文钞·欧阳文忠公文钞》卷十一）

答祖择之书

修启秀才：人至，蒙示书一通，并诗、赋、杂文两策，谕之曰：“一览以为如何？”某既陋，不足以辱好学者之问；又其少贱而长穷[1]，其素所为，未有足称以取信于人。亦尝有人问者，以不足问之愚，而未尝答人之问。足下卒然及之[2]，是以愧惧不知所言。虽然，不远数百里走使者以及门[3]，意厚礼勤，何敢不报！

某闻古之学者必严其师[4]，师严然后道尊，道尊然后笃敬，笃敬然后能自守，能自守然后果于用，果于用然后不畏而不迁。三代之衰，学校废。至两汉，师道尚存，故其学者各守其经以自用[5]。是以汉之政理文章与其当时之事，后世莫及者，其所从来深矣。后世师法渐坏，而今世无师，则学者不尊严，故自轻其道。轻之则不能至，不至则不能笃信，信不笃则不知所守，守不固则有所畏而物可移。是故学者惟俯仰徇时[6]，以希禄利为急，至于忘本趋末，流而不返[7]。夫以不信不固之心，守不至之学，虽欲果于自用，莫知其所以用之之道，又况有禄利之诱、刑祸之惧以迁之哉！此足下所谓志古知道之士世所鲜而未有合者,由此也。

足下所为文,用意甚高,卓然有不顾世俗之心,直欲自到于古人[8]。今世之人,用心如足下者有几?是则乡曲之中,能为足下之师者谓谁?交游之间,能发足下之议论者谓谁?学不师则守不一,议论不博则无所发明而究其深。足下之言高趣远,甚善,然所守未一而议论未精,此其病也。窃惟足下之交游,能为足下称才誉美者不少,今皆舍之,远而见及,乃知足下是欲求其不至[9]。此古君子之用心也,是以言之不敢隐。

夫世无师矣,学者当师经[10]。师经必先求其意,意得则心定,心定则道纯,道纯则充于中者实,中充实则发为文者辉光,施于世者果致[11]。三代、两汉之学,不过此也。足下患世未有合者,而不弃其愚,将某以为合[12],故敢道此,未知足下之意合否。

注释

[1]少贱而长穷:少时贫贱,年长穷困不得志。穷:指官场不得意。

[2]卒然及之:突然来信询问。卒:同“猝”,突然。

[3]不远:不以……为远。走:使奔跑。

[4]严其师:敬重他的师长。严:尊敬,敬重。

[5]“至两汉”三句:两汉时六经各有师传,如汉初田何传《易经》,伏生传《尚书》,齐、鲁、韩、毛四家传《诗经》等,东汉传经大师有许慎、马融、郑玄等。

[6]俯仰徇时:随时俗而浮沉。徇:顺从。

[7]流而不返:贪恋物欲而忘却正道,如同流水趋下,不知回返。

[8]“直欲”句:要求自己达到古人的道德标准。

[9]求其不至:寻求文章未达到古人要求的原因。

[10]师经:以六经为师。按:欧阳修提倡平易文风,不仅表现在他的文章里,也常反映在他的治学态度上。他多次提到六经的道理是简明易晓的,是后儒的传注给搞复杂了。正如他说:“经简而直,传新而奇。简、直,无悦耳之言,新、奇,多可喜之论,是以学者乐闻而易惑也。……经之所书,予所信也,经所不言,吾不知也。”

[11]果致:达到预期的效果。

[12]“将某”句:把我当做志同道合者。

评析

此书作于康定元年(1040),欧阳修时任馆阁校勘。祖择之,名无择,上蔡(今河南上蔡县)人,少随穆修学习古文,后中进士,以首建学宫、置生徒教育知名。当时祖择之从数百里外派人送来文稿及书信向作者请教。作者针对当时文坛积弊及师道式微的现状,写此信作答。文章要求学者必须师经,“师经必先求其意”,掌握六经的精神实质;强调尊师重道,纠正士人望风影从、缺乏操守的社会风气。

文章主要讨论尊师重道问题,针对当时学者的“俯仰徇时,以希禄利为急,至于忘本趋末,流而不返”的现象,作者进行了精辟的说理分析。作者宣扬儒家之道,强调尊师重道。作者本人就极为重道,他推崇的道是其一贯信奉、身体力行所坚守的道德修养,也是其立身行事的行为准则。文中有三处精辟论述了“重道”与“尊师”的关系。一是作者从古代说起,古人尊师重道,其重要性表现为教师在重道中的重要作用。二是联系现状来议论,作者深刻地指出,目前学界和官场中出现“守不一”“以希禄利为急”的原因,就是不尊师重道。三是作者为祖择之指明求学的道路,指出要“蓄道德而能文章”,这正是作者本人学习、写作、研究的经验之谈。从以上三处的精辟论述,可以窥见作者重道、尊师的坚定信念。对于封建文人来说,能这样笃信自守、不惧刑祸、不受利诱,的确难能可贵,更能彰显其高尚美德。作者高屋建瓴,从治学的根本问题上,为后学者指明方向,也体现出他的大家风范。

文章以尊师重道、身体力行为中心,大量采用层层推进的排比句,环环相扣,气势连贯,雄辩有力。可以说,这不是一篇普通的书信,而是一篇颇具理论性的议论文。

明人茅坤评述说:“中多名言,吾览之当刺心缩胫”。(《唐宋八大家文钞·欧阳文忠公文钞》卷十一)

张子野墓志铭

吾友张子野既亡之二年[1],其弟充以书来请曰:“吾兄之丧,将以今年三月某日葬于开封,不可以不铭,铭之莫如子宜。”呜呼!予虽不能铭,然乐道天下之善以传焉。况若吾子野者,非独其善可铭,又有平生之旧、朋友之恩,与其可哀者,皆宜见于予文,宜其来请于予也。

初,天圣九年予为西京留守推官。是时,陈郡谢希深、南阳张尧夫与吾子野[2],尚皆无恙。于时一府之士,皆魁杰贤豪,日相往来,饮酒歌呼,上下角逐,争相先后以为笑乐,而尧夫、子野退然其间,不动声气,众皆指为长者。予时尚少,心壮志得,以为洛阳东西之冲,贤豪所聚者多,为适然耳。其后去洛,来京师,南走夷陵,并江汉,其行万三四千里,山砠水厓,穷居独游,思从曩人,邈不可得。然虽洛人至今皆以谓无如向时之盛。然后知世之贤豪不常聚而交游之难得为可惜也。初在洛时,已哭尧夫而铭之[3];其后六年,又哭希深而铭之[4];今又哭吾子野而铭之。于是又知非徒相得之难,而善人君子欲使幸而久在于世,亦不可得。呜呼,可哀也已!

子野之世曰:赠太子太师,讳某,曾祖也;宣徽北院使、枢密副使,累赠尚书令,讳逊,皇祖也;尚书比部郎中,讳敏中,皇考也;曾祖妣李氏,陇西郡夫人;祖妣宋氏,昭应郡夫人,孝章皇后之妹也[5];妣李氏,永安县太君。

子野家联后姻,世久贵仕,而被服操履甚于寒儒。好学自力,善笔札。天圣二年举进士,历汉阳军司理参军[6]、开封府咸平主簿、河南法曹参军。王文康公、钱思公、谢希深[7],与今参知政事宋公,咸荐其能,改著作佐郎[8],监郑州酒税,知阆州阆中县[9],就拜秘书丞[10]。秩满,知亳州鹿邑县[11]。宝元二年二月丁未以疾卒于官,享年四十有八。子伸,郊社掌坐[12];次从;次幼,未名。女五人,一适人矣。妻刘氏,长安县君。

子野为人,外虽愉怡,中自刻苦;遇人浑浑,不见圭角,而志守端直,临事敢决。平居酒半脱冠垂头,童然[13]秃且白矣。予固已悲其早衰,而遂止于此,岂其中亦有不自得者邪?

子野讳先,其上世博州高堂人[14];自曾祖已来,家京师而葬开封,今为开封人也。

铭曰:

嗟夫,子野!质厚材良。孰屯其亨[15]?孰短其长[16]?岂其中有不自得,而外物有以戕?开封之原,新里之乡,三世于此,其归其藏[17]。

注释

[1]张子野:名先,博州人。另一乌程籍同姓名同字者,为北宋著名词人张先。宋王明清《玉照新志》卷一:“本朝有两张先,皆字子野。一则枢密副使逊之孙,与欧阳文忠同在洛阳幕府,其后文忠为作墓志铭,称其‘志守端方,临事敢决’者;与东坡先生游,

东坡推为前辈,诗中所谓'诗人老去莺莺在,公子归来燕燕忙',能为乐府,号'张三影'者"。

[2]陈郡:今河南淮阳。谢希深:名绛。参见欧阳修《尚书兵部员外郎知制诰谢公墓志铭》。张尧夫:名汝士。参见欧阳修《河南府司录张君墓志铭》。

[3]"已哭尧夫"句:张尧夫于明道二年(1033)八月去世,欧阳修为作墓志铭。嘉祐二年(1057)又为作墓表。

[4]"其后"二句:谢希深于宝元二年(1039)去世,欧为作墓志。

[5]孝章皇后:左卫上将军宋偓之女,宋太祖开宝元年(968)纳为皇后。

[6]汉阳军:治所在今湖北汉阳。咸平:县治在今河南通许县。司理、法曹:皆官名,参与议法、断刑等事务。

[7]王文康公:即王曙,仁宗时累官枢密使,同平章事。谥"文康"。钱思公:即钱惟演,谥号"思"。宋公:指宋庠,名郊,字伯庠,后改字公序。时任参知政事。

[8]著作郎:秘书省官名,掌管修纂日历。郑州:治所在今河南郑县。

[9]阆州阆中县:今属四川。

[10]秘书丞:官名。为文臣清贵之职。掌常祀祝版。

[11]亳州鹿邑县:今河南鹿邑县西。宋时属亳州。

[12]郊社掌坐:官名。掌管出巡四郊及社稷坛扫除等事。掌坐是郊社令的属官。

[13]童然:光头秃貌。

[14]博州高堂:今山东高唐县。博州:今山东聊城。

[15]孰屯其亨:谁将你的通达藏起来?意为谁让你一生不平顺?屯:累积,储藏。亨:亨通,通达。

[16]孰短其长:谁将你的长处说成短处?

[17]其归其藏:埋藏于此。古代风俗以入土为安。入土就是归藏。

评析

本文作于康定元年(1040),欧阳修时任滑州武成军节度判官。张子野,名先,字子野,天圣二年(1024)进士,作者好友,为人厚道,好学自力,处事果决,未老先衰。作者应其弟张充之邀而作此文。文章以“贤豪不常聚而交游之难得”为中心,从“善”“旧”“哀”三方面展现张子野品格风貌,书写交游零落的悲哀,痛惜挚友怀才不遇、盛年早逝。

文章开头首先以哀婉痛惜的笔调,点明为至交好友张子野写墓志铭的原因:一是张子野有很多好事可以写墓志铭,故曰“其善可铭”;二是张子野与我有旧日好友交情,故曰“有平生之旧,朋友之恩”;三是有很多值得哀痛的地方,故曰“与其可哀者”。但文章其重点还是落在“平生之旧”上,这样既突出张子野是个“魁杰贤豪”“善人君子”,又抒发交游聚散生死的悲痛。作者把张子野放在当时闻名于世的谢希深、张尧夫等魁杰贤豪中来写,写他们在西京洛阳时几乎每天聚会畅饮,举行各种娱乐赛事,争先恐后不肯服输,而张尧夫、张子野却沉静地退在一边,不争输赢,不动声色,大家都称他们为忠实的“长者”。《韩非子·诡使》曰:“重厚自荣,谓之长者”。张子野恭谨稳重、质朴敦厚的品格,也就烘云托月般地表现出来了。其次,作者用对比映衬手法,写失去张子野的零落痛惜之感:大家都还健在时,“日相往来,饮酒歌呼,上下角逐,争相先后,以为笑乐”,其聚会之乐写得何等酣畅热烈;后来离开洛阳来到京城开封任职,又贬到南方做夷陵县令,“山砠水厓,穷居独游”,很想找到昔日的知己,可是却远远地再也找不到了,可见其离散之苦又是多么沉痛;再写朋友一个个逝去,“已哭尧夫而铭之”“又哭希深而铭之”“今又哭子野而铭之”,其生死之悲愈加哀痛不已了。

文章运用层层铺垫,层层加深的写法,将那痛失好友的感受抒发得淋漓尽致。作者回忆在洛阳时说:那时我还年轻,对诸事都充满信心,认为洛阳是东西交通的枢纽,聚集了很多人才,这也是当然的事情。回忆贬逐之后说:从此我才知道,世上的杰出人才不可能经常聚集在一起,更难找到这样的人作朋友,实在是可惜啊!回忆痛失好友张尧夫、谢希深之后说:这时我又明白了,不但找到这样的朋友很难，就连使有道德的好人能幸运地在世上多活些时间也很难啊！接着对张子野的品格、才华、家世等作了进一步的叙述："子野家联后姻，世久贵仕，而被服操履，甚于寒儒。好学自力，善笔札。"说子野的家庭与皇后有亲戚关系，几代常当大官，但他的装束和举止都好像一个贫苦的读书人。他好学用功，善于写文章。之后再写张子野的为人，外表虽然显得快活，而内心却很痛苦；对人厚道，不露锋芒，但品格端庄正直、处理事情很果决。"平居酒半，脱冠垂头，童然秃且白矣"，一个未老先衰的儒者形象和作者悲凉凄婉之情跃然纸上。接着，作者以疑问的口气说：我本来就可怜他的体弱早衰，而现在竟这样去世了，难道他的内心有不得志的悲痛吗？最后作者在铭文中，由一声饱含无限伤痛的悲叹：啊，子野！他有忠厚的品格，优良的才能，是什么阻碍了他本来应有的畅达之路？是什么缩短了他本来应有的健康长寿？难道是他心中不得志的郁闷吗？难道是人世外物对他的摧残伤害吗？一连串的诘问，不仅把文章感情推向高潮，且使文章的思想意义得到深化。这些诘问，让我们在对作者提出疑问的思考中认识到：张子野这样难得的厚质良材，仅四十八岁便郁闷而死，这无疑是一个悲剧，是一个社会性的悲剧。

文章感情深沉，一唱三叹，荡气回肠，灵活自由，不落俗套，正如明人茅坤所言："总写交游之情，而自任及乐善，宛然言外"。（《唐宋八大家文钞》卷五十七）清人沈德潜评说："叙交游聚散死生，有山阳闻笛之感，而子野可铭处自见"。（《唐宋八大家文读本》）

石曼卿墓表

曼卿，讳延年，姓石氏，其上世为幽州人[1]。幽州入于契丹[2]，其祖自成始以其族间走南归，天子嘉其来，将禄之，不可，乃家于宋州之宋城[3]。父讳补之，官至太常博士[4]。

幽燕俗劲武，而曼卿少亦以气自豪，读书不治章句，独慕古人奇节伟行非常之功，视世俗屑屑，无足动其意者。自顾不合于时，乃一混以酒[5]，然好剧饮，大醉，颓然自放，由是益与时不合。而人之从其游者，皆知爱曼卿落落可奇，而不知其才之有以用也。年四十八，康定二年二月四日，以太子中允、秘阁校理卒于京师[6]。

曼卿少举进士，不中。真宗推恩，三举进士，皆补奉职。曼卿初不肯就，张文节公素奇之[7]，谓曰："母老，乃择禄耶[8]？"曼卿矍然起就之，迁殿直[9]。久之，改太常寺太祝[10]、知济州金乡县[11]，叹曰："此亦可以为政也。"县有治声。通判乾宁军[12]，丁母永安县君李氏忧[13]，服除，通判永静军[14]，皆有能名。充馆阁校勘，累迁大理寺丞，通判海州，还为校理[15]。庄献明肃太后临朝[16]，曼卿上书，请还政天子。其后太后崩[17]，范讽以言见幸[18]，引尝言太后事者，遽得显官。欲引曼卿，曼卿固止之，乃已。

自契丹通中国[19]，德明尽有河南[20]，而臣属遂务休兵养息天下，然内外弛武三十余年，曼卿上书言十事，不报。已而元昊反，西方用兵，始思其言。召见，稍用其说，籍河北、河东、陕西之民，得乡兵数十万[21]。曼卿奉使籍兵河东，还，称旨，赐绯衣银鱼。天子方思尽其才，而且病矣。既而闻边将有欲以乡兵扞贼者，笑曰："此得吾粗也。夫不教之兵，勇怯相杂，若怯者见敌而动，则勇者亦牵而溃矣。今或不暇教，不若募其敢行者，则人人皆胜兵也。"其视世事蔑若不足为，及听其施设之方，虽精思深虑，不能过也。

状貌伟然，喜酒自豪，若不可绳以法度。退而质其平生。趣舍大节无一悖于理者[22]。遇人无贤愚,皆尽忻欢。及间而可不天下是非善恶,当其意者无几人。其为文章,劲健称其意气。有子济、滋。天子闻其丧,官其一子,使禄其家。既卒之三十七日,葬于太清之先茔[23]。

其友欧阳修表于其墓曰:

呜呼曼卿,宁自混以为高,不少屈以合世,可谓自重之士矣。士之所负者愈大,则其自顾也愈重,自顾愈重,则其合愈难。然欲与共大事,立奇功,非得难合自重之士,不可为也。古之魁雄之人,未始不负高世之志,故宁或毁身污迹,卒困于无闻,或老且死而幸一遇,犹克少施于世。若曼卿者,非徒与世难合而不克所施,亦其不幸不得至乎中寿[24],其命也夫!其可哀也夫!

注释

[1]幽州:治所为蓟县,在今北京市西南。

[2]幽州入于契丹:《新五代史记·晋本纪》:"高祖天福元年(936)……十一月丁酉,皇帝即位,国号晋,以幽、涿、蓟……入于契丹"。高祖:指后晋高祖石敬瑭。

[3]宋州:隋开皇十六年(596)建置,治所睢阳,即今河南商丘。宋真宗景德三年(1006)改为应天府,大中祥符七年(1014)升为南京。

[4]太常博士:官名。掌社稷及武成王庙、诸坛斋官习乐等事。

[5]混以酒:欧阳修《释秘演诗集序》:"曼卿隐于酒……当其极饮大醉,歌吟笑呼,以适天下之乐"。

[6]太子中允:官名。属东宫官。立太子时置东宫官,以他官兼职,即位后即废。秘阁校理:官名。以京官充任,与直秘阁通掌阁事。

[7]张文节:张知白,字用晦,沧州清池人,谥文节。

[8]择禄:即挑选官禄。《韩诗外传》卷一:"家贫亲老者,不择官而仕"。

[9]殿直:武臣阶官名,系三班小使臣。

[10]太常寺太祝:《宋史·职官志》:"太常寺太祝掌读册辞,授抟黍,以嘏告,饮福则进爵,酌酒受其虚爵。"

[11]金乡县:宋京东西路济州金乡县,今属山东。

[12]乾宁军:治所在今河北青县。

[13]永安县君:系其母卒后因子贵而封赠。

[14]永静军:治所在今河北东光县。

[15]"充馆阁"四句:宋·洪迈《容斋随笔》卷十六:"国朝馆阁之选,皆天下英俊,然必试而后命,一经此职,遂为名流。其高者曰集贤殿修撰……次曰集贤秘阁校理,官卑者曰馆阁校勘,史馆检讨,均谓之馆职"。海州:治所在今江苏灌云县。

[16]庄献明肃太后:宋真宗刘皇后。真宗死,遗诏尊为皇太后,军国重事,权取处分,御殿垂帘听政。死谥庄献明肃,后改谥章献明肃。

[17]太后崩:《宋史·仁宗本纪》:"明道二年(1033)三月甲午,皇太后崩。"

[18]范讽:字补之,宋齐州人。权御史中丞,以龙图阁直学士权三司使。

[19]"自契丹"句:景德二年(1005)春正月,宋与契丹讲和,订立"澶渊之盟"。

[20]"德明尽有"句:《宋史·真宗本纪》:"景德三年(1006)九月,夏州赵德明奉表归款。"欧阳修《文正王公神道碑铭》:"是时契丹初请盟,赵德明亦纳誓约,愿守河西故地。"河南,当为河西。

[21]"已而元昊反"七句:《长编》卷一二七:康定元年(1040)四月丁亥:"大理寺丞、秘阁校理石延年往河东路同计置催促粮草。明道中,延年尝建言:'天下不识战三十余年,请选将练兵,为二边之备。'不报。及西边数警,始召见,命副吴遵路使河东,时方用延年之说,藉乡丁为兵故也"。

[22]趣舍：取舍。趣，通“取”。

[23]太清：河南永城县太清乡。

[24]中寿：次于上寿为中寿，说法不一。孔颖达疏《左传》僖公三十二年（前628）以中寿为百岁，《庄子·盗跖》以中寿为八十，《淮南子·厚道》以中寿为七十，《吕氏春秋·安死》《抱朴子·至理》以中寿为六十。

评析

本文作于庆历元年（1041），欧阳修时为馆阁校勘。石曼卿，名延年，字曼卿，祖居幽州，后迁宋州宋城（今河南商丘），善理军务，为文劲健，工诗善书，知名当时。欧阳修与石延年意气相投，结为至交。此墓表记述了石延年奇崛而坎坷的一生，表达了对亡友的追思和惋惜，同时抒发了贤士被压制的愤懑之情。

墓表记录了石延年一生最突出的几件事，将人物个性和事实意义融为一体，以情纬文，别具一格。在这篇墓表中，作者一反常规，首先刻画人物性格，说幽燕的风俗崇尚武功，石氏年少时也意气风发，气壮豪迈，仰慕古人奇节伟行及非凡的武功，世俗陈习、屑屑琐事都不足搅扰他那超尘拔俗的心境。他自知不合时宜，于是开怀畅饮，借酒浇愁，痛饮酣醉，疏慢而不拘礼法。越是如此，越不被世俗所容。作者突显了一个“不合于时”“颓然自放”的疏狂士子形象。墓表本应歌功颂德，作者为什么开头就把亡友刻画得这样放荡不羁？殊不知，这恰恰是作者的用意所在。石曼卿文武双全，可惜生不逢时，不得重用，只活到四十八岁，便英年早逝。作者这样写，不是贬低而是寄以同情，既表达了自己的无限哀思，又流露出对当时社会的不满，唤起读者的共鸣。在刻画人物的性格特征后，再回头去写石曼卿一生的重要事迹，这就产生一种特异的艺术效果，使读者迫不及待想读下文，了解石曼卿为什么这样“颓然自放”，到底有什么才能。这实际上是一种先制造悬念、渲染气氛的倒置手法。

文中“而人之从其游者，皆知爱曼卿落落可奇，而不知其才之有以用也"。"奇"在何处?"才"在哪里?作者抓住亡友一生这两个特点做文章,选用不同的典型事实和材料,一一说明。一"奇"是:对举进士和为官都不感兴趣。曼卿年轻时考进士,没有考取。真宗推恩,使曼卿有机会三次参加进士考试,每次都补为侍奉的职务。"曼卿初不肯就",张文节公认为他是个奇才,就对他说:"你母亲老了,竟然还挑拣职位?"故"矍然起就之,迁殿直"。用一个"不肯就",一个"矍然起就之",把曼卿为人刻画得栩栩如生。二"奇"是敢谏。"庄献明肃太后临朝,曼卿上书,请还政天子",对这样关系个人安危的大事,曼卿未作个人考虑。更为奇者,后来太后驾崩,范讽要起用那些因言论而受打击的人,特别是因太后事受挫者,都得到重用,正打算起用曼卿,曼卿坚辞不就。作者把石曼卿心地光明、气质超群的品质描写得入木三分。三"奇"是有远见卓识。留心边事,主张练兵于平时,防患于未然。《续通鉴长篇》载:仁宗时,曼卿曾上书建议"天下不识战三十余年,请选将练兵为二边之备"。后西夏寇边,仁宗才知道石曼卿预见性很强,才召见他,采用了他的主张,后来"天子方思尽其才",而曼卿却得了重病。四"奇"是文章劲健,文如其人。可见,曼卿仪表英俊,性格豪爽,在各方面都超然出众。但像曼卿这样有才华的人,却得不到重用,无怪曼卿"自顾不合于时,乃一混以酒"了。

本文立意高深,选材精当,布局巧妙,描写生动,令人折服。明人茅坤评述说:"以悲慨带叙事,欧阳公知得曼卿如印在心,故描画得会哭会笑"。(《唐宋八大家文钞·欧阳文忠公文钞》卷三十)清人方苞称赞本文:"章法极变化,语亦不蔓"。(《古文辞类纂》卷四十五)

送曾巩秀才序

广文曾生来自南丰,入太学,与其诸生群进于有司[1]。有司敛群材,操尺度,概以一法[2],考其不中者而弃之。虽有魁垒拔出之材,其一累黍不中尺度,则弃不敢取[3]。幸而得良有司,不过反同众人叹嗟爱惜,若取舍非己事者,诿曰:“有司有法,奈不中何?”有司固不自任其责,而天下之人亦不以责有司,皆曰:“其不中,法也。”不幸有司尺度一失手,则往往失多而得少。呜呼!一有司所操,果良法邪?何其久而不思革也。

况若曾生之业,其大者固已魁垒,其于小者亦可以中尺度,而有司弃之,可怪也!然曾生不非同进,不罪有司,告予以归,思广其学而坚其守[4]。予初骇其文,又壮其志。夫农不咎岁而菑播是勤,其水旱则已,使有一获,则岂不多耶[5]?

曾生橐其文数十万言来京师,京师之人无求曾生者[6],然曾生亦不以干也。予岂敢求生,而生辱以顾予。是京师之人既不求之,而有司又失之,而独余得也。于其行也,遂见于文,使知生者可以吊有司,而贺余之独得也。[7]

注释

[1]广文:广文馆,此处指太学生。唐宋均设置广文馆,是国子监一属补习性质的学校,掌教国子监学习进士课程的生徒。太学:宋代国学之一,八品以下官员的子弟及庶民中的成绩优异者可入学。有司:指礼部考官,下文亦指礼部。

[2]概以一法:用唯一的标准衡量考生。概:本指平斗斛的推子,引申为衡量。

[3]“虽有”三句:即使有出类拔萃的人才,只要文章稍有毛病,就不敢录取。魁垒拔出:壮伟突出。累黍:极微小的重量或长度单位,形容与考试标准极小的出入。

[4]“然曾生”四句:写曾巩的气度与抱负,在考试失败后不贬低被录取的人,不攻击主考官。南宋王明清《挥麈后录》:“(曾

巩)与长弟晔应举,每不利于春官,里人有不相悦者,为诗以嘲之曰:'三年一度举场开,落杀曾家两秀才,有似檐间双燕子,一双飞去一飞来。'南丰(曾巩)不以介意,力教诸弟不怠。"

[5]"夫农"四句:鼓励曾巩像农民一样,不埋怨天时,努力耕田播种,遇上水旱灾荒就算了,只要一有收获,成绩一定很大。咎岁:责怪年岁。菑(zī)播:耕耘播种。

[6]京师之人:指士大夫。求:含有求才和求交两层意思。全句说士大夫没有谁求才,没有谁与曾巩交朋友。

[7]"使知"二句:好让了解曾生的人去安慰可怜一下主考官,而祝贺我独自得到了人才和朋友。吊:伤悯。

评析

本文作于庆历二年(1042),欧阳修时任馆阁校勘。曾巩,字子固,江西南丰人,时科场落第,作者写序赠别。文章揭露当时科考取士标准的不合理,指责考官墨守成法,废弃贤才。慨叹科举制度"何其久而不思革也",赞扬曾巩落第后"不非同进,不罪有司",仍"思广其学而坚其守",表现出作者有志改革科场积弊、重视人才、奖掖后进的决心。

文章开始就抨击当时礼部的考试方法和标准,揭露"操尺度,概以一法"的弊病。作者认为这样用一个标准、一个方法去衡量不同的人才,会造成"虽有魁垒拔出之材,其一累黍不中尺度,则弃不敢取"的恶果,会使众多出类拔萃的人才被摒弃,不能为国效力。作者再分别从两种不同考官造成相似恶果加以论述,并进行彻底否定。在论述过程中模拟考官的言语"有司有法,奈不中何"?又模仿天下人的慨叹话语"其不中,法也",将考官推诿和落榜者的无奈表现得神形毕露。接着激励曾巩积极进取,赞扬他学业水平之高超:"其大者固已魁垒,其于小者亦可以中尺度"。为他落榜感到奇怪,由此进一步印证了考试办法和录取标准有问题。接着盛赞曾巩操守之高尚,称赞他"不非同进,不罪有司"的磊落胸怀和"思广其学而坚其守"的进取精神与坚定意志。为此,作者又抒发自己感受“予初骇其文,又壮其志”,表现出对怀才不遇的晚辈学子的钦佩和挚爱之情。又以从不抱怨年成不好而勤奋耕耘不辍的农夫作比喻,说他“不咎岁而菑播是勤”,一定能够取得成功。最后对京师之人及有司不能赏识曾巩表示极大的遗憾,并庆幸自己独能得到贤才,其欣喜之情溢于言表。

庆历三年(1043),范仲淹提出十项改革主张,其中“精贡举”就是改革科举取士的办法,主张“进士先策论,后诗赋,诸科取精通经义者”,可见欧阳修这篇文章影响巨大。后来在嘉祐二年(1057),作者亲自主持礼部考试,他身体力行,用新的考试办法遴选贤才,曾巩、苏轼、苏辙、程颢、张载等大批优秀人才脱颖而出,成为同榜进士。

本文以曾巩落选为中心议题,夹叙夹议,文笔婉曲,语言质朴,颇具酣畅气势,有强烈的艺术感染力。明人茅坤评说:“既重曾巩文,不放口许曾巩,正是名公送秀才文字法家”。(《唐宋八大家文钞·欧阳文忠公文钞》卷十八)清人储欣评述说:“极口称许,重罪有司。结处以知文自喜,政其深奖曾文处”。(《唐宋十大家全集录·六一居士全集录》卷五)

准诏言事上书

月日,臣修谨昧死再拜上书于皇帝陛下。臣近准诏书,许臣上书言事[1]。臣学识愚浅,不能广引深远,以明治乱之原,谨采当今急务,条为三弊、五事,以应诏书所求,伏惟陛下裁择。

臣闻自古王者之治天下,虽有忧勤之心而不知致治之要,则心愈劳而事愈乖;虽有纳谏之明而无力行之果断,则言愈多而听愈惑。故为人君者,以细务而责人,专大事而独断,此致治之要术也;纳一言而可用,虽众说不得以沮之,此力行之果断也。知此二者,天下无难治矣。

伏见国家自大兵一动[2],中外骚然[3],陛下思社稷之安危,念兵民之疲弊,四五年来[4],圣心忧劳,可谓至矣。然而兵日益老,贼日益强,并九州之力讨一西戎小者,尚无一人敢前,今又北戎大者违盟而动[5],其将何以御之?从来所患者夷狄,今夷狄叛矣;所恶者盗贼,今盗贼起矣[6];所忧者水旱,今水旱作矣;所赖者民力,今民力困矣;所须者财用,今财用乏矣。陛下之心,日忧于一日;天下之势,岁危于一岁。此臣所谓用心虽劳,不知求致治之要者也。近年朝廷开发言路,献计之士不下数千,然而事绪转多,枝梧不暇。从前所采,众议纷纭,至于临事,谁策可用?此臣所谓听言虽多,不如力行之果断者也。

伏思圣心所甚忧而当今所尚阙者,不过曰无兵也,无将也,无财用也,无御戎之策也,无可任之臣也。此五者,陛下忧其未有,而臣谓今皆有之。然陛下未得而用者,未思其术也。国家创业之初,四方割据,中国地狭[7],兵民不多,然尚能南取荆楚[8],收伪唐[9]、定闽岭[10],西平两蜀[11],东下并、潞[12],北窥幽、燕[13]。当时所用兵、财、将、吏,其数几何?惟善用之,故不觉其少。何况今日,承百年祖宗之业,尽有天下之富强,人众物盛,十倍国初,故臣敢言有兵、有将、有财用、有御戎之策、有可任之臣。然陛下皆不得而用者,其故何哉?由朝廷有三大弊故也。

何谓三弊?一曰不慎号令,二曰不明赏罚,三曰不责功实。此三弊因循于上,则万事弛慢废坏于下。臣闻号令者,天子之威也[14];赏罚者,天子之权也[15]。若号令不信,赏罚不当,则天下不服。故又须责臣下以功实,然后号令不虚出，而赏罚不滥行。是以慎号令，明赏罚，责功实，此三者，帝王之奇术也。自古人君，英雄如汉武帝[16]，聪明如唐太宗[17]，皆知用此三术，而自执威权之柄，故所求无不得，所欲皆如意。汉武好用兵，则诛灭四夷，立功万里，以快其心。欲求将，则有卫、霍之材以供其指使[18]，欲得贤士，则有公孙、董、汲之徒以称其意[19]。唐太宗好用兵，则诛突厥[20]，服辽东[21]，威振夷狄，以逞其志。欲求将，则有李靖、李勣之徒入其驾驭[22]，欲得贤士，则有房、杜之徒在其左右[23]。此二帝者，凡有所为，后世莫及，可谓所求无不得，所欲皆如意。无他术也，惟能自执威权之柄耳。

伏惟陛下以圣明之姿，超出二帝，又尽有汉、唐之天下。然而欲御边，则常患无兵；欲破贼，则常患无将；欲赡军，则常患无财用；欲威服四夷，则常患无策；欲任使贤材，则常患无人。是所求皆不得，所欲皆不如意，其故无他，由不用威权之术也。自古帝王，或为强臣所制，或为小人所惑，则威权不得出于己。今朝无强臣之患[24]，旁无小人偏任之溺[25]，内外臣庶[26]，尊陛下如天，爱陛下如父，倾耳延首，愿听陛下之所为，然何所惮而不为乎？若一日赫然执威权以临之，则万事皆办，何患五者之无？奈何为三弊之因循，一事之不集？

臣请言三弊：夫言多变则不信，令频改则难从，今出令之初，不加详审，行之未久，寻又更张。以不信之言，行难从之令，故每有处置之事，州县知朝廷未是一定之命，则官吏或相谓曰“且未要行，不久必须更改”，或曰“备礼行下，略与应破指挥[27]”。旦夕之间，果然又变。至于将吏更易，道路疲于送迎[28]；符牒纵横[29]，上下莫能遵守。中外臣庶，或闻而叹息，或闻而窃笑，叹息者有忧天下之心，窃笑者有轻朝廷之意。号令如此，欲威天下，其可得乎？此不慎号令之弊也。

用人之术，不过赏罚。然赏及无功，则恩不足劝，罚失有罪，则威无所惧，虽有人，不可用矣。太祖时，王全斌破蜀而归，功不细矣，犯法一贬，十年不问。是时方讨江南，故黜全斌，与诸将立法，及江南已下，乃复其官[30]。太祖神武英断，所以能平定天下者，其赏罚之法皆如此也。昨关西用兵[31]，四五年矣，赏罚之际，是非莫分。大将以无功罢者依旧居官[32]，军中见无功者不妨得好官[33]，则诸将谁肯立功矣。裨将畏懦逗留者皆当斩罪，或暂贬而寻迁，或不贬而依旧，军中见有罪者不诛，则诸将谁肯用命矣？所谓赏不足劝，威无所惧，赏罚如此，而欲用人，其可得乎？此不明赏罚之弊也。

自兵动以来，处置之事不少，然多有名而无实。臣请略言其一二，则其他可知。数年以来，点兵不绝，诸路之民半为兵矣，其间老弱病患，短小怯懦者，不可胜数，兵额空多，所用者少，是有点兵之虚名，而无得兵之实数也。新集之兵，所在教习，追呼上下，民不安居，主教者非将领之材，所教者无旗鼓之节，往来州县，愁叹嗷嗷，既多是老病小怯之人，又无训齐精练之法。此有教兵之虚名，而无训兵之实艺也。诸路州军分造器械[34]，工作之际已劳民力，辇运般送又苦道涂，然而铁刃不刚，筋胶不固，长短大小多不中度。造作之所但务充数而速了，不计所用之不堪，经历官司又无检责[35]。此有器械之虚名，而无器械之实用也。以草草之法教老怯之兵，执钝折不堪之器械，百战百败，理在不疑，临事而悟，何可及乎！故事无大小，悉皆卤莽，则不责功实之弊也。

臣故曰三弊因循于上，则万事弛慢废坏于下。万事不可尽言,臣请言大者五事:其一曰兵。臣闻攻人以谋不以力,用兵斗智不斗多。前代用兵之人,多者常败,少者常胜。汉王寻等以百万之兵遇光武九千人而败[36],是多者败而少者胜也;苻坚以百万之兵遇东晋二三万人而败[37],是多者败而少者胜也;曹操以三十万青州兵大败于吕布,退而归许,复以二万人破袁绍十四五万,是用兵多则败、少则胜之明验也[38]。况于夷狄,尤难以力争,只可以计取。李靖破突厥于定襄,只用三千人,其后破颉利于阴山,亦不过一万[39]。其他以三五千人立功塞外者,不可悉数,盖兵不在多,能以计取尔。故善用兵者,以少为多;不善用者,虽多而愈少也。为今计者,添兵则耗国,减兵则破贼。今沿边之兵不下七八十万,可谓多矣。然训练不精,又有老弱虚数,则十人不当一人,是七八十万之兵,不当七八万人之用。加又军无统制,分散支离。分多为寡,兵法所忌。此所谓不善用兵者虽多而愈少,故常战而常败也。臣愿陛下赫然奋威,敕励诸将,精加训练,去其老弱,七八万中可得四五十万数。古人用兵以一当百,今既未能,但得以一当十,则五十万精兵可当五百万兵之用。此所谓善用兵者以少而为多,古人所以少而常胜者,以此也。今不思实效,但务添多,耗国耗民,积以年岁,贼虽不至,天下已困矣。此一事也。

其二曰将。臣又闻古语曰"将相无种"[40],故或出于奴仆,或出于军卒,或出于盗贼,惟能不次而用之,乃为名将耳。国家求将之意虽劳,选将之路太狭。今诏近臣举将而限以资品,则英豪之士在下位者不可得矣;试将材者限以弓马一夫之勇,则智略万人之敌皆遗之矣;山林奇杰之士召而至者,以其贫贱而薄之,不过与一主簿、借职[41]，使其怏怏而去，则古之屠钓饭牛之杰皆激怒而失之矣[42]。至于无人可用，则宁用龙钟跛躄、庸懦暗劣之徒，皆委之要地，授之兵柄，天下三尺童子皆为朝廷危之。前日澶渊之卒几为国家生事，此可见也。议者不知取将之无术，但云当今之无将。臣愿陛下革去旧弊，奋然精求。有贤豪之士，不须限以下位；有智略之人，不必试以弓马；有山林之杰，不可薄其贫贱。惟陛下能以非常之礼待人，人臣亦将以非常之效报国，又何患于无将哉？此二事也。

其三曰财用。臣又闻善治病者，必医其受病之外，善救弊者，必寻其起弊之源。今天下财用困乏，其弊安在？起于用兵而费大故也。汉武好穷兵，用尽累世之财[43]，当时勒兵单于台[44]，不过十八万，尚能困其国力。况未若今日七八十万，连四五年而不罢，所以罄天地之所生，竭万民之膏血，而用不足也。今虽有智者，物不能增，而计无所出矣。惟有减冗卒之虚费，练精兵而速战，功成兵罢，自然足矣。今兵有可减之理，无人敢当其事；贼有速击之便，无将敢奋其勇。后时败事[45]，徒耗国而耗民。惟陛下以威权督责之，乃有期耳。此三事也。

其四曰御戎之策。臣又闻兵法曰："上兵伐谋，其次伐交[46]。"北虏与朝廷通好仅四十年[47]，不敢妄动，今一旦发其狂谋者，其意何在？盖见中国频为元昊所败[48]，故敢启其贪心，伺隙而动尔。今若敕励诸将，选兵秣马，疾入西界，但能痛败昊贼一阵，则吾军威大振，而虏计沮矣。此所谓上兵伐谋者也。今诇事者皆知北虏与西贼通谋[49]，欲并二国之力，窥我河北、陕西。若使二虏并寇[50]，则难以力支。今若我能先击败其一国，则虏势减半，不能独举。此兵法所谓伐交者也。元昊地狭，贼兵不多，向来攻我，传闻北虏常有助兵。今若虏中自有点集之谋，而元昊骤然被击，必求助于北虏。北虏分兵助昊，则可牵其南寇之力；若不助昊，则二国有隙，自相疑贰。此亦伐交之策也。假令二国克期分路来寇[51]，我能先期大举，则元昊苍皇自救不暇，岂能与北虏相为表里？是破其素定之约，乖其克日之期。此兵法所谓亲而离之者[52]，亦伐交之策也。元昊叛逆以来，幸而屡胜，常有轻视诸将之心，今又见朝廷北忧戎虏，方经营于河朔[53]，必谓我师不能西出。今乘其骄怠，正是疾驱急击之时。此兵法所谓出其不意者[54]，此取胜之上策也。前年西将有请出攻者，当时贼气力方盛，我兵未练，朝廷尚许其出师[55]，况今元昊有可攻之势，此不可失之时。彼方幸吾忧河北，而不虞我能西征，出其不意，此可攻之势也。自四路分帅[56]，今已半年，训练恩信，兵已可用，故近日屡奏小捷。是我师渐振，贼气渐衄[57]，此可攻之势也。苟失此时，而使二虏先来，则吾无策矣。臣愿陛下不以臣言为狂，密诏执事之臣，熟议而行之。此四事也。

其五曰可任之臣。臣又闻仲尼曰："十室之邑，必有忠信。[58]"况今文武列职遍于天下，其间岂无材智之臣？而陛下总治万机之大，既不暇尽职其人，故不能躬自进贤而退不肖；执政大臣动拘旧例，又不敢进贤而退不肖；审官、吏部、三班之职[59]，但掌文簿差除而已，又不敢越次进贤而退不肖；是上自天子，下至有司，无一人得进贤而退不肖者。所以贤愚混杂，侥幸相容，三载一迁，更无旌别。平居无事，惟患太多，而差遣不行[60]，一旦临事要人，常患乏人使用。自古任官之法，无如今日之缪也。今议者或谓举主转官为进贤[61]，犯罪黜责为退不肖，此不知其弊之深也。太凡善恶之人,各以类聚。故守廉慎者各举清干之人,有赃污者各举贪浊之人,好徇私者各举请求之人,性庸暗者各举不材之人。朝廷不问是非,但见举主数足,便与改官,则清干者进矣,贪浊者亦进矣,请求者亦进矣,不材者亦进矣。混淆如此,便可为进贤之法乎?方今黜责官吏,岂有澄清纠举之术哉?惟犯赃之人因民论诉者,乃能黜之耳。夫能舞弄文法而求财赂者,亦强黠之吏,政事必由己出,故虽诛剥豪民,尚或不及贫弱。至于不材之人不能主事,众胥群吏共为奸欺[62],则民无贫富,一时受弊。以此而言,则赃吏与不材之人为害等耳。今赃吏因自败者,乃加黜责,十不去其一二。至于不材之人,上下共知而不问,宽缓容奸。其弊如此,便可为退不肖之法乎?贤不肖既无别,则宜乎设官虽多而无人可用也。臣愿陛下明赏罚,责功实,则材皆列于陛下之前矣。

臣故曰五者皆有,然陛下不得而用者,为有弊也。三弊五事,臣既已详言之矣,惟陛下择之,天下之务不过此也。方今天文变于上,地理逆于下,人心怨于内,四夷攻于外,事势如此矣,非是陛下迟疑宽缓之时,惟愿为社稷生民留意。臣修昧死再拜。

注释

[1]“臣近”二句:《长编》卷一三六:庆历二年(1042)五月,“甲寅,诏三馆臣僚上封事及听请对”。欧阳修时为集贤校理,应诏上此书。准:依据。

[2]大兵一动:宝元元年(1038),西夏元昊反叛,称帝建国,宋廷调兵增强西北边防。

[3]中外:朝廷内外。

[4]四五年来：自宝元元年(1038)，至庆历二年(1042)，时近五年。

[5]“今又”句：《长编》卷一三五：庆历二年(1042)三月：“契丹谋聚兵幽蓟，遣使致书求关南地”。契丹乘宋有西夏之事，扬言要发兵南下，派刘六符等使宋，索取瓦桥关南之地。宋仁宗不敢抵抗，派富弼出使契丹议和，答应每年增绢十万匹、银十万两。

[6]“所恶者”二句：“盗贼”是对农民起义者的污蔑之辞。在庆历以前，四川、陕西、福建、河北、山东、河南等地的农民纷纷起义，影响较大的有王小波、李顺等起义军。庆历年间，又有京东王伦、京西张海、贝州王则等起义。

[7]“国家创业之初”三句：北宋初年，仅有中原一隅之地。在广州、泉州、成都、常德、江陵、杭州和金陵，都还存在割据政权，黄河流域的河东还有北汉。

[8]南取荆楚：乾德元年(963)，北宋出兵两湖，收归荆南和湖南。

[9]收伪唐：开宝八年(975)，宋伐南唐，南唐后主李煜兵败投降，南唐灭亡。

[10]定闽岭：闽主王延祎为南唐所虏，平南唐后福建地区亦平。

[11]西平两蜀：乾德二年(964)，宋伐蜀，三年，又出兵后蜀，后蜀主孟昶投降，后蜀灭。

[12]东下并、潞：宋于建隆元年(960)收复潞州(今山西长治市)，开宝元年(968)、二年及九年，宋三次攻打北汉太原(并州)，但因遇到辽对北汉的援兵，宋无功而还。太平兴国四年，宋太宗赵光义又亲率大军出击北汉，征服“十国”中的最后一国。

[13]北窥幽、燕：太平兴国四年(979)，宋灭北汉，宋军乘胜移师河北。幽州外围的易、涿、顺、蓟诸州望风归附。六月，宋太宗亲自指挥攻幽州城，不下。七年，宋两路军夹攻幽州，也遭失败。

[14]号令者，天子之威：《太平御览》卷六三八引《六韬》：“文王问太公曰：愿闻治国之所贵。太公曰：贵法令必行。法令必行，则治道通。……令不行，则主威伤”。

[15]“赏罚者”句:《韩非子·二柄》:“明王制其臣下者,二柄而已矣。二柄者,刑、德也。杀戮谓之刑,庆赏谓之德”。

[16]汉武帝:汉武帝刘彻,在位期间,采用法术、刑名以加强统治,颁行推恩令,实行代田法,通西域,平西南,击匈奴,武功显赫。

[17]唐太宗:即李世民。在位时,常以“亡隋为戒”,任贤纳谏,革陈去弊,又破突厥、吐蕃,多次征辽东,功业盛大。使唐王朝社会稳定,经济发展,史誉“贞观之治”。

[18]卫、霍:卫青、霍去病,汉武帝时名将。

[19]公孙、董、汲:公孙弘、董仲舒、汲黯,汉武帝时名臣。

[20]诛突厥:指东突厥,也称北突厥,我国北方少数部族。隋开皇三年(583),突厥裂分为东、西突厥。东突厥境内不相统一,为西突厥所迫,迁居漠南。唐贞观四年,颉利可汗侵扰唐边境,为唐所俘,东突厥亡。

[21]服辽东:贞观十九年(645),唐太宗率诸军自洛阳出发到幽州,亲临辽东城下督战,攻陷辽东城,大败高丽军,夺得十城,掳获辽、盖、岩三州居民七万人。

[22]李靖、李勣:唐太宗时名将。

[23]房、杜:房玄龄、杜如晦,唐太宗时名臣。

[24]强臣:指挟天子以令诸侯的臣僚,如西汉末王莽、唐末朱温等。

[25]小人:指佞臣、宦官之类。

[26]内外臣庶:朝廷内外的臣僚与百姓。

[27]“备礼”二句:按照定例把公文转发下去。应破指挥:敷衍应付上级的指令。

[28]“至于将吏”二句:宋初为了中央集权,防范军阀割据,统兵将领随时调动。实施“更戍法”(或称出戍法),派出的禁军定期轮换。禁军军官提升时,调离原先队伍。轮换与调离往返道路有的数千里,所在的地方官府必须按例迎送供应。有的三年一轮换,广西等地两年一轮换。故曰“疲于迎送”。

[29]符牒纵横:公文繁杂。纵横:众多而纷乱。

[30]“太祖时”十句:《宋史·王全斌传》:太祖以王全斌破蜀有功,但“专杀降兵,擅开公帑,豪夺妇女,广纳货财”,诏曰:“特从宽贷,止停旄钺。……全斌可责授崇义军节度观察留后。”黜居山郡十余年。“开宝末,车驾幸洛阳郊祀,召全斌侍祠,以为武宁节度。”江南:指南唐。

[31]关西用兵:指宋与西夏作战。

[32]“大将”句:指延州知州范雍。范昏庸怯懦,康定元年(1040)初,西夏军抵延州城下,范雍大恐,急调庆州刘平与石元孙兵救援,始小胜,而鄜延都监黄德和阵后领兵逃跑,致使宋军大败。范雍因此降官,改知安州。

[33]无功者不妨得好官:指陕西经略安抚使夏守赟、夏竦等。夏竦在康定中,怯于对西夏用兵,自请解除兵柄,两年后却召拜枢密使。

[34]诸路州军:路、州、军皆为宋代行政区划名。宋初全国分为十五路,仁宗天圣间改为十八路。路下设州、军,和府相等。州、军下设县。

[35]官司:指官府,政府的主管部门。

[36]“汉王寻”句:王莽篡汉后,建立新朝。闻更始帝立,派王邑、王寻领百万之兵击之,更始帝败走昆阳。莽军围昆阳。刘秀率九千兵与莽军战,大破莽军。王莽因此败亡。光武:东汉开国皇帝刘秀。

[37]“苻坚”句:太元八年(383),前秦苻坚强征各族百姓,结成九十万大军,大举南下攻东晋。晋相谢安使谢玄等率八万北府兵迎战,在洛涧大破秦军前哨。晋军进至淝水,趁苻军稍退之机,猛攻秦军,苻坚败逃。

[38]“曹操”四句:东汉兴平元年(194),吕布攻鄄城,曹操引大军往救,战于濮阳,吕布用骑兵击败曹军,曹操险被生擒。建安四年(199),袁绍率兵十余万南下,曹操兵少缺粮,以劣势在官渡(今河南中牟东北)相拒。次年春,曹操乘袁绍轻心,两次偷袭袁军后方,袁军心动摇。曹军遂全线出击,歼灭了袁绍主力。许:指今河南许昌。

[39]“李靖”四句。武德八年(625),突厥寇太原,李靖率劲骑三千,夜袭定襄,大败突厥。颉利可汗走保铁山,李靖督兵进军,斩万余人,俘男女十万,“于是斥地自阴山北至大漠关”。又,贞观四年(630),唐太宗派李靖等击突厥,首破定襄,降突厥大将康苏密。

[40]将相无种:《史记·陈涉世家》:“王侯将相宁有种乎?”

[41]借职:即三班借职,是仅有其名称的最低武官虚衔。谓官位卑微。

[42]屠钓饭牛:从事卑微职业的人。传说周初名臣吕尚曾宰牲和钓鱼。见《韩诗外传》卷八。相传春秋时齐桓公的名相宁戚曾隐居喂牛。见《淮南子·道应训》。

[43]累世之财:指汉高祖、惠帝、文帝、景帝积累下来的财富。

[44]勒兵单于台:元封元年(前110),汉武帝亲自率兵,“出长城,北登单于台,一至朔方,临北河,勒兵十八万骑,旌旗径千余里,以见武节,威匈奴”。单于台,故址在今山西大同市境内。当时匈奴族称其君主为单于。

[45]后时:延误时间,失去机会。

[46]“上兵伐谋”二句:语见《孙子·谋攻篇》。原文句:“故上兵伐谋,其次伐交,其次伐兵,其下攻城。”欧阳修释义为:伐谋是制止敌人的野心,打乱其部署;伐交是拆散敌人的同盟者。

[47]“北虏”句:辽与宋通好近四十年。景德元年(1004),宋真宗面对辽国入侵,采取“姑了事”的议和态度,许银绢三十万,史称“澶渊之盟”。至庆历二年(1042),实为三十九年。

[48]中国频为元昊所败:宝元元年(1038),元昊称帝,国号大夏,开始攻宋。康定元年(1040)初,败宋军于延州,宋大将刘平、石元孙被擒。同年九月,三川寨之战,宋军五千余人战死。次年二月,宋夏战于好水川,宋兵惨败,任福等数员大将战死。同年八月,西夏兵攻陷丰州,知州王庆馀战死。

[49]诇事者:刺探情报的人。

[50]二虏:即上文“北虏与西贼”。指契丹与西夏。

[51]克期:约定日期。

[52]亲而离之:宋人王皙《孙子·计篇》注:“敌相亲,当以计谋离间之。”

[53]“方经营”句:宋朝当时迫于辽的威胁,在黄河以北布置防务。朔:北方。

[54]出其不意:出于敌人意料之外。

[55]“前年”四句:自元昊叛宋后,宋廷朝臣大多主和,边臣大多主战,主战最力者是陕西经略安抚副使韩琦,仁宗曾同意韩琦“可以应机乘便,即仍出师”。

[56]四路分帅:陕西军事,原属陕西都部署统辖,庆历元年(1041)十月,“诏罢都部署,分四路置使”。四路,指秦凤、泾源、环庆、鄜延。都部署已罢,其职未取消。欧阳修庆历四年有《论罢郑戬四路都部署札子》,指出都部署一职成事不足,败事有余,必须罢去。

[57]衄(nǜ):挫折。

[58]“十室”二句:语见《论语·公冶长》。

[59]“审官”句:吏部、审官院、三班院都是主管官吏的衙门。

[60]差遣不行:由于冗官太多,不少官员无法委派实际职务。差遣:委任实际职务。

[61]举主:宋代官员有推荐人的责任,推荐者称举主。

[62]众胥群吏:州县官署中办事的职员们,如文书、衙役等。胥吏大都是本地人,长期盘踞衙门。长官无能,则胥吏操纵政务。

评析

本文作于庆历二年(1042)五月。当时仁宗下诏,要求三馆臣僚向皇上建言献策。欧阳修时任集贤校理,应诏上奏此书。

在这篇文章中,作者慷慨陈词,率先提出并全面阐述“三弊五事”的具体表现及利害关系,深刻揭露了当时社会承平景象下的各种严重危机,强烈表达了弃旧图新的改革愿望。这是“庆历新政”的重要舆论作品,从中可见作者政治上的卓识与锐气,以及往复百折而条达疏畅、急言切论而从容自得的文章风貌。

文章开始就毫无隐饰地点出了岌岌可危的国势：历来就担心的少数民族扰边、盗贼作乱、水旱灾害、民力困乏、财力不足等等，现在都已经出现了，而且形势一年比一年严重。随即又一针见血地指出，造成这种国困民乏、内忧外患危机的根本原因，就是仁宗不懂得去寻找治理好国家的要略，把矛头直指宋王朝最高统治者，可谓大胆直言。随后分析宋王朝所面临的五个难题，即“无兵”“无将”“无财用”“无御戎之策”“无可任之臣”，又直言不讳地指出：皇上担心没有兵将、财用、御戎之策、可任之臣，而我却认为现在这些，已样样具备，只是皇上您没有去认真寻求、没有去充分利用而已。这究竟是什么原因呢？我认为朝廷存在三大弊端：一曰不慎号令，二曰不明赏罚；三曰不责功实。也正是由于这三大弊端，才导致了现在这种上下因循、万事弛慢、积贫积弱的局面。

在分析“三弊五事”时，作者也毫不讳言，譬如论及“不慎号令”时指出：命令在发布之前，根本就没有进行过认真细致的考虑，所以执行没多久就又要改弦更张，这样朝令夕改，让中外臣庶感到可叹可笑，使北宋王朝信誉扫地而不能“威”天下；论及“不责功实”时指出：自从发动战争以来，战事频仍，但多有名无实，以草草之法，贪生怕死的老弱残兵，连钝械武器都不会使用，怎能不百战百败、不堪一击呢？论及“用兵”时指出：现在根本就不考虑实效，只追求数量，不讲究质量，耗国耗民，已经很久了，连赋税都收不上来，国家都已经很疲惫了。论及“用人”时指出：上自天子，下至部门大臣，无一人得进贤而退不肖者，所以愚贤混杂，侥幸相容，混乱到如此地步，还有办法进贤选能吗？至于不材之人，上下共知而不闻不问，又还有谁会去处理这些不才之人呢？如此等等，句句触及时政，语语击中要害，其真正目的是治病救国。又说：现在天文变于上，地理逆于下，人心怨于内，四夷攻于外，事情已经发展到了这个地步，还容得皇上再迟疑宽缓吗？请求皇上一定要为社稷生民着想！作者的拳拳报国之心溢于言表。

文章运用了大量生动典型材料进行论证，譬如论述“三弊”时指出：我听说“号令”就是天子的威力，“赏罚”就是天子的权力。若号令不行，赏罚不当，天下人就不服，所以一定要督促臣子们建功立业，号令不要虚出，赏罚不要滥行。所以说，慎号令、明赏罚、责功实，就是帝王的治国奇术。然后又举汉武帝、唐太宗之例证明：说古代的君王，英雄如汉武帝，聪明如唐太宗，皆武功显赫，威振夷狄，欲求将材，欲得贤士，皆“所求无不得”，因为他们都是用此三术而执威柄之权，所以有求必应，一切如愿以偿。从而阐明：“无他术也，唯能自执威权之柄耳。”又论及“五事”之一“曰兵”时，举新汉昆阳之战、秦晋淝水之战、曹操官渡之战这些历史上以少胜多的著名战役为例，证明古之用兵“多者常败，少者常胜”。作者先正例反举，汉王寻、苻坚均以强于敌近十倍的百万之兵败北，曹操率三十万兵力却险被吕布所擒；再从正面阐述，曹操“复以二万人破袁绍十四五万”，对比鲜明，说服力强。通过这些典型史例，进一步揭露今之用兵弊端，即用兵不思实效，冗军冗兵既无战斗力，且“耗国耗民”，故造成“贼号不至，天下已困”的局面。

文章引经据典，并以之为立论的依据。譬如论述“五事”，于每事发端都运用引证：其一曰兵。臣听说，进攻敌人，靠用谋略，不靠用武力；用兵打仗，靠智慧，不靠人多。其二曰将。我又听古话说：“将相是没有种的。”其三曰财用。臣又听说，善于治病的人，一定要医治疾病发生的地方；善于排除弊政的人，一定要找到弊病产生的根源。其四曰御戎之策。臣又听兵法上说：“上等的用兵方法，是打破敌人的谋划，第二等的用兵方法，是打破敌人结成同盟。”其五曰可任之臣。臣又听孔子说：“哪怕只有十户人家的小地方，也一定要有忠诚讲信义的人。”如此等等经典言论，确凿无疑，道理深刻。作者将其与丰富的史实材料结合使用，二者相辅相成，具有无可辩驳的说服力。

文章全面分析了北宋仁宗朝在政治、经济、军事等方面的弊端，概括为“三弊”“五事”，并提出了切实可行的解决办法，是反映作者政治思想、了解北宋积贫积弱局势的重要资料。正如明人茅坤所评：“欧公经略，已具见其概矣”。（《唐宋八大家文钞·欧阳文忠公文钞》卷二十九）

画舫斋记

予至滑之三月[1]，即其署东偏之室，治为燕私之居[2]，而名曰画舫斋。斋广一室，其深七室，以户相通。凡入予室者，如入乎舟中。其温室之奥，则穴其上以为明；其虚室之疏以达，则栏槛其两旁以为坐立之倚。凡偃休于吾斋者，又如偃休乎舟中。山石崷崒[3]，佳花美木之植，列于两檐之外，又似泛乎中流，而左山右林之相映，皆可爱者。故因以舟名焉。

《周易》之象，至于履险蹈难，必曰涉川[4]。盖舟之为物，所以济险难，而非安居之用也。今予治斋于署以为燕安，而反以舟名之，岂不戾哉？矧予又尝以罪谪走江湖间，自汴绝淮，浮于大江，至于巴峡，转而以入于汉沔，计其水行几万余里[5]。其羁穷不幸[6]，而卒遭风波之恐，往往叫号神明以脱须臾之命者，数矣。当其恐时，顾视前后，凡舟之人，非为商贾，则必仕宦，因窃自叹，以谓非冒利与不得已者，孰肯至是哉？赖天之惠，全活其生，必得除去宿负[7]，列官于朝，以来是州，饱廪食而安署居。追思曩时山川所历，舟楫之危，蛟鼍之出没，波涛之汹歘，宜其寝惊而梦愕。而乃忘其险阻，犹以舟名其斋，岂真乐于舟居者邪！

然予闻古之人，有逃世远去江湖之上，终身而不肯反者，其必有所乐也。苟非冒利于险、有罪而不得已，使顺风恬波，傲然枕席之上，一日而千里，则舟之行，岂不乐哉！顾予诚有所未暇，而舫者宴嬉之舟也，姑以名予斋，奚曰不宜？

予友蔡君谟善大书[8]，颇怪伟，将乞其大字以题于楹，惧其疑予之所以名斋者，故具以云。又因以置于壁。

壬午十二月十二日书。

注释

[1]滑：滑州，今河南滑县。据胡柯《庐陵欧阳文忠公年谱》载：庆历二年(1042)，“九月，通判滑州。十月至”。

[2]燕私之居：闲居歇息的处所。

[3]蝤(qiú)崒(zú)：峥嵘高峻的样子。

[4]“《周易》”二句：《易经》中的《象》辞，多有“利涉大川”的比喻。《象》：《易经》中解释卦象的辞。

[5]“矧予”六句：欧阳修于景祐三年(1036)贬峡州夷陵令，由水路经汴河、淮河、长江到达贬所。宝元元年(1038)三月仍由水路经长江、溯汉水，调任光化军乾德县令。故云“水行几万余里”。

[6]羁穷不幸：指仕途挫折，颠沛流徙。

[7]除去宿负：免去以前受贬谪的罪愆。宿负，旧债。这里指导致被贬夷陵的“罪过”。欧阳修宝元二年(1039)恢复原来的官职，次年进京，任馆阁校勘，权同知太常礼院。因议事不合，自请外职，被任命为滑州通判。

[8]蔡君谟：即蔡襄，字君谟，兴化军仙游(今属福建)人。欧阳修的朋友，北宋著名书法家。

评析

本文作于庆历二年(1042)十二月，欧阳修时任滑州通判。当年四月，契丹扬言南侵，派使者逼宋割瓦桥关以南十县地。宰相吕夷简对富弼有成见，故意向皇帝推荐富弼出使契丹交涉此事。作者认为富弼是朝中重臣，此等差事凶多吉少，不宜出使，还引唐代颜真卿使李希烈遇害事加以谏阻，但无济于事。五月，又应诏写了《准诏言事上书》，极陈时弊、力主改革，也没得到采纳。在此种境况下，作者请求外任，被任命为滑州通判。到达滑州后，他在官署的东侧修建一室，题名“画舫斋”，并自己作记，以舟名斋，借题发挥，抒发内心的复杂矛盾，警醒自己要居安思危，渴望日后能东山再起，有所作为。

文章首先解释命名的具体原因：一是斋广一室，深七室，其形似舟；二是斋中数室各具特色，或深奥温暖，如同船舱，或虚空四壁，如窗外两舷，处于室中，犹如在舟；三是斋之左右风景如画，花木山石分别两侧，斋置于其中，好似一舟行于山林相间的江水之中。同时，作者也生动地描绘了画舫斋的结构特点和它所处的自然环境，富有特色的建筑和山石花木交相辉映，构成一幅赏心悦目的画面。接着顺应画舫之名，转而言舟，作者先从《周易》说起，用渡河比喻处境危难，用船来摆渡，比喻自己从政治漩涡中摆脱出来，从汴水出发，渡淮河，沿长江上溯历尽艰险。人生旅途也需要有船来作为战胜艰难险阻的工具，现在我却忘记了困难和险阻，还用船来给房间起名，难道我果真喜爱船上的生活吗？作者觉得这种在江湖之上享受战胜大风大浪的快乐，也是人生的一大趣事。进而又说：我听说有的古人为逃避世事远远来到江湖上面，终身不肯回头，这里一定有某种快乐，如果不是因为贪求财利，不是因为有罪或身不由己，那么，一帆风顺，水波平静，心情平缓地躺在枕席之上，一天便可到达千里之外的地方，这样乘船难道不快乐吗？作者谈这两种“乐”，都不是现实中的“乐”，只是一种理想，一种追求，而现实中的“江湖”和“舟之行”，带给他的都是一种不幸和痛苦。作者以舟名斋，用“画舫斋”这个饱含深意的词来时时警醒自己，即现在虽然列官朝廷，享受优厚待遇，但要居安思危。最后又回到现实中来，请朋友蔡君谟题词，自抒胸臆，宣泄他内心的积郁。

作者抓住以舟名斋这个中心主题，反复发挥，追忆自己的经历，联想古代的隐士，逐层递进转折，层层加以剖析，既简明又深婉地抒写了自己复杂的内心世界。全文情景交融，饱含哲理，充分体现了作者豁达开朗的情怀，及其居安思危的思想。宋人黄震评说此文：“始言为燕居而作，次反言舟之履险，而终归舟行之乐，三节照应”。（《黄氏日抄》文集卷六十一）清人储欣评述说：“序斋有意趣”。（《唐宋十大家全集录·六一居士全集录》卷五）

本　论

天下之事有本末，其为治者有先后。尧、舜之书略矣[1]，后世之治天下，未尝不取法于三代者，以其推本末而知所先后也。三王之为治也，以理数均天下[2]，以爵地等邦国，以井田域民，以职事任官。天下有定数，邦国有定制，民有定业，官有定职。使下之共上勤而不困[3]，上之治下简而不劳，财足于用而可以备天灾也，兵足以御患而不至于为患也。凡此具矣，然后饰礼乐、兴仁义以教道之。是以其政易行，其民易使，风俗淳厚，而王道成矣。虽有荒子孱孙继之，犹七八百岁而后已[4]。

夫三王之为治，岂有异于人哉？财必取于民，官必养于禄，禁暴必以兵，防民必以刑，与后世之治者大抵同也。然后世常多乱败而三王独能安全者，何也？三王善推本末，知所先后，而为之有条理。后之有天下者，孰不欲安且治乎？用心益劳而政益不就，諰諰然常恐乱败及之[5]而辄以至焉者，何也？以其不推本末，不知先后而已。

今之务众矣，所当先者五也。其二者有司之所知，其三者则未之思也。足天下之用，莫先乎财，系天下之安危，莫先乎兵，此有司之所知也。然财丰矣，取之无限而用之无度，则下益屈而上益劳。兵强矣，而不知所以用之，则兵骄而生祸。所以节财、用兵者，莫先乎立制。制已具备，兵已可使，财已足用，所以共守之者，莫先乎任人。是故均财而节兵，立法以制之，任贤以守法，尊名以厉贤[6]。此五者相为用，有天下者之常务，当今之世所先，而执事者之所忽也。

今四海之内非有乱也，上之政令非有暴也，天时水旱非有大故也，君臣上下非不和也。以晏然至广之天下，无一间隙之端，而南夷敢杀天子之命吏，西夷敢有崛强之王，北夷敢有抗礼之帝者[7]，何也？生齿之数日益众，土地之产日益广，公家之用日益急，四夷不服，中国不尊，天下不实者，何也？以五者之不备故也。

请试言其一二。方今农之趣耕，可谓劳矣；工商取利乎山泽，可谓勤矣；上之征赋榷易商利之臣[8]，可谓纤悉而无遗矣。然一遇水旱如明道、景祐之间[9]，则天下公私乏绝。是无事之世，民无一岁之备，而国无数年之储也。以此知财之不足也。古之善用兵者，可使之赴水火[10]。今厢禁之军，有司不敢役，必不得已而暂用之，则谓之借倩[11]。彼兵相谓曰官倩我，而官之文符亦曰倩。夫赏者所以酬劳也，今以大礼之故，不劳之赏三年而一遍，所费八九百万，有司不敢缓月日之期。兵之得赏，不以无功知愧，乃称多量少，比好嫌恶，小不如意，则群聚而呼，持梃欲击天子之大吏。无事之时其犹若此，以此知兵骄也。

夫财用悉出而犹不足者，以无定数也。兵之敢骄者，以用之未得其术。以此知制之不立也。夫财匮兵骄，法制未一，而莫有奋然忘身许国者，以此知不任人也。不任人者，非无人也。彼或挟材蕴知，特以时方恶人之好名，各藏畜收敛，不敢奋露，惟恐近于名以犯时人所恶。是以人人变贤为愚，愚者无所责，贤者被讥疾，遂使天下之事将弛废，而莫敢出力以为之。此不尚名之弊者，天下之最大患也。故曰五者之皆废也。

前日五代之乱可谓极矣[12]，五十三年之间，易五姓十三君，而亡国被弑者八，长者不过十余岁，甚者三四岁而亡。夫五代之主，岂皆愚者邪，其心岂乐祸乱而不欲为久安之计乎？顾其力有不能为者，时也。当是时也，东有汾晋，西有岐蜀，北有强胡，南有江淮、闽广、吴越、荆潭，天下分为十三四，四面环之[13]。以至狭之中国，又有叛将强臣割而据之，其君天下者，类皆为国日浅，威德未洽，强君武主力而为之，仅以自守，不幸孱子懦孙，不过一再传而复乱败。是以养兵如儿子之啖虎狼，犹恐不为用，尚何敢制[14]？以残弊之民人，赡无赀之征赋[15]，头会箕敛[16]，犹恐不足，尚何曰节财以富民？天下之势方若弊庐，补其奥则隅坏，整其桷则栋倾，枝撑扶持，苟存而已，尚何暇法象、规圆、矩方而为制度乎[17]？是以兵无制，用无节，国家无法度，一切苟且而已。

今宋之为宋，八十年矣[18]。外平僭乱，无抗乱之国；内削方镇，无强叛之臣。天下为一，海内晏然。为国不为不久，天下不为不广也。语曰："长袖善舞，多钱善贾[19]。"言有资者其为易也。方今承三圣之基业[20]，据万乘之尊名，以有四海一家之天下，尽大禹贡赋之地，莫不内输[21]，惟上之所取，不可谓乏财。六尺之卒，荷戈胜甲，力彀五石之弩、弯二石之弓者数百万，惟上制而令之，不可谓乏兵。中外之官居职者数千员，官三班吏部常积者又数百[22]，三岁一诏，布衣而应诏者万余人，试礼部者七八千[23]，惟上之择，不可谓乏贤。民不见兵革者几四十年矣[24]，外振兵武，攘夷狄，内修法度，兴德化，惟上之所为，不可谓无暇。以天子之慈圣仁俭，得一二明智之臣相与而谋之，天下积聚，可如文、景之富[25]；制礼作乐，可如成周之盛[26]；奋发威烈以耀名誉，可如汉武帝、唐太宗之显赫；论道德，可兴尧、舜之治。然而财不足用于上而下已弊，兵不足威于外而敢骄于内，制度不可为万世法而日益丛杂，一切苟且，不异五代之时，此甚可叹也。是所谓居得致之位，当可致之时，又有能致之资，然谁惮而久不为乎[27]？

注释

[1]尧、舜之书：指《尚书》中《尧典》《舜典》。

[2]以理数均天下：核定一定数量的贡赋以平均天下百姓的负担。

[3]共：同“供”。

[4]“虽有”二句：夏、商、周三代虽然各有荒淫懦弱的子孙，但是都享国远久，相传夏朝传国四百余年，商朝传世六百余年，周朝传世八百余年。

[5]谌(xǐ)谌然：忧惧，害怕的样子。

[6]“尊名”句：尊重名位以勉励贤人。厉：激励劝勉。

[7]“而南夷”三句：陈述宋廷严峻的外部形势。

[8]征赋榷易商利之臣：主要指户部、度支、盐铁三司的官吏，控制全国的赋税和重要物资的专卖。

[9]“然一遇”二句：明道年间连年旱蝗，仁宗曾下诏自责，并于明道二年(1033)下诏改元。《长编》明道二年十二月丙辰：“时仍岁旱蝗，执政谓宜有变更，以导迎和气”。

[10]“古之善用兵”二句：《史记·孙子吴起列传》：吴王阖庐试用孙武练兵，出宫女百八十人令其教练。孙武三令五申，宫女仍不服禁令，于是斩队长二人，再施号令，“妇女左右前后跪起皆中规矩绳墨”。孙武报告吴王说：“兵既整齐，王可试下观之，唯王所欲用之，虽赴水火犹可也”。

[11]借倩：暂时借用。倩，请人替自己做事。

[12]五代之乱：唐与宋之间统治中原的梁、唐、晋、汉、周五个王朝，共五十三年。五代帝王分别姓朱、李、石、刘、郭(柴)，故称“易五姓”。梁有两代国君，计十六年；唐有四代国君，计十三年；

晋有两代国君，计十一年；汉有两代国君，计四年；周有三代国君，计九年。故称“易十三君”。

[13]“当是时也”七句：当时五代统治者所据的中原四周，被外族和割据势力包圈。汾晋：刘旻的北汉据山西。岐蜀：王建的前蜀，孟知祥的后蜀据四川等地。江淮：杨行密的吴据淮南，李昪的南唐据江南。闽广：王潮的闽据福建，刘隐的南汉据南海。吴越：钱镠的吴越据两浙。荆潭：马殷的楚据湖南，高季兴的南平据荆南。以上称“十国”。强胡：指契丹。

[14]“是以”三句：五代君主都取武力篡弑夺取政权，军队高于一切，君主无法制约。因此君主全力养兵，就像小孩子喂养虎狼，只担心不听使唤，哪还敢控制他们？

[15]无赀：没有限度。赀：计量。

[16]头会箕敛：烦重的赋税。《汉书·陈馀传》：“头会箕敛，以供军费，财匮力尽。”服虔注：“吏到其家，以人头数出谷，以箕敛之。”

[17]“天下之势”六句：弊庐：破房子。奥：内室。法象：效法。

[18]八十年矣：宋自建隆立国至庆历二年，时已83年。

[19]“语曰”三句：有本钱的人做事容易。《韩非子·五蠹》：“鄙谚曰：长袖善舞，多财善贾，此言多资之易为工也。”贾：做买卖。

[20]三圣：指宋太祖、太宗和真宗。

[21]大禹贡赋之地：指宋王朝据有的九州土地。《尚书》有《禹贡》篇，记载九州土地、物产和缴纳天子的贡物。

[22]三班：三班院，掌管武官铨选差遣。吏部：掌管文官的铨选差遣。

[23]“三岁”三句：朝廷三年举行一次科举考试，应考的人有一万多，参加礼部考进士的有七八千。

[24]几四十年：宋自景德元年(1004)与契丹缔结“澶渊之盟”，至庆历二年(1042)已38年，其间除西北地区与西夏有战事外，中原基本安定。

[25]文、景之富：汉代文帝、景帝时，国内安定富足，史家誉为治世。

[26]成周:指周朝。

[27]“是所谓”四句:说宋王朝所处的地理、时机、条件,都有可能在政治、文化、军事上达到汉代文帝、景帝、汉武帝、唐太宗以及尧舜的境界,究竟还害怕什么而长期不思改革图治呢?

评析

本文作于庆历二年(1042),欧阳修时为集贤校理。原有上、中、下三篇,作者晚年删削上篇,将原中、下篇改作上、下篇,后人编辑《居士外集》时,辑入上篇,题为《本论》。“本论”,即探讨治国安邦的根本。本篇是针对宋廷积弊,论述为政之本。作者认为治国安邦,必须均财省兵,建立法制,任贤守法,尊名厉贤,也只有五者相互利用,才能解决政治上的补偏救弊。与《原弊》《准诏言事上书》等均为庆历新政的纲领性文献。

作者认为,北宋社会陷入内忧外患危局,是因为治国者不推本末,不知轻重,没有处理好最根本、最关键的几个问题,即本文所说的“五事尽废”。一是社会财富取之无限,用之无度,导致财物匮乏,社会矛盾日益尖锐;二是驭兵乏术,导致兵冗、兵骄,朝廷置兵不仅不能止乱,反而养乱、生乱;三是国家制度不备,法制不立,导致百业不举,万事俱废;四是官僚机构虽然庞大,庙堂之上却无可用之贤臣;五是世风败坏,不尊名尚贤,导致贤人藏形敛迹,朝廷人才匮乏。作者对社会积弊的论析,真可谓一针见血,力透纸背。他并没有停留在对积弊的单纯批判层面,而是在积极寻求拯救危局的革新方案,提出:均财、节兵、立制、任贤、尊名,五者相互利用。

本文最突出的特色,就是在艺术手法上援引史例,古今对比、正反对比,以凸显文章主旨。

一是以三代之治对比宋廷之弊。文章开头作者以夏、商、周三代治迹为依据,阐明后世治理国家,可以借鉴三代的治国方略。随之用简洁的评议概括三代之治:天下有定数,邦国有定制,民有定业,官有定职。一派治国有方,秩序井然的景象呈现在眼前。又在国富民强的基础上,施教化、兴仁义,使行政简便,风俗淳厚,这样王道也便自然形成。这也正是作者向往的政治理想。作者追本求源，进一步探究三代长治久安的原因是：三王善推本末，知先后，所作所为有条不紊。作者所指的“本末”就是农业，这就是天下之根本。只有以农为本，实行宽简政治，才能国富民强。相形对比，后世经常出现国家败乱，其根源就是：没有重视农业。作者列举宋王朝财不足用，兵不可使，财匮兵骄，法制未一的种种具体表现，还特别强调没有任用贤能的机制，相反使人人变贤为愚，愚人不受责怪，贤人受到饥疾，万事弛废，难以管理。这就是不尚名带来的弊端，也是国家最大的祸害。

二是五代之乱与宋廷之弊对比。作者描绘五代时期的形势就像一幢破败不堪的房子，修补好房间则墙垣坏了，修理好屋檐则屋栋倒塌，即使勉强支撑加固，也不过是苟延残喘而已。作者不仅摆其乱象，更剖析根源，即兵无制，用无节，国家无法度，一切都是苟且偷安。当时的北宋，国家财力不足而弊端重重，军队不能威震四夷而骄横国内，制度不能让万世效法而日益丛杂，一切苟且，与五代之乱没有两样。反面映衬，将北宋的政治弊端及其根源暴露无遗，起到了事半功倍的效果。

文章运用对比的方法，列举三代之治、五代之乱的史实，与宋廷的现实进行正反对比，尖锐地揭露了宋廷的弊政，有力地论证了作者的“治本之论”。分析精辟透彻，文笔犀利有力。宋人吕祖谦评述此文：“读之易使人委靡，而笔力都藏在里面了”。（《古文关键》卷上）清人孙琮评述说：“低徊扼腕，何啻长沙治安之书！中间写五者处有蝉联贯串之妙”。（《山晓阁选宋大家欧阳庐陵全集》评语卷二）

释秘演诗集序

予少以进士游京师，因得尽交当世之贤豪[1]。然犹以谓国家臣一四海，休兵革，养息天下，以无事者四十年[2]，而智谋雄伟非常之士，无所用其能者，往往伏而不出，山林屠贩，必有老死而世莫见者，欲从而求之不可得。

其后得吾亡友石曼卿[3]。曼卿为人，廓然有大志，时人不能用其材，曼卿亦不屈以求合，无所放其意，则往往从布衣野老酣嬉淋漓，颠倒而不厌。予疑所谓伏而不见者，庶几狎而得之[4]，故尝喜从曼卿游，欲因以阴求天下奇士[5]。

浮屠秘演者[6]，与曼卿交最久，亦能遗外世俗，以气节相高，二人欢然无所间，曼卿隐于酒，秘演隐于浮屠，皆奇男子也。然喜为歌诗以自娱，当其极饮大醉，歌吟笑呼以适天下之乐，何其壮也！一时贤士皆愿从其游，予亦时至其室。十年之间[7]，秘演北渡河，东之济、郓[8]，无所合，困而归。曼卿已死，秘演亦老病。嗟夫！二人者，予乃见其盛衰，则余亦将老矣。

夫曼卿诗辞清绝，尤称秘演之作，以为雅健有诗人之意。秘演状貌雄杰，其胸中浩然，既习于佛，无所用，独其诗可行于世，而懒不自惜。已老，胠其橐[9]，尚得三四百篇，皆可喜者。曼卿死，秘演漠然无所向，闻东南多山水，其巅崖崛峍[10]，江涛汹涌，甚可壮也，遂欲往游焉。足以知其老而志在也。于其将行，为叙其诗，因道其盛时，以悲其衰。

庆历二年十二月二十八日，庐陵欧阳修序。

注释

[1]"予少"二句：欧阳修于天圣五年(1027)至八年，两次赴京师开封参加进士考试。所交结的人，如穆修、谢绛、苏舜元、苏舜钦、尹洙、尹源、王素、刁约、张谷、张先等，皆当时名士。

[2]无事者四十年：宋自景德元年(1004)与契丹订立澶渊和

议，至庆历二年（1042）为三十八年，“四十”取其约数。

［3］石曼卿：即石延年，字曼卿，河南商丘人，北宋诗人。一生遭遇冷落，郁郁不得志。

［4］庶几狎而得之：也许能够亲近并得到他们。狎，亲近而随便。之，指那些隐士。

［5］阴求：暗中求访。

［6］浮屠秘演：浮屠指和尚。浮屠：梵语音译。秘演：和尚的法号。

［7］十年之间：指明道初年欧阳修初识秘演至写作本序之时。

［8］济：济州。治所今山东巨野县南。郓：郓州。治所今山东郓城县东。

［9］胠（qū）其橐（tuó）：打开他的行囊。胠：打开。

［10］崛嵂（lù）：山崖高峻的样子。

评析

本文作于庆历二年（1042）十二月，欧阳修时任滑州武成军节度判官。秘演，和尚法名，杭州人。少抵京师，信奉佛教，但精通儒学，喜作文章，备受作者敬重。本文是作者为其诗歌所写的序文，对秘演诗歌成就着墨不多，重在以“奇男子”石曼卿作衬托，突出秘演的气节与才华，抒写对朋友怀才不遇的感慨，也隐含着对社会现实的批评。

作者先写自己“少以进士游京师，因得尽交当时之贤豪”，认为当时“国家臣一四海，休兵革”，休养生息，天下太平已经四十年了。按理该是人才辈出，尽为天子所用。而事实上，不少智谋之士“无所用其能者，往往伏而不出”，隐于山林屠贩之中，“必有老死而世莫见者”。作者很想寻找他们，在京师却找不到。刚刚步入仕途的作者，不去拜访达官显贵，而去寻找贤才隐士，可见其求贤若渴的心情。同时，这也是对摒弃贤才的社会现实的委婉批评，为后文写石曼卿与释秘演作了铺垫。石曼卿是作者得到的“贤豪”之一，又是他结识秘演的介绍人。作者写石曼卿“廓然有大志”，因“时人不能用其才”，自己也不愿屈从时人与之苟且，因而“无所放其意”，就与“布衣野老酣嬉淋漓，颠倒而不厌”。这种性格的人，自然容易与隐居的“智谋雄伟非常之士”接近，作者想借助他们来寻求“天下奇士”。写石曼卿，是为了烘托秘演。经过层层铺垫之后，作者终于写到秘演其人以及与之相识、相交、相知的过程。作者处处以石曼卿作为秘演的参照物，凸显秘演的个性、才华和为人。

作者直接写秘演的文字远不如写陪衬人物石曼卿的多，似乎有“喧宾夺主”之嫌，但作者用意极深，写石曼卿的个性与为人，写他刚直不阿，理想远大，因未被重用而与百姓为伍，狂饮嬉戏，无拘无束，实际上也正是写秘演。因为他们交往很久，而“二人欢然无所间”，又“亦能遗外世俗，以气节自高”。又如文中说“曼卿为人，廓然有大志，时人不能用其材，曼卿亦不屈以求合……”这段明写曼卿，暗写秘演，正体现作者一笔二用之妙。说他们尽管一个“隐于酒”，一个“隐于浮屠”，而“皆奇男子也，然喜为诗歌以自娱”，写出二人同中有异，异中有同，突出他们的特立独行，及喜作诗文的共同爱好，用“何其壮也”，抒发出对这两个“奇士”的由衷赞美。所以作者“亦时至其室”，表明作者与其交往频繁。

接下来，作者写他们十年中的盛衰变化，秘演从北到东，云游四方，“无所合，困而归”。曼卿已死，秘演“亦老矣”。作者又用“予亦将老矣”，悲叹自己一生的遭际，感情浓烈，催人泪下。最后对其诗只是画龙点睛式地略作评述，而且是以石曼卿的眼光来评述：“（曼卿）尤称秘演之作，以为雅健有诗人之意”。真是妙不可言。

文章起落转接，变化无穷，慷慨呜咽，一往情深，是一篇情文并茂的千古佳作。明人茅坤评述说：“多慷慨呜咽之旨，览之如闻击筑声”。（《唐宋八大家文钞·欧阳文忠公文钞》卷四十五）清人刘大櫆评述说：“欧阳诗文集序，当以秘演、江邻几为第一，而惟严、苏子美次之”。（《古文辞类纂·诸家集评》）

王彦章画像记

太师王公讳彦章，字子明[1]，郓州寿张人也[2]。事梁，为宣义军节度使[3]，以身死国，葬于郑州之管城。晋天福二年，始赠太师。

公在梁以智勇闻。梁、晋之争数百战，其为勇将多矣，而晋人独畏彦章。自乾化后，常与晋战，屡困庄宗于河上[4]。及梁末年，小人赵岩等用事[5]，梁之大臣老将多以谗不见信，皆怒而有怠心，而梁亦尽失河北。事势已去，诸将多怀顾望。独公奋然自必，不少屈懈，志虽不就，卒死以忠。公既死，而梁亦亡矣。悲夫！

五代终始才五十年，而更十有三君[6]，五易国而八姓[7]，士之不幸而出乎其时，能不污其身得全其节者鲜矣。公本武人，不知书，其语质，平生尝谓人曰："豹死留皮，人死留名。"盖其义勇忠信，出于天性而然。

予于《五代书》[8]，窃有善善恶恶之志。至于公传，未尝不感愤叹息，惜乎旧史残略，不能备公之事。康定元年，予以节度判官来此，求于滑人，得公之孙睿所录家传，颇多于旧史，其记德胜之战尤详[9]。又言敬翔怒末帝不肯用公[10]，欲自经于帝前，公因用笏画山川，为御史弹而见废[11]。又言公五子，其二同公死节。此皆旧史无之。又云公在滑，以谗自归于京师。而《史》云召之。是时梁兵尽属段凝[12]，京师羸兵不满数千，公得保銮五百人之郓州，以力寡败于中都。而《史》云将五千以往者，亦皆非也。

公之攻德胜也，初受命于帝前，期以三日破敌。梁之将相，闻者皆窃笑。及破南城，果三日。是时庄宗在魏，闻公复用，料公必速攻，自魏驰马来救，已不及矣。庄宗之善料，公之善出奇，何其神哉！

今国家罢兵四十年[13]，一旦元昊反，败军杀将，连四五年，而攻守之计至今未决。予尝独持用奇取胜之议，而叹边将屡失其机。时人闻予说者，或笑以为狂，或忽若不闻。虽予亦惑，不能自信。及读公家传，至于德胜之捷，乃知古之名将，必出于奇然后能胜。然非审于为计者不能出奇，奇在速，速在果，此天下伟男子之所为，非拘牵常算之士可到也。每读其传，未尝不想见其人。

后二年，予复来通判州事。岁之正月，过俗所谓铁枪寺者[14]，又得公画像而拜焉。岁久磨灭，隐隐可见。亟命工完理之，而不敢有加焉，惧失其真也。公善用枪，当时号王铁枪。公死已百年，至今俗犹以名其寺，童儿牧竖皆知王铁枪之为良将也。一枪之勇，同时岂无？而公独不朽者，岂其忠义之节使然欤？画已百余年矣，完之复可百年，然公之不泯者，不系乎画之存不存也。而予尤区区如此者，盖其希慕之至焉耳。读其书尚想乎其人，况得拜其像识其面目？不忍见其坏也。画既完，因书予所得者于后，而归其人，使藏之。

注释

[1]王彦章：五代后梁名将。曾随梁太祖朱温为军卒，作战被杀。欧阳修《新五代史》将他载入《死节传》。

[2]郓(yùn)州：宋时州名，在今山东郓城。寿张：县名，今属山东。

[3]宣义军：治所在滑州，今河南滑县。

[4]庄宗：后唐庄宗李存勖。他承其父李克用爵位而为晋王，

公元923年灭梁称帝,在位三年。

[5]赵岩:梁末帝时宠臣,官至户部尚书、租庸使。梁亡后被杀。

[6]十有三君:指后梁朱温、朱瑱,后唐李存勖、李嗣源、李从厚、李从珂,后晋石敬瑭、石重贵,后汉刘知远、刘承祐,后周郭威、柴荣、柴宗训。

[7]五易国而八姓:指后梁篡唐、后唐灭后梁、后晋灭后唐、后汉代后晋、后周代后汉。五代国君共有八姓,即朱、李、石、刘、郭、柴,此外,后唐明宗是胡人,无姓氏,废帝是明宗养子,本姓王,故称八姓。

[8]五代书:指作者撰写的《五代史记》。后来为区别薛居正的《旧五代史》,而称《新五代史》。

[9]德胜之战:德胜是古代黄河的一个重要渡口,故址在今河南濮阳。李存勖取得黄河以北地区,以铁锁断德胜口,并在渡口南北各筑一城,号夹寨。王彦章智断铁锁,一举攻下南城。

[10]敬翔:字子振,后梁大臣,官至中书侍郎、同中书门下平章事。《新五代史》载,梁末帝不用王彦章,在唐兵压境国危时,敬翔带绳子见末帝,声称若不能起用王彦章等人,就以绳自尽,末帝只好召彦章为招讨使。

[11]"公因用笏"二句:《新五代史·死节传》载,王彦章因遭诬陷,被罢官,急驰入京,在末帝前,用笏画地,解释与晋交战胜败情况,赵岩乘机命御史弹劾彦章对皇上不恭。

[12]段凝:后梁大将,杨刘之战后代王彦章为招讨使。后降后唐,历任节度使。

[13]罢兵四十年:宋真州景德元年(1004),宋辽订立"澶渊之盟",两国罢兵,至此文写作时,恰为四十年。

[14]铁枪:王彦章作战用两杆铁枪,皆重百斤,一置鞍中,一持手中,所向无敌,时人称"王铁枪"。

评析

本文作于庆历三年(1043)春,作者时任滑州通判。王彦章是五代后梁武将，骁勇善战，与晋王李克用交战，受伤被俘，不屈被害，是作者《新五代史》中表彰的三位忠臣义士之一。作者对他忠贞不渝的死节行为推崇备至，而对那些身事数主、卖国求荣的大臣轻蔑鄙视，对他们屈己苟活、丧节弃义的行径痛加贬责。本文叙写了王彦章的遗闻轶事，又以旧史、家传、画像互补，充分体现了作者对王彦章忠义的敬佩之心。同时借古鉴今，激励宋朝将领为国献计出力，尽忠戍边卫国。

文章开头简单介绍王彦章生平后，集中叙说他的智勇忠义：五代后梁与后晋的战争中，骁勇善战的将领很多，而晋人包括晋王李存勖在内，都"独畏彦章"，可见王彦章英勇善战。接着写后梁末年，小人用事，大臣老将们由于小人进谗而不被皇帝信任，大都心灰意冷。大势已去时，很多将领都采取观望的态度，唯独王彦章精神振奋而充满必胜的信心，他的愿望虽然没有实现，但这种精神的确难能可贵，最终为国尽忠而死。在对比中，突出了王彦章的忠勇。在进一步论述五代混乱之世，全节之士极少，而王彦章独能说出"豹死留皮，人死留名"这掷地有声的警语，更显"其义勇忠信，出于天性而然"，再一次通过对比，赞扬他的崇高品德。接着写到王彦章的家传，发现家传中的王彦章事迹比旧史更多。将旧史中王彦章因在滑州受谗毁"被召"回京城，纠正为王彦章"自动"回京城申辩；将郓州之战中，王彦章带兵"五千"，纠正为只带"五百"保驾新兵。补充了后梁宰相恨末帝不重用王彦章，带着绳子要吊死在末帝面前，以死相谏；王彦章有五子，其中有二子同父死节；德胜之战，王彦章在末帝前"期以三日破敌"，遭到后梁将相的讥笑，但结果三日之内果然攻下南城，而李存勖知道复用王公后，从魏州驰马奔救不及等史实。可见庄宗善于预料，而王彦章更善于出奇制胜。作者联想自己当时针对抗辽现实，建议"用奇取胜"，也遭到不少人的讥笑和冷眼。当看到王公家传中记叙德胜之战，用奇兵取胜的详细情况之后，就更加坚定了自己用奇取胜的信念。因为作为名将，必有奇兵之计，然后才能取胜，奇在速，速在果，这是天下伟丈夫的行为，并不是那些受常规束缚、办事畏缩守旧的人所能做到的。

文章最后写王彦章画像。先写画像在铁枪寺“岁久磨灭，隐隐可见”，于是急加修裱。接着就“王铁枪”的绰号展开议论，作者认为王彦章已死百年，良将王铁枪的英名，妇孺皆知，家喻户晓，这正是王彦章的忠义之节使他永垂不朽的。接着说明王彦章不是靠画像永垂不朽的，作者修裱画像，是表达对王彦章的敬仰之情，使其忠义勇敢精神能永久流传！

文章以叙事、议论、抒情相结合，结构曲折多变，貌散而神聚。宋黄震评价说：“述其以奇取胜以叹时事，文字展转不穷。”（《黄氏日抄》卷六十一）明茅坤评说此文：“以叙事行议论，其感慨处多情。”（《唐宋八大家文钞》卷四十九）

黄梦升墓志铭

予友黄君梦升，其先婺州金华人[1]，后徙洪州之分宁[2]。其曾祖讳元吉，祖讳某，父讳中雅，皆不仕。黄氏世为江南大族，自其祖、父以来，乐以家赀赈乡里，多聚书以招四方之士。梦升兄弟皆好学，尤以文章意气自豪。予少家随州[3]，梦升从其兄茂宗官于随，予为童子，立诸兄侧，见梦升年十七八，眉目明秀，善饮酒谈笑，予虽幼，心已独奇梦升。

后七年，予与梦升皆举进士于京师[4]。梦升得丙科，初任兴国军永兴主簿[5]，怏怏不得志，以疾去。久之，复调江陵府公安主簿[6]。时予谪夷陵令[7]，遇之于江陵。梦升颜色憔悴，初不可识，久而握手嘘唏，相饮以酒，夜醉起舞，歌呼大噱。予益悲梦升志虽衰，而少时意气尚在也。

后二年，予徙乾德令，梦升复调南阳主簿，又遇之于邓[8]。间常问其平生所为文章几何，梦升慨然叹曰：“吾已讳之矣。穷达有命,非世之人不知我,我羞道于世人也。"求之不肯出,遂饮之酒。复大醉,起舞歌呼,因大笑曰:"独子知我!"乃肯出其文。读之,博辩雄伟,其意气奔放,犹不可御,予又益悲梦升志虽困,而独其文章未衰也。

是时谢希深出守邓州[9],尤喜称道天下士,予因手书梦升文一通,欲以示希深。未及,而希深卒,予亦去邓。后之守邓者皆俗吏,不复知梦升。梦升素刚,不苟合,负其所有,常快快无所施,卒以不得志死于南阳。

梦升讳注,以宝元二年四月二十五日卒,享年四十有二。其平生所为文,曰《破碎集》《公安集》《南阳集》,凡三十卷。娶潘氏,生四男二女。将以庆历四年某月某日,葬于董坊之先茔,其弟渭泣而来告曰:"吾兄患世之莫吾知,孰可为其铭?"予素悲梦升者,因为之铭曰:

予尝读梦升之文,至于哭其兄子庠之词曰[10]"子之文章,电激雷震,雨雹忽止,阒然灭泯"[11],未尝不讽诵叹息而不已。嗟夫梦升,曾不及庠。不震不惊,郁塞埋藏。孰与其有,不使其施[12]?吾不知所归咎,徒为梦升而悲。

注释

[1]婺州金华:今浙江金华市。

[2]洪州之分宁:今江西修水县。洪州,治所在今江西南昌市。

[3]少家随州:欧阳修四岁丧父,时叔父欧阳晔任随州推官,母亲郑氏携带儿女前往投靠。欧二十一岁应试科举,才离开随州。随州,治所在今湖北随县。

[4]"后七年"二句:天圣八年(1030)三月,欧阳修、黄梦升参

加崇政殿御试,欧举甲科第十四名,黄举丙科。丙科,宋时进士考试根据中试者的才思文理分为五等,一、二等为甲科,三等为乙科,四、五等为丙科。

[5]兴国军永兴:治所在今湖北阳新县。主簿:官名。与县丞同为佐官之一,负责文书簿籍诸事。

[6]江陵府公安:今湖北公安县。

[7]时予谪夷陵令:欧阳修于景祐三年(1036)五月贬离京城,十月到达夷陵。

[8]予徙乾德令:欧阳修于景祐四年(1037)十二月,调任乾德县令。乾德:县治在今湖北光化县。南阳:今属河南。邓:邓州,今河南邓县。南阳为当时邓州一个属县。

[9]谢希深:谢绛,字希深,浙江富阳人。以文学知名,时任邓州知州。

[10]庠:黄庠,字长善,黄梦升侄子。博闻强记,作文精赡,就试国子监、开封府、礼部,皆为第一。及参加殿试,病重不能执笔,不久即死去。

[11]"子之文章"四句:黄梦升哀悼侄子黄庠之语。此处借以称颂黄梦升的文章。

[12]"孰与其有"二句:意谓谁赋予了他杰出的才能,却不让他施展出来。含有感叹命运多舛的意味。

评析

本文作于庆历三年(1043),作者时在谏官任上。黄梦升,名注,字梦升,浙江金华人,后迁居江西修水,为黄庭坚七叔祖父。好学笃志,抱负宏大,不得志,四十二岁郁郁而卒。其弟黄渭请求作者铭之,让其"有志难伸"公诸于世。作者选择了与梦升交往的三个片段,展示他从少年气盛到"志虽衰,而少时意气尚在",再到"志虽困,而独其文章未衰"的三个人生阶段,并对梦升的赍志以殁,发出深沉的悲叹,深刻揭露封建社会压抑人才的残酷现实。

作者通过追忆与黄梦升的三次交往,反映出黄梦升短暂悲苦的一生。

第一次是在随州(今湖北随州市)。那时作者尚小,站在各位兄长旁边,"见梦升年十七八,眉目明秀,善饮酒谈笑"。作者只通过两三笔的描画,一个年轻才子风流倜傥、志得意满的形象就展现在我们面前。

第二次是在江陵(今湖北江陵县)。那时作者与黄梦升都已考中了进士,梦升举进士丙科,先任命为兴国军永兴(今湖北阳新县)主簿,后调江陵府公安(今湖北公安县)主簿。主簿之职只是个典领文书、办理具体事务的小官,因此梦升"怏怏不得志"。作者记叙见面时的情景:梦升面容憔悴,刚见面时都认不出来,过了好久才彼此握手叹气,两人一直饮酒到深夜,梦升酩酊大醉,手舞足蹈,又唱又笑。寥寥几笔,把一个充满不得志而郁闷悲愤的知识分子形象描绘得栩栩如生。当初的"眉目明秀"与现在的"颜色憔悴",当初的"饮酒谈笑"与现在的"夜醉起舞,歌呼大噱",形成了鲜明的对比。

第三次是在邓州(今河南邓县)。那时梦升调任邓州所属南阳县(今河南南阳市)主簿。这次见面,作者曾问他一生写了多少文章,他叹气说:我已经不想提这些了!穷困或通达,是由命运来决定的,不是世上的人不赏识我,而是我总不好意思让别人知道。作者想看他的文章,他也不肯拿出来。请他喝酒,他又喝得大醉,起舞歌呼,苦笑着对作者说:只有你是了解我的人。这才拿出他的文章。他的文章内容广博,善于辩证,风格雄伟,气势奔放。

对第三次见面的记录,除了像第二次一样的痛摧肺腑的"大醉,起舞歌呼"的场面外,又多了一番痛摧肺腑的关于文章的对话。过去"尤以文章意气自豪"的黄梦升,现在却说出了"讳之矣""穷达有命""羞道于世人"等语,可见他长期备受压抑,已近绝望。然而在这样的境况中,他写的文章仍然是"博辩雄伟,其意气奔放,犹不可御",这表明他内心深处,意气犹存。只是由于他素来刚直,不愿讨好他人,怀抱才华无法施展,在这心情极端忧郁的情况下,才说出这种自我嘲解的话来。而"夜醉起舞,歌呼大噱",就是他被扭曲心态的反映,也是他被压抑感情的爆发。

作者在记叙黄梦升从“尤以文章意气自豪”到“卒以不得志死”的一生时，充满了深刻的理解和心酸的同情。如写第一次见面：“予虽幼，心已独奇梦升。”第二次见面：“予益悲梦升志虽衰，而少时意气尚在也。”第三次见面：“予又益悲梦升志虽困，而独其文章未衰也。”从“独奇”到“益悲”是感情的深痛变化，从“益悲”到“又益悲”，是感情的逐渐深化。文章最后的铭文是作者思想感情的集中体现，作者用梦升痛哭侄儿黄庠的悼词，将它翻进一层用以悼念梦升，其悲悼之情更显沉痛。

文章以“文章意气”为纲，以作者与黄梦升三次会面为线索，展示逝者悲剧的一生，批判贤才被埋没的政治现实。清刘大櫆高度评述此文：“此篇遒宕古逸，当为墓志第一。”（《古文辞类纂》卷四十六）

朋党论

臣闻朋党之说自古有之，惟幸人君辨其君子、小人而已[1]。

大凡君子与君子以同道为朋，小人与小人以同利为朋，此自然之理也[2]。然臣谓小人无朋，惟君子则有之。其故何哉？小人所好者禄利也，所贪者财货也。当其同利之时，暂相党引以为朋者，伪也。及其见利而争先，或利尽而交疏，则反相贼害，虽其兄弟亲戚不能相保。故臣谓小人无朋，其暂为朋者，伪也。君子则不然，所守者道义，所行者忠信，所惜者名节。以之修身，则同道而相益；以之事国，则同心而共济，终始如一。此君子之朋也。故为人君者，但当退小人之伪朋，用君子之真朋，则天下治矣。

尧之时，小人共工、驩兜等四人为一朋[3]，君子八元、八恺十六人为一朋[4]。舜佐尧退四凶小人之朋，而进元、恺君子之朋，尧之天下大治[5]。及舜自为天子，而皋、夔、稷、契等二十二人并列于朝，更相称美，更相推让，凡二十二人为一朋[6]，而舜皆用之，天下亦大治。《书》曰："纣有臣亿万，惟亿万心；周有臣三千，惟一心。"[7]纣之时，亿万人各异心，可谓不为朋矣，然纣以亡国。周武王之臣，三千人为一大朋，而周用以兴。后汉献帝时，尽取天下名士囚禁之，目为党人[8]。及黄巾贼起，汉室大乱，后方悔悟，尽解党人而释之，然已无救矣[9]。唐之晚年，渐起朋党之论[10]。及昭宗时，尽杀朝之名士[11]，或投之黄河，曰此辈清流，可投浊流，而唐遂亡矣[12]。

夫前世之主，能使人人异心不为朋，莫如纣；能禁绝善人为朋，莫如汉献帝；能诛戮清流之朋，莫如唐昭宗之世。然皆乱亡其国。更相称美推让而不自疑，莫如舜之二十二臣，舜亦不疑而皆用之。然而后世不诮舜为二十二人朋党所欺，而称舜为聪明之圣者，以辨君子与小人也。周武之世，举其国之臣三千人共为一朋，自古为朋之多且大莫如周。然周用此以兴者，善人虽多而不厌也。

夫兴亡治乱之迹，为人君者可以鉴矣。

注释

[1]"臣闻"二句：先秦典籍《韩非子·孤愤》等，就有关于朋党的记述，故称"古已有之"。

[2]"大凡"三句：君子以同道为朋，小人以同利为朋，立论本于《礼记·表记》："君子之接如水，小人之接如醴；君子淡以成，小人甘以坏。"

[3]“尧之时”二句：相传尧时有不服从统治的共工、驩兜、三苗、鲧，时人谓之“四凶”。见《尚书·舜典》。

[4]“君子八元”句：语出《左传》文公十八年：“昔阳氏有才子八人：苍舒、隤敳、梼戭、大临、龙降、庭坚、仲容、叔达……天下之民谓之八恺。高辛氏有才子八人：伯奋、仲堪、叔献、季仲、伯虎、仲熊、叔豹、季狸……天下之民谓之八元。”元，最好的人。恺，和乐的人。

[5]“舜佐尧”三句：语出《左传》文公十八年：“舜臣尧，举八恺，使主后土，以揆百事，莫不时序，地平天成。举八元，使布五教于四方，父义、母慈、兄友、弟共、子孝，内平外成。”

[6]“及舜自为天子”五句：据《尚书·舜典》记载，舜继承尧位后，任用皋陶、夔、稷、契、禹、垂以及十二牧、四岳，共二十二人，所谓“资汝二十有二人”，政通人和，天下大治。

[7]“《书》曰”五句：这是周武王讨伐商纣王，会诸侯于孟津所发表的誓师词中的话。《尚书·泰誓》：“受有臣亿万，惟亿万心。予有臣三千，惟一心。”受，即商王纣。

[8]“后汉献帝时”三句：据《后汉书·党锢列传》记载，汉桓帝时宦官专权，河南尹李膺等二百余人被视为党人，遭受逮捕。灵帝时，李膺等百余人死于狱中，全国受株连者达六七百人。这是历史上著名的“党锢之祸”。作者误记为“汉献帝时”。

[9]“及黄巾贼起”五句：《后汉书·党锢列传》记载，黄巾起义时，灵帝听中常侍李强进言后，悔悟“党锢”，“乃大赦党人，诛徙之家皆归故郡。其后黄巾遂盛，朝野崩离，纲纪文章荡然矣”。

[10]“唐之晚年”二句：唐穆宗至宣宗年间，朝臣中产生以牛僧孺、李宗闵为首的牛党，以李德裕为首的李党，两党相互倾轧，势不两立，斗争延续近四十年。史称“牛李党争”或“朋党之争”。

[11]“及昭宗时”二句：据《新五代史·唐六臣传》载，唐哀帝天祐二年(905)，权臣朱全忠(朱温)在白马驿杀裴枢等忠于唐廷的大臣三十余人，诬蔑他们为朋党，株连贬死者数百人。昭宗是唐哀帝的父亲，唐哀帝又称“昭宣帝”，此处误将“昭宣帝”记作“昭宗”。

[12]“或投之黄河”四句：据《旧五代史·李振传》，朱全忠的谋臣李振早年多次参加进士考试，未能及第，非常痛恨缙绅之士。当朱全忠杀害裴枢等人时，他献计说：“此辈常自谓清流，宜投之黄河，使为浊流。”朱全忠笑着接受了他的意见，投尸于河。清流，有名望的清高的士大夫。

评析

本文作于庆历四年(1044)，作者时以太常丞知谏院。前一年仁宗进用范仲淹、富弼、韩琦等革新派人物着手实施新政，以吕夷简、夏竦为代表的保守派极力反对，肆意破坏，并以“朋党”罪名对革新派进行陷害。作者力排众议，写下了这篇千年不朽的政论文《朋党论》。全文驳斥“朋党”之说，借古戒今，规劝仁宗信任、支持新政派“君子之朋”，疏远、斥退守旧派“小人之朋”。

作者始终运用对比论证的艺术手法，层层深入地摆事实，讲道理，以理服人。文章开头就针锋相对、单刀直入地指出：“朋党之说自古有之，惟幸人君辨其君子、小人而已。”他把“朋党”一词作为中性词，其本身无所谓好坏对错，关键是要看组成朋党的动机和目的，对国家有利还是有害，从而分辨出他们是君子之朋，还是小人之朋。这为下文奠定了对比论证的基调。随后作者紧紧围绕君子之朋与小人之朋的区别步步深入，提出君子以“同道为朋”，小人以“同利为朋”；又得出“小人无朋”“君子有朋”的结论。其原因就是：小人“所好者利禄也，所贪者财货也”；君子“所守者道义，所行者忠信，所惜者名节”。指出小人是以利益相交往的，见利忘义，利益瓜分完毕，就要互相残害，即使聚在一起，结成朋党也是暂时的“伪朋”。而君子是重“道义”、讲“忠信”、惜“名节”的，“以之修身，则同道而相益；以之事国，则同心而共济”。所以说君子之朋“终始如一”，才是“真朋”。在对比分析的基础上，作者又归纳提出：作为国家的君王，应当斥退小人之伪朋，进用君子之真朋，这样天下就能达到大治。由此，我们不仅能看到作者深入剖析的思路，更能感受到对比手法的鲜明艺术效果。其中，“君子”与“小人”、“同道为朋”与“同利为朋”、“小人无朋”与“君子有朋”、小人之“伪朋”与君子之“真朋”，互相映照，相反相成，使读者“见善足以戒恶，见恶足以思贤”，令人折服。紧接着作者又引证史实，层层对比，深入论证，列举了上古尧、舜之时直至晚唐等朝代盛衰的史实，紧扣国家兴亡治乱与朋党的密切关系，进行反复对比。尧、舜、周武王时，用君子之朋，使天下大治、国家兴旺；而商纣王、汉献帝、唐昭宗时，小人擅权，谗害忠贤，“皆乱亡其国”。这些铁的事实以及正与反的鲜明对比，无可辩驳地说明了“为人君者”只有辨别君子与小人，亲近君子之朋，疏远小人之朋，才能实现天下的大治。同时提醒君王要深刻接受历史经验教训，希望仁宗效法古代先贤圣哲，斥退吕夷简、夏竦一伙小人之朋，重用范仲淹为代表的君子之朋，以实现北宋王朝的长治久安。

文章在反复对比论证中，作者多处运用如“大凡君子与君子以同道为朋，小人与小人以同利为朋，此自然之理也。然臣谓小人无朋，惟君子则有之”等转折句式，这不仅突出了对比效果，而且使论述笔调趋于舒缓，使文章既明白晓畅，又委婉迂回，耐人寻味。文章又多处运用了如“夫前世之主，能使人人异心不为朋，莫如纣；能禁绝善人为朋，莫如汉献帝；能诛戮清流之朋，莫如唐昭宗之世”等排比句式，增加了文章的政论气势。

文章结构严谨，观点鲜明，气势沉雄。作者通过引证史实，层层对比，说理透彻周详，论辩剀切有力。全文没有片言只字提及范、韩与夏、吕等人物，却处处可见他们的身影。文章旨在解除仁宗心头的疑虑和隐忧，稳住其改革的决心。清沈德潜评说此文：“反反复复，说小人无朋，君子有朋，末归到人君能辨君子小人。见人君能辨，但问其君子小人，不问其党不党也。”（《唐宋八家文读本》卷十）

吉州学记

庆历三年秋，天子开天章阁，召政事之臣八人，问治天下其要有几，施于今者宜何先，使坐而书以对[1]。八人者皆震恐失位，俯伏顿首，言此非愚臣所能及，惟陛下所欲为，则天下幸甚。于是诏书屡下，劝农桑，责吏课，举贤才。

其明年三月，遂诏天下皆立学，置学官之员[2]。然后海隅徼塞、四方万里之外，莫不皆有学。呜呼，盛矣！学校，王政之本也。古者致治之盛衰，视其学之兴废。《记》曰："国有学，遂有序，党有庠，家有塾。"[3]此三代极盛之时大备之制也。宋兴，盖八十有四年，而天下之学始克大立，岂非盛美之事，须其久而后至于大备欤？是以诏下之日，臣民喜幸而奔走就事者以后为羞。

其年十月，吉州之学成[4]。州旧有夫子庙，在城之西北。今知州事李侯宽之至也，谋与州人迁而大之，以为学舍，事方上请而诏已下，学遂以成。李侯治吉，敏而有方。其作学也，吉之士率其私钱一百五十万以助。用人之力积二万二千工，而人不以为劳；其良材坚甓之用凡二十二万三千五百，而人不以为多；学有堂筵斋讲，有藏书之阁，有宾客之位，有游息之亭，严严翼翼，壮伟闳耀，而人不以为侈。既成，而来学者常三百余人。

予世家于吉[5]，而滥官于朝，进不能赞扬天子之盛美，退不得与诸生揖让乎其中。然予闻教学之法本于人性，磨揉迁革[6]，使趋于善，其勉于人者勤，其入于人者渐。善教者以不倦之意，须迟久之功，至于礼让兴行而风俗纯美，然后为学之成。今州县之吏不得久其职而躬亲于教化也，故李侯之绩及于学之立，而不及待其成[7]。惟后之人，毋废慢天子之诏而殆以中止。幸予他日，因得归荣故乡而谒于学门。将见吉之士，皆道德明秀而可为公卿。问于其俗，而婚丧饮食皆中礼节。入于其里，而长幼相孝慈于其家。行于其郊，而少者扶其羸老、壮者代其负荷于道路。然后乐学之道成，而得时从先生、耆老，席于众宾之后，听乡乐之歌，饮献酬之酒，以诗颂天子太平之功。而周览学舍，思咏李侯之遗爱[8]，不亦美哉！

故于其始成也，刻辞于石，而立诸其庑以俟[9]。

注释

[1]“庆历”六句：庆历三年（1043）九月三日，宋仁宗开天章阁召对辅臣范仲淹、富弼、韩琦等，问御边大略。范仲淹退而上奏《答手诏条陈十事》。提出“庆历新政”十大主张。天章阁，宋朝宫廷中藏书阁名。仁宗即位后，专用以珍藏太祖、太宗御像及真宗御制文集、御书等宫廷物品。

[2]“其明年”三句：据《宋史·仁宗本纪》庆历四年三月：“乙亥，诏天下州县立学。更定科举法。”

[3]“《记》曰”句：《礼记·学记》：“古之教者，家有塾，党有庠，遂有序，国有学。”

[4]吉州：治所在今江西吉安市，宋时治庐陵、吉水、安福、泰和、龙泉、永新、永丰、万安等八县。

[5]“予世家”句：欧阳修籍属吉州永丰沙溪镇，平生自署庐陵人。他的《欧阳氏谱图序》自述：“（欧阳）琮为吉州刺史，子孙因家于吉州。自琮八世生万，又为吉州安福令。其后世或居安福，或居庐陵，或居吉水，而修之皇祖，始居沙溪。至和二年（1055），分吉水置永丰县，而沙溪分属永丰。今谱虽著庐陵，而实为吉州永丰人也。”

[6]磨揉迁革:指经受教育而有变化。磨揉,即磨炼。

[7]“今州县之吏”三句:如今州县官员不能在某个职位上久任,他们不能够亲身体会到现在的教化在以后产生的效果,所以李侯的政绩只能计算到他的建立学校,而等不到学校施行教学活动之后“礼让兴行而风俗纯美”的那一天。

[8]遗爱:留下的美政。

[9]庑:堂下周围的走廊、廊屋。

评析

本文作于庆历四年(1044)冬,作者时为龙图阁直学士河北都转运使。当时吉州知州李宽,因扩迁州学而请作者作记。本文先从庆历兴学说起,并归美于仁宗新政,继而赞扬李宽治吉有方、立学有成。最后论及教育必须以“不倦之意”待“迟久之功”,表述作者的教育思想,勉慰李侯及家乡父老。

文章以吉州知州李宽扩建州学为中心事件,完整地交待了事件发生的背景、经过、结果及其意义和影响。吉州知州李宽扩迁州学,虽然是州县的一件小事,但是作者把它放到“庆历新政”在全国范围内立学兴教的大政治背景中去思考,就赋予这件普普通通的小事更加深厚广阔的意义和发人深省的哲理性启示。作者先写仁宗问政于臣,以众臣的惶恐失措揭示出举贤才的重要性,而贤良之才又有赖于学校的培养,所以说兴教立学成为必要。接下来作者阐述了立学兴教的主张,认为立学兴教是治国之本,是决定国家兴衰的关键,并以“三代极盛之时”的完备学制为例,又以立学之诏下、臣民云集响应为证,进一步说明立学兴教深得民心。为了使办学能真正取得成效,作者提出“对人的勉励要靠勤奋,深入人心要靠逐渐积累。善于教学的人,是用诲人不倦的心意来等待积年累月的功效”的教育理念。强调要遵循和掌握教育规律和教学方法,即教学要以人性为本,教学的过程就是对人性的反复磨炼,使之发生迁移、趋于完善的过程;而人性的完善不可能一蹴而就,要靠教育者的勤于劝勉才能深入人心。因此,教育者只有孜孜不倦、持之以恒，并假以时日，方能有所成就。

作者把“仁宗问政”与“下诏立学”作为事件的背景，而对吉州办学的盛况及如何掌握正确教学规律，使立学真正卓有成效用了大量笔墨，罗列吉州办学所用人力、物力，描绘吉州学堂宏伟壮观景象，让人有身临其境之感。然后作者又精辟论述了正确的教学观念和教学方法及其重要性，又以饱含感情的文字憧憬故乡吉州立学有成、风俗纯美、社会和乐的景况：“将见吉之士，皆道德明秀而可为公卿。问于其俗，而婚丧饮食皆中礼节。入于其里，而长幼相孝慈于其家。行于其郊，而少者扶其羸老、壮者代其负荷于道路。然后乐学之道成，而得时从先生、耆老，席于众宾之后，听乡乐之歌，饮献酬之酒，以诗颂天子太平之功。”作者以一连串的铺排句式，更充满激情与诗意，感染力极强。

文章结构严谨，语言清雅，是一篇叙事性散文的典范作品。明茅坤誉之为“典型之文”。(《唐宋八大家文钞》卷二一)清沈德潜评价此文为“欧文诸记中，极推典则”。(《唐宋八家古文读本》卷十二)

论杜衍范仲淹等罢政事状

臣闻士不忘身不为忠，言不逆耳不为谏。故臣不避群邪切齿之祸，敢干一人难犯之颜[1]。惟赖圣明，幸加省察。

臣伏见杜衍、韩琦、范仲淹、富弼等，皆是陛下素所委任之臣。一旦相继罢黜，天下之士皆素知其可用之贤，而不闻其可罢之罪。臣虽供职在外[2]，事不尽知，然臣窃见自古小人谗害忠贤，其说不远。欲广陷良善，则不过指为朋党[3]；欲动摇大臣，则必须诬以专权。其故何也？夫去一善人而众善人尚在，则未为小人之利；欲尽去之，则善人少过，难为一二求瑕，惟有指以为朋，则可一时尽逐。至如大臣已被知遇而蒙信任，则难以他事动摇，惟有专权，是上之所恶，故须此说，方可倾之。臣料衍等四人各无大过而一时尽逐，弼与仲淹委任尤深而忽遭离间，必有以朋党、专权之说上惑圣聪。臣请试辨之。

昔年仲淹初以忠言谠论闻于中外[4]，天下贤士争相称慕，当时奸臣诬作朋党[5]，犹难辨明。自近日陛下擢此数人，并在两府，察其临事，可以辨而明也。盖衍为人清慎而谨守规矩，仲淹则恢廓自信而不疑，琦则纯正而质直，弼则明敏而果锐[6]。四人为性，既各不同，虽皆归于尽忠，而其所见各异，故于议事，多不相从。至如杜衍欲深罪滕宗谅，仲淹则力争而宽之[7]。仲淹谓契丹必攻河东，请急修边备，富弼料以九事，力言契丹必不来[8]。至如尹洙，亦号仲淹之党[9]，及争水洛城事，韩琦则是尹洙而非刘沪，仲淹则是刘沪而非尹洙[10]。此数事尤彰著，陛下素已知者。此四人者，可谓天下至公之贤也。平日闲居，则相称美之不暇；为国议事，则公言廷诤而不私。以此而言，臣见衍等真得汉史所谓忠臣有不和之节[11]，而小人谗为朋党，可谓诬矣。

臣闻有国之权，诚非臣下之得专也。然臣窃思仲淹等自入两府以来，不见其专权之迹，而但见其善避权也。夫权，得名位则可行，故好权之臣必贪名位。自陛下召琦与仲淹于陕西，琦等让至五六，陛下亦五六召之[12]。至如富弼三命学士，两命枢密副使[13]，每一命，未尝不恳让，恳让之者愈切，而陛下用之愈坚。此天下之人所共知，但见其避让太繁，不见其好权贪位也。及陛下坚不许辞，方敢受命，然犹未敢别有所为。陛下见其皆未行事，乃开天章，召而赐坐，授以纸笔，使其条事[14]。然众人避让，不敢下笔，弼等亦不敢独有所述。因此又烦圣慈，特出手诏，指定姓名，专责其条列大事而行之。弼等迟回，近及一月，方敢略条数事。仲淹老练世事，必知凡事难遽更张，故其所陈，志在远大而多若迂缓，但欲渐而行之以久，冀皆有效。弼性虽锐，然亦不敢自出意见，但举祖宗故事，请陛下择而行之。自古君臣相得，一言道合，遇事便行，更无推避。臣方怪弼等蒙陛下如此坚意委任，督责丁宁，而犹迟缓自疑，作事不果，然小人巧谮已曰专权者，岂不诬哉！至如两路宣抚[15]，国朝常遣大臣。况自中国之威，近年不振，故元昊叛逆一方，而劳困及于天下。北虏乘衅，违盟而动，其书辞侮慢，至有贵国、祖宗之言。陛下愤耻虽深，但以边防无备，未可与争，屈意买和，莫大之辱。弼等见中国累年侵凌之患，感陛下不次进用之恩，故各自请行[16]，力思雪耻，缘山傍海[17]，不惮勤劳，欲使武备再修，国威复振。臣见弼等用心，本欲尊陛下威权　以御四夷，未见其侵权而作过也。

伏惟陛下睿哲聪明，有知人之圣，臣下能否，洞见不遗。故于千官百辟之中[18]，亲选得此数人，骤加擢用。夫正士在朝，群邪所忌，谋臣不用，敌国之福也。今此数人一旦罢去，而使群邪相贺于内，四夷相贺于外，此臣所以为陛下惜之也。伏惟陛下圣德仁慈，保全忠善，退去之际，恩礼各优[19]。今仲淹四路之任亦不轻矣，愿陛下拒绝群谤，委信不疑，使尽其所为，犹有裨补。方今西北二虏交争未已[20]，正是天与陛下经营之时，如弼与琦，岂可置之闲处？伏望陛下早辨谗巧，特加图任，则不胜幸甚。

臣自前岁召入谏院，十月之内，七受圣恩，而致身两制[21]，常思荣宠至深，未知报效之所。今群邪争进谗巧，而正士继去朝廷，乃臣忘身报国之秋，岂可缄言而避罪？敢竭愚瞽，惟陛下择之。臣无任祈天待罪、恳激屏营之至[22]。

臣修昧死再拜。

注释

[1]难犯之颜：难以冒犯的皇帝威严。当时罢范仲淹、杜衍等已有成命，故此行文。

[2]供职在外：欧阳修于庆历四年(1044)三月奉使河东，回京城后，即被任命河北都转运按察使。

[3]指为朋党：宋代朋党之说始于景祐初范仲淹与吕夷简之争，吕诉范"离间君臣，引用朋党"，欧阳修庆历四年作《朋党论》以辩说。

[4]中外：朝廷内外、中央和地方。

[5]当时奸臣：指吕夷简、高若讷之流。景祐三年(1036)，老相吕夷简与改革志士范仲淹发生激烈冲突，而身为司谏的高若讷，曲从宰相吕夷简旨意，不仅不为范仲淹辩白，反而诋毁范氏。

[6]"盖衍"四句：论杜衍、范仲淹、韩琦、富弼四人的品质为人，所引都是皇帝制诰上的话，后来分别写进《宋史》各人传记。

[7]"至如杜衍"二句：庆历二年(1042)，滕宗谅知泾州时，西夏大败宋兵于定川寨。滕为保护州城，动用公钱武装农民、犒赏士兵，存恤战死者家属，事后被弹劾枉费公用钱。杜衍主张严惩，而范仲淹为滕辩白，作者所见与范同。滕宗谅：字子京，宋河南府人。举进士。西夏攻宋，调知泾州，部署防务有方，以范仲淹所荐，擢天章阁待制，徙庆州。旋以在泾州滥用公使钱被劾，降官知虢州，徙岳州，迁苏州卒。

[8]"仲淹谓"四句：庆历二年三月，契丹趁西夏举兵侵宋之机，扬言起兵南下。范仲淹主张增兵防卫，而富弼认为宋无力同

时与夏、契丹作战,主张议和。料以九事:未详。《宋史》本传记富弼曾“上当世之务十余条及安边十三策,大略以进贤退不肖、止侥幸、去宿弊为本”。

[9]“至如尹洙”二句:尹洙:字师鲁,宋河南府人。景祐年间,支持范仲淹,以朋党罪,黜监郢州酒税。西夏攻宋,累被陕西主帅辟为判官,历知泾、渭等州。

[10]“及争”三句:庆历初,尹洙知渭州,郑戬为陕西四路都总管,遣刘沪、董士廉在水洛筑城,以通秦渭援兵。而尹以为城寨多易分散兵力,奏罢之,刘沪等不听命令,尹逮捕刘、董等下狱。韩琦支持尹,范仲淹则支持刘。欧阳修不同意尹的处理办法。

[11]汉史:当指班固《汉书》。

[12]“自陛下”三句:庆历三年(1043)四月,诏韩琦、范仲淹为枢密副使。八月,以范仲淹参知政事,又以富弼为枢密副使。范被召前,官环庆路经略安抚招讨使兵马都部署,被诏后,范多次辞让,仁宗不许,多次征召,最终受命。

[13]“至如”二句:《宋史·富弼传》:“庆历三年拜枢密副使,辞之愈力,改授资政殿学士兼侍读学士。七月,复拜枢密使副使。”

[14]“陛下”五句:《文正范公神道碑铭》:“既而,上再赐手诏,趣使条天下事;又开天章阁召见,赐坐,授以纸笔,使疏于前。公惶恐避席,始退而条列时所宜先者十数事上之。”

[15]两路宣抚:庆历五年,范仲淹罢参知政事后官知邠州兼陕西四路缘边安抚使;富弼罢枢密副使后官京东西路安抚使。

[16]各自请行:范、富实际都因不安于位,自请外任。欧阳修《资政殿学士户部侍郎文正范公神道碑铭》:“会边奏有警,公即请行,乃以公为河东陕西宣抚使。”

[17]缘山:指陕西四路。傍海:指京东西路。

[18]千官百辟:指众多的臣僚。辟,原指诸侯、国君。《诗经·大雅·假乐》:“百辟卿士,媚于天子。”

[19]恩礼各优:恩遇及礼遇上提供优惠。范仲淹罢参知政事后,仍兼陕西四路缘边安抚使重任。

[20]“方今”句：庆历四年，契丹主亲征西夏。西夏与契丹之间开始了一场旷日持久的战争。

[21]“臣自前岁”四句：欧阳修于庆历三年三月任太常丞知谏院，九月赐绯衣银鱼，又同评定国朝勋臣名次、同修三朝典故，十月擢同修起居注，十二月以右正言知制诰仍供谏职，并赐紫章服。两制：即知制诰，分内制和外制，代皇帝拟制诰命令。宋翰林学士皆加知制诰官衔，起草制、诰、诏、令、赦书、德音等，称内制；他官加知制诰官衔，起草以上文书称外制。

[22]屏营：诚惶诚恐的样子。

评析

本文作于庆历五年(1045)。当时，主持新政的杜衍、范仲淹、富弼、韩琦等人受奸臣谗害，相继罢政，出知外郡，庆历新政宣告失败。作者十分悲愤，上此状犯颜直谏，为杜、范、富、韩等人辩白冤屈。这是作者继《朋党论》之后，为朋辈伸张正义、对抗“诏书”、冒天下之大不韪的又一篇著名政论文章。

文章开始就一针见血地揭露“自古小人谗害忠贤”的两种伎俩：“欲广陷良善，则不过指为朋党；欲动摇大臣，则必须诬以专权。”作者把杜、范罢官的时政问题，提升到历史的层面进行深刻剖析，说明朝中小人的所作所为，不过是司空见惯的故伎重演罢了。作者进一步揣摩这群小人的鬼蜮心计，揭露他们之所以常用“朋党”“专权”诬害忠良，目的就是要将大批大贤大德之人驱逐出朝。因此，作者开始就击中对方的要害，使小人之心，昭然若揭；让鬼蜮小人的卑劣行径，原形毕露。接着作者辩“朋党”之诬，紧扣一个“异”字，以“异”字破朋党，指出范仲淹、杜衍等人，性情各异，如“衍为人清慎而谨守规矩，仲淹则恢廓自信而不疑，琦则纯正而质直，弼则明敏而果锐”。这里引用皇帝制诰上的原话，无疑是一个有力证据。作者指出：范、杜等人除了性格各异外，观点亦常有不一，如“深罪滕宗谅”时，杜衍与范仲淹有争议；论与契丹战与和时，范仲淹与富弼有争议；水洛城事件，尹洙、韩琦、范仲淹有争议。作者把一桩桩、一件件"陛下素知"的事实摆在眼前,这足以证明范、杜等四人绝非朋党,而是小人把他们谗诬为朋党,因为"忠臣有不和之节"。作者辩"专权"之诬,紧扣一个"让"字,"以'让'字破专权"。作者同样列举大量事实来证明范仲淹等人"不见其专权之迹""但见其善避权";不见其贪权贪位,但见其屡如屡让、淡泊名位。如韩琦被召五六次,避让五六次;富弼三让学士,两让枢密副使。后被召至天章阁议事,四人也是避让迟疑,顾虑重重,谨小慎微,不敢造次。作者正责怪他们"迟缓自疑,作事不果",小人却还诬其"专权",那纯属是无中生有的陷害,也是皇上心知肚明的事实。作者进一步指出,富弼等人"各自请行",不辞辛劳,"欲使武备再修",目的就是重振国威,欲雪国耻,也是他们尊崇圣上权威,毫不专权侵权的行为表现。

文章在驳斥小人的无耻诬陷时,针锋相对,得理不饶,对得志小人疾恶如仇,对蒙冤忠臣大鸣不平,爱憎情感溢于言表,加上作者义无反顾,直言果敢,使文章气势磅礴,慷慨激昂,震撼人心,有极强的感染力。明归有光评论此文:"情激而文婉,议论有针线,指陈有根据,使人神动。"(《欧阳文忠公文选》卷二)清储欣评述本文论辩技巧说:"辩朋党,则曰忠臣有不和之节;辩专权,则怪其迟缓自疑。俱进一步,加一倍说,最醒豁。"(《唐宋八大家类选》评语卷一)

丰乐亭记

修既治滁之明年夏,始饮滁水而甘[1]。问诸滁人,得于州南百步之近。其上有丰山耸然而特立,下则幽谷窈然而深藏,中有清泉滃然而仰出[2]。俯仰左右,顾而乐之。于是疏泉凿石,辟地以为亭,而与滁人往游其间[3]。

滁于五代干戈之际,用武之地也。昔太祖皇帝尝以周师破李景兵十五万于清流山下，生擒其将皇甫晖、姚凤于滁东门之外，遂以平滁[4]。修尝考其山川，按其图记，升高以望清流之关[5]，欲求晖、凤就擒之所，而故老皆无在者[6]。盖天下之平久矣。自唐失其政，海内分裂，豪杰并起而争，所在为敌国者，何可胜数！及宋受天命，圣人出而四海一[7]。向之凭恃险阻，划削消磨，百年之间漠然徒见山高而水清。欲问其事，而遗老尽矣。

今滁介于江、淮之间，舟车商贾、四方宾客之所不至，民生不见外事，而安于畎亩衣食，以乐生送死，而孰知上之功德，休养生息，涵煦百年之深也[8]？

修之来此，乐其地僻而事简，又爱其俗之安闲。既得斯泉于山谷之间，乃日与滁人仰而望山，俯而听泉。掇幽芳而荫乔木，风霜冰雪，刻露清秀，四时之景无不可爱[9]。又幸其民乐其岁物之丰成，而喜与予游也。因为本其山川，道其风俗之美，使民知所以安此丰年之乐者，幸生无事之时也。夫宣上恩德，以与民共乐，刺史之事也，遂书以名其亭焉。

庆历丙戌六月日，右正言、知制诰、知滁州军州事欧阳修记。

注释

[1]“修既治滁之明年夏”二句：庆历五年（1045）十月，欧阳修贬知滁州。明年，当指庆历六年。滁，滁州，今安徽滁州市。作者《与韩忠献王书》：“山川秀绝，比乏水泉，昨夏秋之初，偶得一泉于（滁）州城之西南丰山之谷中，水味甘冷，因爱其山势回抱，构小亭于泉侧。”又有《幽谷泉》诗。

[2]丰乐亭在滁州幽谷紫薇上，《滁州志》引吕元中记：“欧阳修谪守滁上，明年得醴泉于醉翁亭东南隅。一日，会僚属于州廨，

有以新茶献者,公敕吏汲泉未至,而汲者仆出水,且虑后期,遽酌他泉以进。公已知其非醴泉也,穷问之,乃得它泉于幽谷山下。文忠博学多识而又好奇,既得是泉,乃作亭以临泉上,名曰丰乐。”滃然:水势盛大的样子。

[3]“俯仰”五句:据《滁州志》引吕元中记,欧阳修谪守滁州时,得醴泉于醉翁亭东南隅,因好奇且乐,于是作亭以临泉上,名之曰丰乐。

[4]“昔太祖”四句:据《资治通鉴》“后周纪三”记载,世宗显德三年(956),“上命太祖皇帝倍道袭清流关,皇甫晖等阵于山下,方与前锋战。……太祖皇帝拥马颈突阵而入,大呼曰:吾止取皇甫晖,他人非吾敌也。手剑击晖中脑,生擒之,并擒姚凤,遂克滁州。”

[5]清流之关:清流关在滁县西北清流山,为江淮重要关隘,宋太祖大破南唐兵于此。

[6]故老:指经历过当时事件的人。与下文“遗老”同义。

[7]“圣人出”句:指宋太祖平定天下,统一全国。

[8]涵煦:滋润教化。意谓皇帝的恩德如雨露滋润,阳光普照。

[9]“掇幽芳”四句:写滁州四时景物宜人。“掇幽芳”写春,“荫乔木”写夏,“风霜”写秋,“冰雪”写冬。春夏百花开放,草木丰茂,故说“清秀”,秋冬树叶凋零,山石突兀,故说“刻露”。作者于滁还作有《谢判官幽谷种花》诗:“浅深红白宜相间,先后仍须次第开。我欲四时携酒去,莫教一日不花开。”

评析

本文作于庆历六年(1046)六月。庆历新政失败后,作者贬知滁州。滁州历来是兵家必争之地,在五代更受战火破坏,经宋初近百年休养生息,已基本恢复元气。作者治滁,政通人和,于丰山之上“辟地以为亭”,并亲自撰文以记之。文章记叙建亭及命名的来龙去脉,描绘丰山的秀丽风光和滁民的丰乐生活,歌颂太平气象和朝廷功德，也隐含作者对人们居安而不思危的担忧。

文章开头就开门见山点题，但点法出奇，作者不是将“丰乐亭”三字一并点出，而是分先后次序逐一点来：滁水“其上有丰山耸然而特立”，点出“丰”；“俯仰左右，顾而乐之”，点出“乐”。“丰”是以“丰山”之名而取，“乐”是以丰山美景可乐而得，“于是疏泉凿石，辟地以为亭，而与滁人往游其间”，点出“亭”，也点明了其地理方位、山水形胜，还叙说了修筑丰乐亭是缘起于泉。作者到滁州做知州的第二年夏天，“始饮滁水而甘”，故寻甘洌之水源。接着笔势陡转，横空插入“滁于五代干戈之际，用武之地也”，既避新境，又追溯滁州沧桑历史，过去太祖皇帝曾经统领后周十五万大军在清流关下打败了南唐李景的部队，在滁州东门外活捉了皇甫晖、姚凤二位大将，于是平定了滁州。作者欲求盛衰兴亡之故迹，漫游于昔日鏖兵的古战场，想追寻那惊天地、泣鬼神的历史画面，于是“尝考其山川，按其图记，升高以望清流之关，欲求晖、凤就擒之所”，但是竟了无痕迹，因为当年目睹这场历史巨变的故老也孑然无存。作者只能抚今追昔，感慨万端。

接着，作者议论唐末乱世到太祖统一天下，恃险割据者何可胜数，是宋太祖将他们铲除，从而海内一统。而滁地偏僻，商贾、宾客不至，滁民闭塞，只是“安于畎亩衣食，以乐生送死”，而不能体察圣主皇帝的功德，更不能居安思危了。接下来，作者笔意宕开，写他来当知州之后，常与滁人“仰而望山，俯而听泉。掇幽芳以荫乔木，风霜冰雪，刻露清秀”，尽情欣赏那无不可爱的四时景色。这与《醉翁亭记》中“与民同乐”的境界十分相似，但这不是重点，只是一种点缀，主要目的是引出要使滁民“知所以安此丰年之乐者，幸生无事之时也”，从而“宣上恩德，以与民同乐”，完成知州的职责。

文章俯仰今昔，开合曲折，极尽变化之妙。清林云铭评述说：“若文之流动婉秀，云委波属，则欧公得意之笔也。”（《古文析义》初编卷五）清储欣评述此文：“以五代之滁与今日之滁相形，凭吊最有深情。”（《唐宋八大家类选》卷十一）清朱宗洛评价说：“真有擒纵由我之妙。”（《古文一隅》卷下）

醉翁亭记

环滁皆山也[1]。其西南诸峰，林壑尤美。望之蔚然而深秀者，琅琊也[2]。山行六七里，渐闻水声潺潺而泻出于两峰之间者，酿泉也[3]。峰回路转，有亭翼然临于泉上者[4]，醉翁亭也。作亭者谁？山之僧曰智仙也[5]。名之者谁？太守自谓也[6]。太守与客来饮于此，饮少辄醉，而年又最高，故自号曰醉翁也。醉翁之意不在酒，在乎山水之间也。山水之乐，得之心而寓之酒也。

若夫日出而林霏开，云归而岩穴暝，晦明变化者，山间之朝暮也。野芳发而幽香，佳木秀而繁阴，风霜高洁，水落而石出者，山间之四时也。朝而往，暮而归，四时之景不同，而乐亦无穷也。

至于负者歌于途，行者休于树，前者呼，后者应，伛偻提携[7]，往来而不绝者，滁人游也。临溪而渔，溪深而鱼肥，酿泉为酒，泉香而酒洌，山肴野蔌，杂然而前陈者，太守宴也。宴酣之乐，非丝非竹，射者中[8]，弈者胜，觥筹交错，起坐而喧哗者，众宾欢也。苍颜白发，颓然乎其间者，太守醉也。

已而夕阳在山，人影散乱，太守归而宾客从也。树林阴翳，鸣声上下，游人去而禽鸟乐也。然而禽鸟知山林之乐，而不知人之乐；人知从太守游而乐，而不知太守之乐其乐也[9]。醉能同其乐，醒能述以文者，太守也。太守谓谁？庐陵欧阳修也。

注释

[1]“环滁”句：写滁州城四周山川形势。宋朝朱熹《朱子语

类》卷一三九:"欧公文,亦多是修改到妙处。顷有人买得他《醉翁亭记》稿,初说滁州四面有山,凡数十字。末后改定,只曰'环滁皆山也'五字而已。"按:此句实是夸张的写法,滁州只在州的西南部有丛山。钱钟书先生《管锥编》引郎瑛《七修类稿》卷三:"孟子曰:牛山之木尝美矣;欧阳子曰:环滁皆山也。余亲至二地,牛山乃一岗石小山,全无土木,恐当时亦难以养木;滁州四望无际,祗西有琅玡。不知孟子、欧阳何以云然?"又引何绍基《东洲草堂诗钞》卷十八《王少鹤、白兰岩招集慈仁寺拜欧阳文忠公生日》第六首:"野鸟谿云共往还,《醉翁》一操落人间。如何陵谷多迁变,今日环滁竟少山!"

[2]琅琊:山名,在滁县西南十里。东晋元帝以琅琊王渡江,曾驻滁州,故滁州溪山有琅琊之名。

[3]酿泉:又名醴泉,为琅琊溪源头之一。琅琊山多泉水,旧时最有名的是庶子泉,唐李幼卿大历中以右庶子领滁州刺史,因而得名。

[4]翼然:展翅飞翔的样子。形容醉翁亭高翘的飞檐。

[5]智仙:琅琊山琅琊寺(一名开化寺)的僧人。

[6]太守:汉朝郡的行政长官,相当于宋朝州、军行政长官,这里作者是泛称。

[7]伛偻提携:指老人小孩。伛偻,弯腰曲背,指老人。提携,抱着,搀着,指小孩。

[8]丝:指弦乐器。竹:指管乐器。射者中:投壶的人投中了。射,古代饮宴时的一种娱乐,以箭投壶中,投中者胜,败者罚酒。另有欧阳修《九射格》文:"九射之格,其物九,为一大侯(箭靶),而寓以八侯:熊当中,虎居上,鹿居下,雕、雉、猿居右,雁、兔、鱼居左。而物各有筹。射中其物,则视筹所在而饮之。"一说"射者中"即指此。

[9]乐其乐:将他人的快乐当做自已的快乐。

评析

本文作于庆历六年(1046)。作者时任滁州知州。一年前,"庆历新政”失败，新政代表人物范仲淹、富弼、杜衍、韩琦等相继罢官出朝，作者愤然上书辩解，触怒权贵而遭诬陷贬知滁州。他治滁有方，政声卓然，政事之余，寄情山水，写下了这篇传颂古今、蜚声中外的散文杰作。

作者没有把主要笔墨落在题目“醉翁亭记”中的“亭”字上，而是落在“醉翁”二字上，在幽美的自然风光描写中，酣畅痛快地宣泄“醉翁”的心态和风神，这正是本文传颂千古的魅力所在。首先作者由远山到近山，由山而水，由水而亭，由亭而人，由人的行为到人的内心世界，逐层推展，那情形就像电视镜头的推摇，先是远景，接着是近景，然后是特写镜头，次序井然，引人入胜地一幕幕浮现在眼前。开头用“环滁皆山也”五字，将滁州四周环境勾画得一目了然。接着范围缩小，视线集中到“西南诸峰”，用“林壑尤美”作总体评价而一笔带过。远远望去，能看到那林木茂盛、深深绿意的琅琊山，故用“望之蔚然而深秀者，琅琊也”来描绘。接着写到入山，作者单线直入醉翁亭，先是“渐闻水声”，继而见到酿泉“泻出于两峰之间”，然而“峰回路转”之后，见“有亭翼然”濒临酿泉之上，这就是醉翁亭。用“翼然”形容亭子四角上翘，如鸟羽飞举，显出一种凌空飞动之势。至此，醉翁亭已全然展现在读者面前。此时作者立刻由景而人：“作亭者谁？山之僧曰智仙也。名之者谁？太守自谓也。”两问两答，简捷明了，其他无关文字一概略去，而大有关系的是作者自号醉翁之缘由，所以解释说：“太守与客来饮于此，饮少辄醉，而年又最高，故自号曰醉翁也。”于此，文意似乎已足，但如果就此打住，则会使人误解醉翁取名是好酒贪杯，故紧接着补充两句：“醉翁之意不在酒，在乎山水之间也。山水之乐，得之心而寓之酒也。”这是全文的精义所在，风趣而又深刻地表现出作者在逆境中的开朗旷达胸怀，表现出作者对人生的执著和对自然的热爱。“醉翁之意不在酒，在乎山水之间也”已成千古名言，它的意义超过了文中作者赋予的意义，且有十分宽泛的内涵，被人们广泛引用于其他场合。

作者已交待了琅琊山有美丽的山水风光，能让人陶醉，具体表现在哪里？这里作者抓住一朝一暮和一年四季的景色特征点染：

日出时“林霏开”，日落时“岩穴瞑”，说朝阳初升，林间雾散；傍晚云聚，山岩转暗。“野芳发而幽香，佳木秀而繁阴，风霜高洁，水落而石出。”春天是花的世界，满山遍野鲜花怒发，弥漫着浓郁的芬芳；夏天是绿的海洋，优美的林木舒展着青秀的枝叶，投下浓密的树荫；秋天满山红叶、秋高气爽；冬天溪水枯落，山石显露。一句一景，用语不多，却写出山中自然景色的美丽及其变幻之无穷。作者不只写景，更抒写得之于心的山水之乐。之后，作者以“朝而往，暮而归，四时之景不同，而乐亦无穷也”作结，将自然景观描写告一段落。

接着写游人之乐。“负者歌于途，行者休于树，前者呼，后者应，伛偻提携，往来而不绝者，滁人游也。”挑担的或背物的人一路上唱着山歌，走路的人在树荫下歇脚；前面的招呼，后面的应答；曲背老人和稚气孩子在路上络绎不绝。寥寥数语，宛然一幅颇具乡土气息的风俗画，情调平和，安闲自得，反映出作者的治绩和丰年的喜悦，也说明作者不是独乐，而是与民同乐。接着写太守宴饮之物与欢快场面。“山肴野蔌”“临溪而渔”“酿泉为酒”，可见宴饮简朴，山中物产富庶，泉与酒都很清醇酣洌。“宴酣之乐，非丝非竹，射者中，弈者胜，觥筹交错，起坐而喧哗者，众宾欢也”，谈席间并无乐工歌伎的吹弹演唱，而是射覆行令，弈棋角胜，酒杯交错狼藉，众宾无所顾忌，将宴乐场面推向高潮。“苍颜白发，颓然乎其间者，太守醉也，”这逼真地写出了作者纵情自适、遗弃尘俗的超然神态。最后写宴罢而归，用“已而夕阳在山，人影散乱，太守归而宾客从也”等语，描写了宾客杂沓而归的情形。“树林荫翳，鸣声上下，游人去而禽鸟乐也”，树林逐渐变暗了，游人去后便成了鸟的世界，它们飞上飞下，自由欢乐。紧接着作者用“然而”一词转折说：禽鸟快乐、众宾快乐、太守快乐，表面看都快乐，但快乐的内容和意境却完全不同。“禽鸟知山林之乐而不知人之乐；人知从太守游而乐，而不知太守之乐其乐也”，三种快乐，层次有区别，境界有高下，禽鸟是一种无知之乐，不知人之乐；众宾仅仅是宴饮之乐，不知太守之乐；那太守乐在何处？是以游人之乐为乐，点明与民同乐的主题。

全文感情充沛，紧扣一个“乐”字，层层推进，笔墨酣畅，既表现了封建士大夫寄情山水、悠然自适的情调，又反映出作者贬官之后，能以顺处逆的特殊心理。语言锤炼精当，骈散结合，情韵绵邈，连用二十一个“也”字，构成反复咏叹句式，强化了文章的抒情气息，是作者“六一风神”的重要代表作。清吴楚材、吴调侯评述此文：“似散非散，似排非排，文家之创调也。”（《古文观止》卷十）

菱溪石记

菱溪之石有六[1]，其四为人取去；其一差小而尤奇，亦藏民家；其最大者，偃然僵卧于溪侧，以其难徙，故得独存。每岁寒霜落，水涸而石出，溪旁人见其可怪，往往祀以为神[2]。

菱溪，按图与经皆不载。唐会昌中，刺史李濆为《荇溪记》，云水出永阳岭[3]，西经皇道山下。以地求之，今无所谓荇溪者，询于滁州人，曰此溪是也。杨行密有淮南[4]，淮人为讳其嫌名，以荇为菱。理或然也。

溪旁若有遗址，云故将刘金之宅[5]，石即刘氏之物也。金，伪吴时贵将，与行密俱起合淝，号三十六英雄，金其一也。金本武夫悍卒，而乃能知爱赏奇异，为儿女子之好，岂非遭逢乱世，功成志得，骄于富贵之佚欲而然邪？想其陂池、台榭、奇木、异草，与此石称，亦一时之盛哉[6]！今刘氏之后散为编民，尚有居溪旁者。

予感夫人物之废兴，惜其可爱而弃也，乃以三牛曳置幽谷。又索其小者，得于白塔民朱氏，遂立于亭之南北。亭负城而近，以为滁人岁时嬉游之好。

夫物之奇者，弃没于幽远则可惜，置之耳目，则爱者不免取之而去[7]。嗟夫！刘金者虽不足道，然亦可谓雄勇之士，其平生志意，岂不伟哉。及其后世，荒堙零落，至于子孙泯没而无闻，况欲长有此石乎？用此可为富贵者之戒。而好奇之士闻此石者，可以一赏而足，何必取而去也哉？

注释

[1]菱溪：在今安徽滁州市东北。作者庆历七年（1047）《与梅圣俞》书信："又于州东五里许菱溪上，有二怪石，乃冯延鲁家旧物，因移在亭前。"冯延鲁，南唐词人冯延巳之弟。

[2]"水涸"三句：作者有《菱溪大石》诗，其中有云："新霜叶落秋山浅，有石露出寒溪垠。"又记其石奇特之貌：绀碧色，莹洁如玉，多孔窍。今人认为当是太湖石一类的观赏石，非滁州本地所产。

[3]永阳岭：在今安徽来安县北。

[4]杨行密：唐昭宗时官淮南节度使，后自立吴国，占有淮南一带，为五代十国之一。

[5]刘金：杨行密的部将，唐僖宗时同杨行密在合肥起事，以骁勇善战知名。曾任濠、滁二州刺史。

[6]"想其"三句：推测刘金当时菱溪园囿的盛况，建筑与花木的美好，一定和这山石相称。

[7]"夫物"四句：作者将奇石从菱溪移至丰乐亭，即从偏地移置近前，因而发此段议论，告诫人们对世间奇物不要取为己有。耳目，指邻近，在耳在目。

评析

本文作于庆历六年（1046），作者时任滁州知州。文章以石为题，通过由此及彼的联想、古往今来的对比，于平凡小事中挖掘出治国为政、以民为本的深刻道理；通过记叙菱溪石的来龙去脉，感叹世事变迁和人物盛衰，并告诫世人：富贵不会长有，奇物不可独占。

文章先着重叙述菱溪石的来历与沿革。作者指出，菱溪石为太湖一类的观赏石，非滁州所产，绀碧色，多孔窍，莹洁如玉，嶙峋奇特，有很高的观赏价值。接着交待菱溪石所处的环境位置，以“溪旁人见其可怪，往往祀以为神”来突出石之“奇”。然后追溯其源，石源于五代时权贵刘金的园囿。刘金为吴国杨行密的部将，以骁勇知名，其视菱溪石为奇物，据为己有，过了很久，园囿颓废，石亦淹没。作者“惜其可爱而弃”，遂辇致于丰乐亭两侧，供滁州百姓观赏。一石一事，平平常常，然而作者的高明之处，就在于以“人物之废兴”为契机，挖掘出富有深刻思想意义的内涵。昔日刘宅“陂池、台榭、奇木、异草，与此石称，亦一时之盛哉！”而今时的刘宅，“荒堙零落”。过去的刘金“虽不足道，然亦可谓雄勇之士，其平生志意，岂不伟哉”。现在的刘家后代“至于子孙泯没而无闻”。作者在鲜明的今昔对比中，发出具有警策性的告诫：刘家连家业、子孙都衰落到如此地步，又怎能长久占有这块奇石呢？故“用此可为富贵者之戒”。

最后一段是托物言志，表明写这篇文章的目的，是希望“富贵者”不要因好奇而将奇石据为已有，用意颇为深刻。文章指出，就是那些“富贵者”骄奢湎佚、横征暴敛，才导致民穷财尽、国势日衰的积贫积弱局面。作者忧心如焚，寄希望于革除弊政。可惜如火如荼的“庆历新政”彻底失败，作者又贬官滁州，但他并没有气馁、消沉、饱食终日，而是总结经验，积极应对，提出“宽简”治政，强调民生安乐，推行“节用以爱农”。作者用这一石一事发出议论和感慨，强烈地反映他矢志革新政治的主张。

此文是一篇写景状物、记事抒情、浅中见深、平中见奇的记事性散文，也是一篇抚今追昔、感物言志、借题发挥、意蕴深厚的议论性散文。明唐顺之称其“委曲幽妙”。（《文编》卷五十七）明茅坤评价说“事虽不甚紧要，却自风致修然”。（《唐宋八大家文钞·欧阳文忠公文钞》卷二十）

送杨寘序

予尝有幽忧之疾[1]，退而闲居，不能治也。既而学琴于友人孙道滋[2]，受宫声数引[3]，久而乐之，不知疾之在其体也。夫疾，生乎忧者也。药之毒者，能攻其疾之聚，不若声之至者，能和其心之所不平。心而平，不和者和，则疾之忘也宜哉。

夫琴之为技小矣，及其至也，大者为宫。细者为羽，操弦骤作，忽然变之，急者凄然以促，缓者舒然以和。如崩崖裂石，高山出泉，而风雨夜至也；如怨夫寡妇之叹息，雌雄雍雍之相鸣也。其忧深思远，则舜与文王、孔子之遗音也[4]；悲愁感愤，则伯奇孤子[5]、屈原忠臣之所叹也。喜怒哀乐，动人心深。而纯古淡泊，与夫尧、舜、三代之言语，孔子之文章，《易》之忧患，《诗》之怨刺，无以异[6]。其能听之以耳，应之以手，取其和者，道其堙郁[7]，写其忧思，则感人之际亦有至者焉，是不可以不学也。

予友杨君，好学有文，累以进士举，不得志。反从荫调[8]，为尉于剑浦[9]，区区在东南数千里外，是其心固有不平者。且少又多疾，而南方少医药，风俗饮食异宜。以多疾之体，有不平之心，居异宜之俗，其能郁郁以久乎？然欲平其心以养其疾，于琴亦将有得焉。故予作琴说以赠其行，且邀道滋酌酒进琴以为别。

注释

[1]幽忧之疾：忧劳过度而成病。是感时伤世的婉转说法。

作者《奉答原甫见过宠示之作》诗:“不作流水声,行将二十年。吾生少贱足忧患,忆有罪始南迁,飞帆洞庭入白浪,坠泪三峡听流泉,援琴写得入此曲,聊以自慰穷山间。”

[2]孙道滋:作者早年在京师结识的精通乐艺的友人。《于役志》景祐二年(1035)五月十八至二十六日,记载欧阳修贬官夷陵送行者中,有“道滋鼓琴”等语。

[3]宫声数引:琴调数曲。宫声,我国古代五声音阶宫、商、角、徵、羽的第一音阶,代指五声乐调。《公羊传》注:“闻宫声则使人温雅而广大。”引,琴曲名,古代乐曲体裁之一。《初学记》卷十六:“古琴曲有九引。八曰秦引,秦时屠高门作。九曰楚引,楚龙丘子高作。”

[4]“其忧深思远”二句:相传虞舜、周文王、孔子都善于用琴声表达思想。《孔子家语》记载:“舜弹五弦之琴,造《南风》之诗,其诗曰:南风之熏兮,可以解我民之忧兮;南风之时兮,可以阜我民之财兮。”琴曲有《文王操》,汉代桓谭《新论》记载周文王作《文王操》:“《文王操》者,文王之时,纣无道……文王躬被法度,阴行仁义,援琴作操。故其声纷以扰,骇角震商。”《礼记·檀弓》:“孔子既祥,五日,弹琴而不成声;十日,而成笙歌。”

[5]伯奇:周宣王大臣尹吉甫的儿子,受后母谮害驱逐,作《履霜操》。蔡邕《琴操》:“伯奇被后母谗而见逐,乃集芰荷以为衣,采楟花以为食。晨朝履霜,自伤见放,于是援琴鼓之,而作此曲。”

[6]“与夫”五句:尧、舜、三代之言语,指收录尧、舜及夏、商、周三代文章的《尚书》。孔子之文章,指相传为孔子修纂的《春秋》等著作。《易》之忧患,传说周文王被囚于羑里时演绎《周易》,又称《易经》。《易经·系辞》:“《易》之兴也,其于中古乎;作《易》者,其有忧患乎!”

[7]道其堙(yīn)郁:开导发泄他心中的忧郁。道,通“导”,开导。堙郁,阻塞,不舒畅。

[8]荫调:凭先辈或父兄官爵受封,而又改调另外的官职。

[9]剑浦:县名,今福建南平。

评析

本文作于庆历七年(1047),时作者知滁州。杨寘(非庆历二年状元杨寘)是作者的朋友,是一位怀才不遇的病弱书生。虽好学有文,却科场失意,郁郁寡欢,如今靠先辈荫补到数千里外的福建剑浦去当个县尉。剑浦地方偏僻,缺医少药,水土难服。作者为之充满同情和伤感,故作此赠序送别。作者自叙本文为“琴说”,着力描写琴曲有陶情冶性,使人乐而忘忧的功效。文末状琴声、述琴理,旨在劝勉杨寘寄情于琴,解其郁郁,表达对朋友的一片关爱之情,也隐含着醉翁之意不在琴,在乎觅得一知音的深层意蕴。

全文只围绕一张“琴”展开叙述。作者先写学琴,自己曾经得过严重忧郁症,一直没治好,那后来是“学琴于友人孙道滋,受宫商数引,久而乐之,不知疾之在其体也”。接着写琴声和人的思想感情之间的联系。弹琴虽是一种很小的技艺,但对这种技艺精熟到极点时,声调便随着感情而不断变化;调急而悲惨,声缓而舒畅,所以就琴声千变万化,能使人“凄然”,也可能使人“舒然”。作者还用神奇的想象,描绘琴声所抒发“忧深思远”的感情,用“舜与文王、孔子之遗音”来形容;描写琴声“悲愁感愤”的感情,用“伯奇孤子、屈原忠臣之所叹”来表白。接着写琴声的感人作用。用耳去听,用手去弹,选择淳和的乐曲,发泄忧郁的愁思,那它感动人心的力量就能达到顶点。这时它就可以消散忧闷,抒发忧思,使人进入无忧无虑的境界。

文章的最后写赠琴。赠琴的原因就是“予友杨君,好学有文,累以进士举,不得志”。朋友杨君怀才不遇,凭借祖先封赏而荫庇做了官,现在又要调动到剑浦去当县尉,小小的剑浦在东南方几千里之外,其心情固然难平。官职低微,任所遥远,内心不平;又体弱多病,缺乏医药,不服水土。“以多疾之体,有不平之心,居异宜之俗,其能郁郁以久乎?”作者实在放心不下,但又实在无能为力,只有赠琴,“然欲平其心以养其疾,于琴亦将有得焉”,故作“琴说”以赠其行。

文章笔调迂徐委曲,评议婉转流畅,结构独特,出人意表。明茅坤认为:“此文当肩视昌黎(韩愈)而直上之。”(《唐宋八大家文钞·欧阳文忠公文钞》卷一八)《古文观止》评论说:“送友序,竟作一篇琴说,若与送友绝不相关者。及读至末段,始知前幅极力写琴处,正欲为杨子解其郁郁耳。文能移情,此为得之。”(《古文观止》卷十)

祭尹师鲁文

维年月日,具官欧阳修谨以清酌庶羞之奠,祭于亡友师鲁十二兄之灵曰:

嗟乎师鲁!辩足以穷万物,而不能当一狱吏[1];志可以狭四海,而无所措其一身。穷山之崖,野水之滨[2],猿猱之窟,麋鹿之群,犹不容于其间兮,遂即万鬼而为邻。

嗟乎师鲁!世之恶子之多,未必若爱子者之众。何其穷而至此兮,得非命在乎天而不在乎人!方其奔颠斥逐,困厄艰屯。举世皆冤,而语言未尝以自及;以穷至死[3],而妻子不见其悲忻。用舍进退,屈伸语默。夫何能然?乃学之力。至其握手为诀,隐几待终,颜色不变,笑言从容[4]。死生之间,既已能通于性命;忧患之至,宜其不累于心胸。自子云逝,善人宜哀[5];子能自达,予又何悲?惟其师友之益,平生之旧,情之难忘,言不可究[6]。

嗟乎师鲁!自古有死,皆归无物。惟圣与贤,虽埋不没。尤于文章,焯若星日。子之所为,后世师法。虽嗣子尚幼,未足以付予;而世人藏之,庶可无于坠失。子于众人,最爱予文。寓辞千里[7],侑此一樽。冀以慰子,闻乎不闻?尚飨!

注释

[1]"辩足以"二句：言尹洙的辩才足以穷尽万物源流，却抵挡不住狱吏的诬害。指军吏诬告师鲁事。欧阳修《尹师鲁墓志铭》："师鲁在渭州，将吏有违其节度者，欲按军法斩之而不果。其后吏至京师，上书讼师鲁以公使钱贷部将，贬崇信军节度使。"

[2]"穷山之崖"二句：师鲁曾徙监均州酒税，穷山野水，当指其地。

[3]以穷至死：《尹师鲁墓志铭》："师鲁凡十年间三贬官，丧其父，又丧其兄。有子四人，连丧其三。女一适人，亦卒。而其身终以贬死。"

[4]"至其"四句：写尹洙临终时从容告别亲友的情状。《尹师鲁墓志铭》："疾革，隐几而坐，顾稚子在前，无甚怜之色，与宾客言，终不及其私。"

[5]"自子云逝"二句：《左传》文公六年："秦伯任好卒，以子车氏之三子奄息、仲行、鍼虎为殉，皆秦之良也。国人哀之，为之赋《黄鸟》。君子曰：'先王违世，犹诒之法，而况夺之善人乎！'"

[6]"惟其师友"四句：《世说新语·伤逝篇》："王戎曰：圣人忘情，最下不及情，情之所钟，正在我辈。"

[7]寓辞千里：当时欧阳修在扬州，遣人赴南阳致祭，故称。

评析

本文作于庆历八年（1048），作者时任扬州知州。尹师鲁，名洙，天圣二年（1024）登进士第，授绛州正平县主簿，历任河南府户曹参军等职。后充馆阁校勘，迁太子中允。时值范仲淹因指责丞相而贬饶州，尹洙上疏自言与仲淹义兼师友，当同获罪，于是被贬为崇信军节度掌书记、监郢州酒税。陕西用兵，尹洙被起用为经略判官，累迁至右司谏，知渭州，兼领泾原路经略公事。后为其部吏诬讼，贬监均州酒税，郁郁而死，年仅四十七岁。作者初官洛阳时，与之相识相知，后来成为文学上和政治上的挚友，情同兄弟，亲如手足。这篇祭文哀悼挚友英年早逝，感叹逝者怀才不遇却泰然处之的高尚情操。

祭文开头写完几句套语之后，作者以非凡的笔触，将悲愤之情凌空而出，高声哀叹："嗟呼师鲁！辩足以穷万物，而不能当一狱吏；志可以狭四海，而无所措其一身。"道出尹洙辩才过人，志量宏大，其身却不能为世所容，悲愤不平之气如风雨波涛之骤至，如江河之倾泻，一开篇就把感情推向高峰，以奔放的气势震撼人心。紧接着以"穷山之崖，野水之滨，猿猱之窟，麋鹿之群，犹不容于其间兮，遂即万鬼而为邻"，寥寥数语的形象描绘，一个才志如此奇伟的士人，在偌大的天底之下竟无容身之所、无用武之地，年纪轻轻，还落得"与万鬼为邻"的悲惨境地，天理何在？至此，作者悲愤之情达到高潮。又二呼师鲁，语势则趋于舒缓，"世之恶子之多，必未若爱子者之众"，感叹亡友被"恶"人陷害，惨遭厄运，但"爱子者"毕竟多数，这足以得到宽慰。然而亡友既受"众"之爱戴，又"何其穷至此兮"？但又觉得苍天野水，无理可申，作者于无奈之中，只能归于天命："得非命在乎天而不在乎人！"既为友宽解，也是对自己万般无奈的安慰。

接着作者以极其洗练的笔墨，叙述尹师鲁遭受贬弃之后虽"困厄艰屯"，然而他却"颜色不变，笑言从容"，超然大度的气节跃然纸上。在层层对比的叙议中，作者对亡友的赞誉之情也溢于言表。如尹洙贬后："举也皆冤，而语言未自及""以穷至死，而妻子不见其悲忻""自子云逝，善人宜哀"，尹洙超凡脱俗，豁然大度，坚守气节可见一斑。尹洙之所以能"用舍进退，屈伸语默"，将生死置之度外，因为他深得古人仁义之道。也正是尹洙有"穷达祸福"的精神境界，才使作者从悲痛中解脱出来："子能自达，予又何悲？"并将对亡友的全部感情，寄托于其文章垂世不朽，能"焯若星日"。

文章笔力婉曲，议论、叙事、抒情相结合，语缓情切，凄恻动人。言简意深的内容，波澜起伏的情感，加上富有韵律美的语言，使文章形神兼备，有很强的艺术感染力。清张伯行评述此文说："师鲁与公始倡为古文词，相知最厚，摈斥而死，故公特写其磊落之致，悲怆之思。抑扬跌宕，绰有情致。"(《唐宋八大家文钞》卷五)近人王

文濡评价此文："意义叠生，大气包举，尤能善用虚字。"（《评校音注古文辞类纂》卷七十四）

祭苏子美文

维年月日，具官欧阳修谨以清酌庶羞之奠，致祭于亡友湖州长史苏君子美之灵曰[1]：

哀哀子美，命止斯邪？小人之幸[2]，君子之嗟。子之心胸，蟠屈龙蛇，风云变化，雨雹交加，忽然挥斧，霹雳轰车[3]。人有遭之，心惊胆落，震仆如麻。须臾霁止，而回顾百里，山川草木，开发萌芽。子于文章，雄豪放肆，有如此者，吁可怪邪！

嗟乎世人，知此而已，贪悦其外，不窥其内[4]。欲知子心，穷达之际。金石虽坚，尚可破坏，子于穷达，始终仁义。惟人不知，乃穷至此。蕴而不见，遂以没地，独留文章，照耀后世。

嗟世之愚，掩抑毁伤，譬如磨鉴，不灭愈光[5]。一世之短，万世之长，其间得失，不待较量。哀哀子美，来举予觞。尚飨！

注释

[1]湖州长史：苏舜钦于庆历四年(1044)被削除官籍，革职为民以后，定居苏州。庆历八年(1048)复官湖州长史，未赴任，当年十二月去世。湖州，治所在今浙江吴兴。

[2]小人：指庆历新政反对派。庆历四年，王拱辰等人为了打击杜衍、范仲淹新政主持者，借苏舜钦进奏院祀神宴会事件，以"监守自盗"的罪名弹劾苏，舜钦被撤职除名，与会十余人都同时

贬逐。事详见欧阳修《湖州长史苏君墓志铭》。

[3]“子之心胸”六句：称颂苏舜钦胸怀开阔，文章奇伟。语出黄注哭祭侄儿黄庠悼词。欧阳修《黄梦升墓志铭》：“予尝读梦升之文，至于哭其兄子庠之词曰：子之文章，电激雷震，雨雹忽止，阒然灭泯。”

[4]“贪悦其外”二句：说一般人只能欣赏苏舜钦表现于外的才华，而看不到他道德人品之美。

[5]“譬如磨鉴”二句：说苏舜钦这个人就像一面铜镜子，光芒不会消灭，越磨越闪闪发光。磨鉴，磨治过的镜子。

评析

本文作于庆历八年(1048)十二月，作者时知扬州。苏子美，名舜钦，字子美，绵州(今四川绵阳)人，是作者志同道合的挚友，诗文革新运动倡导者之一，诗与梅尧臣齐名。庆历四年，苏子美经范仲淹举荐，官至集贤校理。因积极支持庆历新政，遭反对派谗害，削除官籍，革职为民，郁郁而死，年仅四十二岁。作者以真挚的情感，盛赞子美的为人与文章，表达对其谗害遭贬、怀才不遇、英年早逝的深切同情。

作者巧妙运用艺术构想，赞苏子美的文章，“精骛八极，心游万仞”，又借“风云变化，雨雹交加，忽然挥斧，霹雳轰车”等自然景象的变化莫测，形容子美之文“雄豪放肆”。接着描绘景象的聚变之态，渲染景色的瞬息变化。当风雨雷电交加之时，“人有遭之，心惊胆落，震仆如麻”，而雨过霁止之后，令人为之一振，“回顾百里”，山川草木竞发。这不能不激发起读者的想象，给人以身临其境的感受。作者运用了古文修辞中的“点化”艺术手法，借景喻文，借自然景象的变化倏忽，动人心魄，烘托出子美文章的恢奇豪健；同时也为下文赞其文章“照耀后世”的非凡艺术成就作了铺垫。

全文构思巧妙，文势贯通，严密的逻辑与环环相扣的语言融为一体，给人一气呵成之感。以第三自然段为例，作者以赞誉子美之文的“雄豪放肆”，慨叹世人只知其文，不知其品德，“贪悦其外，不窥其内”；子美的品德，志节坚逾金石，处“穷达之际”，也“始终仁义”，但是其高风亮节，却“惟人不知”“蕴而不见，遂以没地”；其卓越的成就却不可磨灭，“独留文章，照耀后世”。最后，嗟叹世俗小人，虽然对其掩抑毁伤，但其人品与文章“譬如磨鉴，不灭愈光”，由此而论：“一世之短，万世之长，其间得失，不待较量。”

文章思路开阔，笔力疏放，述说步步行深，语势层层递进，如行云流水，自然流畅。同时，作者扬骈文之长，避其所短，用整齐的四字句，一贯到底，笔如游龙，却不为声韵所缚，显示出平易畅达和铿锵顿挫之美。宋楼昉称赏此文“卓荦俊迈”。（《崇古文诀》卷十八）清何焯则以“激昂”（《义门读书记》欧文下卷）二字概括本文特点。

桑怿传

桑怿，开封雍丘人[1]。其兄慥，本举进士有名。怿亦举进士，再不中，去游汝、颍间[2]，得龙城废田数顷[3]，退而力耕。

岁凶，汝旁诸县多盗。怿白令，愿为耆长[4]，往来里中察奸民。因召里中少年，戒曰：“盗不可为也，吾在此，不汝容也。”少年皆诺。里老父子死未敛，盗夜脱其衣。里父老怯，无他子，不敢告县，裸其尸不能葬。怿闻而悲之，然疑少年王生者。夜入其家，探其箧，不使之知觉。明日遇之，问曰：“尔诺我不为盗矣，今又盗里父子尸者，非尔邪？”少年色动。即推仆地，缚之。诘共盗者，王生指某少年。怿呼壮丁守王生，又自驰取少年者送县，皆伏法。

又尝之郏城，遇尉方出捕盗[5]，招怿饮酒，遂与俱行。至贼所藏，尉怯，阳为不知以过[6]。怿曰：“贼在此，何之乎?”下马独格杀数人,因尽缚之。又闻襄城有盗十许人[7],独提一剑以往,杀数人,缚其余。汝旁县为之无盗。京西转运使奏其事[8],授郏城尉。

天圣中,河南诸县多盗,转运奏移渑池尉[9]。崤[10],古险地,多涂山,而青灰山尤阻险,为盗所恃。恶盗王伯者,藏此山,时出为近县害。当此时,王伯名闻朝廷,为巡检者皆授名以捕之[11]。既怿至,巡检者伪为宣头以示怿[12],将谋招出之。怿信之,不疑其伪也,因谍知伯所在,挺身入贼中招之,与伯同卧起十余日。信之,乃出。巡检者反以兵邀于山口[13],怿几不自免。怿曰:“巡检授名,惧无功尔。”即以伯与巡检,使自为功,不复自言。巡检俘献京师,朝廷知其实,罪黜巡检。

怿为尉岁余,改授右班殿直、永安县巡检[14]。明道、景祐之交,天下旱蝗,盗贼稍稍起其间,有恶贼二十三人不能捕。枢密院以传召怿至京[15],授二十三人名,使往捕。怿谋曰:“盗畏吾名,必已溃,溃则难得矣,宜先示之以怯。”至则闭栅[16],戒军吏,无一人得辄出。居数日,军吏不知所为,数请出自效,辄不许。既而夜与数卒变为盗服以出,迹盗所尝行处。入民家,民皆走,独有一媪留,为作饮食馈之如盗。乃归,复闭栅。三日又往,则携其具就媪馔,而以其余遗媪,媪待以为真盗矣。乃稍就媪,与语及群盗辈。媪曰:“彼闻桑怿来,始畏之,皆遁矣。又闻怿闭营不出,知其不足畏,今皆还也。某在某处,某在某所矣。”怿尽钩得之。复三日,又往厚遗之,遂以实告曰:“我,桑怿也。烦媪为察其实而慎勿泄,后三日,我复来矣。”后又三日往,媪察其实审矣。明旦,部分军士,用甲若干人于某所取某盗,卒若干人于某处取某盗。其尤强者在某所,则自驰马以往,士卒不及从,惟四骑追之，遂与贼遇，手杀三人。凡二十三人者，一日皆获。二十八日，复命京师。

枢密吏谓曰："与我银，为君致阁职[17]。"怿曰"用赂得官，非我欲，况贫无银；有，固不可也。"吏怒，匿其阀[18]，以免短使送三班[19]。三班用例，与兵马监押[20]。未行，会交趾獠叛[21]，杀海上巡检，昭化诸州皆警[22]，往者数辈不能定。因命怿往，尽手杀之。还，乃授阁门祗候。怿曰："是行也，非独吾功，位有居吾上者，吾乃其佐也。今彼留而我还，我厚赏而彼轻，得不疑我盖其功而自伐乎？受之，徒惭吾心。"将让其赏归己上者，以奏藁示予。予谓曰："让之，必不听，徒以好名与诈取讥也。"怿叹曰："亦思之，然士顾其心何如尔，当自信其心以行，讥何累也？若欲避名，则善皆不可为也已。"余惭其言。卒让之，不听。怿虽举进士而不甚知书，然其所为皆合道理，多此类。

始居雍丘，遭大水，有粟二廪，将以舟载之。见民走避溺者，遂弃其粟，以舟载之。见民荒岁，聚其里人饲之，粟尽乃止。怿善剑及铁简[23]，力过数人，而有谋略。遇人常畏，若不自足。其为人不甚长大，亦自修为威仪，言语如不出其口。卒然遇，人不知其健且勇也。

庐陵欧阳修曰：勇力人所有，而能知用其勇者少矣。若怿，可谓义勇之士。其学问不深而能者，盖天性也。余固喜传人事，尤爱司马迁善传[24]，而其所书皆伟烈奇节，士喜读之。欲学其作，而怪今人如迁所书者何少也，乃疑迁特雄文，善壮其说，而古人未必然也。及得桑怿事，乃知古之人有然焉，迁书不诬也，知今人固有而但不尽知也。怿所为壮矣，而不知予文能如迁书使人读而喜否？姑次第之。

注释

[1]桑怿(yì):本文所记之后,曾授官泾原路兵马都监,屯守镇戎军。庆历元年(1041)春,陕西安抚副使韩琦所部出击西夏,桑怿为先锋。追敌至六盘山下,遭敌军埋伏,力战而死。雍丘:治所在今河南杞县,宋属京畿路开封府。

[2]汝、颍:汝州和颍州。汝州,治所在今河南临汝县。颍州,治所在安徽阜阳县。

[3]龙城:汝州有龙兴县,境内有豢龙城,治所在今河南宝丰县。

[4]耆(qí)长:又称三大户,职役名。宋制中,轮差乡村第一、二等户三户充当耆长,作为乡役,负责逐捕盗贼,维护治安。

[5]郏(jiá)城:今河南郏县,宋代属汝州。尉:指县尉。宋县尉于建隆三年(962)始置,地位在主簿之下,掌阅习弓兵,缉奸禁暴。

[6]阳:同"佯",假装。

[7]襄城:今河南襄城县,宋属汝州。

[8]转运使:官名。宋太宗后,转运使为各路长官,掌管一路全部或部分财赋,同时兼举荐、监督一路的官吏,并以官吏违法、民生疾苦情况上报朝廷。

[9]渑池:今河南渑池县,宋属京西北路河南府。

[10]崤:指崤山,在河南省西部,渑池县东,属秦岭东段支脉。

[11]巡检:官名。宋代沿山溪江海的州、县多设置巡检,负责捕盗,维护地方治安,也有少数负责边防。

[12]宣头:朝廷发出的宣召文书。此指招安文书。

[13]邀:拦阻,堵截。

[14]殿直:皇帝侍从官,分左右班,这里是虚衔。永安:在今重庆市奉节县东。

[15]枢密院:宋代最高军事机关,掌军国机务、兵防、边备、军马等政令,出纳机密命令。

[16]栅:栅栏。此指军营大门。

[17]阁职:宋代的阁门通事舍人、阁门祗候并称阁职,是武官中清贵职位,但有发展前途,相当于文官中的馆职。

[18]阀:即阀阅。指功绩和经历。

[19]免短使:宋代选武官,考试弓箭骑马等武艺,列为第一、第二等的称免短使。三班:三班院,主管武官三班使臣的注拟、升迁酬赏等事务任免的机构。

[20]兵马监押:宋代武官名,管理一路治安。官高资深者为都监,或称兵马都监;官低资浅者为监押,或称兵马监押。

[21]交趾:一般指越南一带。汉代置郡,辖境在两广南部和越南北部。

[22]昭化:指昭州(今广西平乐)和化州(今广东化县),宋属广东西路。

[23]简:古兵器,似剑而无刃,有四棱,也写作"锏"。

[24]"尤爱"句:苏轼称道欧阳修"记事似司马迁",本文则有意模仿《史记》人物传记的表现手法。

评析

本文作于皇祐二年(1050),作者时任颍州知州。桑怿,河南雍丘(今河南杞县)人,参加科举不中,躬耕汝州龙城(今河南宝丰县),自荐捕盗安良。文章选取几个典型事例,运用了多种手法,把一个特立独行、勇义兼备、胸怀大度的奇男子、伟丈夫形象刻画得惟妙惟肖。

文章先介绍桑怿的基本情况。接着重点描述桑怿捕盗安良的六件史实,以此来刻画他的为人品格。一是向县令自荐担任耆长,组织一伙年轻人捕盗。他先教育年轻人,不许做盗贼,但其中有个王某,仍偷了当地一位老人刚死去的儿子裹身的衣服,使得死者无法安葬。桑怿同情老人孤苦贫穷,细心探察,摸得实情,将王某及同伙逮捕归案。这说明桑怿是个见义勇为,同情百姓的好人。二是桑怿和郏城县尉一起去捕盗,到达窝点,县尉却胆怯开溜,桑怿单独与盗贼格斗，杀死、捕获多人；这时又得知襄城还有十多个盗贼，桑怿又独自一人前往，亦杀死、逮捕多人，可见他的勇猛和奋不顾身。三是巡检伪造招安文书，让桑怿去招安藏匿在青灰山中的凶猛盗贼王伯，桑怿冒着生命危险，深入贼穴，耐心劝导，与王伯同吃同住十多天，最终招安了王伯，当他们出山时，却被巡检带兵堵截，桑怿几乎不能脱险，最后桑怿把王伯交给巡检，由巡检自请功赏，表现出桑怿的憨直、宽容。四是桑怿被任命永安县巡检后，朝廷召他回京，授二十三人姓名，令他捕捉，他用计将二十三名盗贼一天之内全部抓获，表现出他的机智和细心。五是介绍桑怿为人处世的优秀品格。抓获二十三名盗贼后，枢密院一个官吏对他说："与我银，为君致阁职。"桑怿说："用赂得官，非我欲，况贫无银；有，固不可也。"那官吏恼羞成怒，隐瞒桑怿功劳，使他没得到应有的奖赏，桑怿毫不在乎。当交趾人造反时，他仍带兵前往，将造反人全部杀了。回京后，朝廷授他高官厚赏，他却说：这次平叛，不是我一个人的功劳，还有一位职位比我高的也参加了，我是他的副手，他还留在那边而我先回来了，现在"我厚赏而彼轻，得不疑我盖其功而自伐乎？受之，徒惭吾心。"于是，他想把自己的赏赐让给那个职位比自己高的人。当桑怿拿着奏稿给作者看时，作者劝阻他说，这样做会被人认为沽名钓誉、行为狡诈而受人讥笑。桑怿说：我也想过这一点，但一个士人不要去考虑别人对我们内心想法的猜测评论，应该相信自己心地坦荡去实施自己的想法，别人讥笑又有什么关系呢？如果只想逃避别人的讥笑，那就什么好事也不能做了。桑怿这段话，使作者都自感惭愧，也体现出桑怿正直、谦让。六是桑怿住雍丘时，遇上大水灾，他有两仓粟米准备用船运走，当他看到逃避洪水的百姓受困时，便抛下粟米，先用船运送灾民。当他看到百姓没有饭吃时，又聚集同乡予以赈济，直到把自家的粟米全部吃完。可见他关心百姓、舍己为人精神又是多么的难能可贵。另外，文中所述县尉胆怯，巡检欺骗桑怿，枢密吏索贿，桑怿让赏等事件，亦暴露出宋王朝从中央到地方各级官吏的腐败和政治的黑暗。

文章选择了最能突出人物性格和才能的奇特情节，生动地塑造了桑怿奇伟特立、智勇双全的伟丈夫的形象。这种将正史人物传记和传奇小说笔法糅合一起的写法，对明清描写奇特人物传记文学产生了较大影响。乾隆《唐宋文醇》评述此文说："录此稗传，以见其史笔之大略，所谓尝鼎一脔。"（《唐宋文醇》卷二十二）

真州东园记

真为州，当东南之水会[1]，故为江淮、两浙、荆湖发运使之治所[2]。龙图阁直学士施君正臣、侍御史许君子春之为使也[3]，得监察御史里行马君仲涂为其判官[4]。三人者乐其相得之欢，而因其暇日，得州之监军废营以作东园[5]，而日往游焉。

岁秋八月，子春以其职事走京师[6]，图其所谓东园者来以示予，曰："园之广百亩，而流水横其前，清池浸其右，高台起其北。台，吾望以拂云之亭[7]；池，吾俯以澄虚之阁[8]；水，吾泛以画舫之舟[9]。敞其中以为清宴之堂[10]，辟其后以为射宾之圃[11]。芙渠芰荷之的历[12]，幽兰白芷之芬芳[13]，与夫佳花美木列植而交阴，此前日之苍烟白露而荆棘也。高甍巨桷[14]，水光日景动摇而下上；其宽闲深靓[15]，可以答远响而生清风，此前日之颓垣断堑而荒墟也[16]。嘉时令节，州人士女啸歌而管弦，此前日之晦冥风雨、鼪鼯鸟兽之嗥音也[17]。吾于是信有力焉[18]。凡图之所载，盖其一二之略也。若乃升于高以望江山之远近，嬉于水而逐鱼鸟之浮沉，其物象意趣，登临之乐，览者各自得焉。凡工之所不能画者，吾亦不能言也。其为我书其大概焉。"

又曰："真，天下之冲也。四方之宾客往来者，吾与之共乐于此，岂独私吾三人者哉[19]？然而池台日益以新，草树日益以茂，四方之士无日而不来，而吾三人者有时而皆去也，岂不眷眷于是哉[20]！不为之记，则后孰知其自吾三人者始也？”

予以谓三君子之材贤足以相济，而又协于其职，知所先后[21]，使上下给足，而东南六路之人无辛苦愁怨之声[22]。然后休其余闲，又与四方之贤士大夫共乐于此。是皆可嘉也。乃为之书。

庐陵欧阳修记。

注释

[1]真为州：真州原为迎銮镇，大中祥符六年(1013)升为州，州治在今江苏仪征县。位于东南地区长江北岸运河、池河之间的河流交汇处。

[2]江淮：指江南东路、江南西路和淮南路，今江苏、安徽一带。两浙：指浙东和浙西，今浙江一带。荆湖：指荆湖南路和荆湖北路，今湖南、湖北一带。宋代把全国分为若干“路”，初为征收赋税、转运漕粮兼管监察官吏的区域，后渐具行政区的性质。发运使：官名。宋太宗时设置江淮水陆发运，兼领荆湖、两浙诸路，职掌漕运米粟，有时兼管茶、盐、钱币及地方官吏，后遂称发运使。

[3]龙图阁直学士：宋代官名，为加官，用以加文学之士，备顾问与议论，以示尊宠。施君正臣：施昌言，字正臣，通州静海(今天津市)人。官至江淮发运使。许君子春：名元，字子春，安徽宣城人。擅长理财，时为江淮发运副使，后升为发运使，特赐进士出身，迁侍御使，即御史台的副长官，掌纠察、弹劾等事。

[4]里行：非正官，无定员，属见习性质。马君仲涂：马遵，字仲涂，饶州乐平人。以监察御史里行为江淮发运判官，后迁殿中侍御史，为副使。

[5]监军：官名。唐及五代都以宦官为军中监察官。宋代的“监”和“军”都是州一级的行政机构，略似今之特区，“监”为矿业

特区,“军”为军事特区。

[6]以其职事走京师:因为本职工作来到京城。

[7]“台,吾望以拂云之亭”:高台上,我修建了拂云亭,用来远望。

[8]“池,吾俯以澄虚之阁”:池塘边,我修建了澄虚阁,用来俯视。

[9]“水,吾泛以画舫之舟”:小河里,我驾着彩绘的小船游览。

[10]清宴之堂:清静雅致的宴会大厅。

[11]射宾之圃:招待宾客进行射箭游戏的园圃。

[12]芙渠:荷花的别称。芰:四角菱。的历:鲜美的样子。

[13]白芷(zhǐ):多年生草本植物,夏天开白花。

[14]高甍(méng)巨桷:高楼大厦。甍,屋脊。桷,方形的椽子。

[15]宽闲深靓:既宽敞幽深又安闲清静。靓,通“静”。

[16]颓垣断堑:倒塌的墙,垮下的沟。

[17]鼪(shēng)鼯(wú):黄鼠狼和鼯鼠。

[18]“吾于是”句:我在兴建东园时确实是下了一番气力的。

[19]“岂独”句:哪里是单单为我们三人所私有呢?

[20]眷眷于是:对此地留恋不舍。

[21]知所先后:知道事情的轻重缓急,应该先办什么后办什么。

[22]东南六路:即上文所指的江淮、两浙、荆湖等六路。

评析

本文作于皇祐三年(1051)八月,作者时知应天府兼南京留守司事,应许元之请而作。文章以记立说,描绘了东园的绮丽风光,称颂施昌言、许元和马遵的显赫政绩,表达了作者的行政治民理想。作者并未实到其地,只是凭借一纸图样及口述材料,从虚处出发,通过铺陈、排比和对比等手法,使描写与议论互为渗透,交相融合,是一篇文意极富情韵的园亭美文。

文章开头简单介绍东园处在真州的位置及东园的来历。真州（今江苏仪征）位于长江北岸，东临大运河，是水上交通要道，故曰“当东南之水会”。接着写江淮、两浙、荆湖正副发运使施昌言、许元和判官马遵三人，利用闲暇时间“得州之监军废营以作东园”。又写许元于皇祐三年八月来京城办公事，带来东园图，并向作者介绍了东园的情状。先说东园面积广百亩，有流水横其前，园中有池、台、亭、阁、舟、堂、圃等，且特色各异：池很清，而“浸其右”；台很高，而“起其北”；亭名“拂云”，以夸张其极高；阁名“澄虚”，以形容池水极清；舟为“画舫”，以突出其华美；堂可供“请宴”；圃可供“射宾”。再写今日园中景物的美丽、壮观与游人的欢乐，与昔日的荒僻残破、阴森恐怖相对比。作者连用三组结构相同的排比句式，通过今昔对比，强调如今东园景象的美丽多姿和游人的欢乐欣喜，还指出“其物象意趣，登临之乐，览者各自得焉”，园中之景不能在图上一一画出，也不能由许元一一道来，只能得其概略，所以说这篇园林碑记也只能“书其大概”。接着点出请作者作记的意图，说东园是四方之宾客与建园者共乐之地，四方之士没有一天不来，而那三个建园者却总有一天要离开，若“不为之记，则后孰知其自吾三人始也”。最后称颂许元三人通力合作，朝廷、民间供应充足，东南百姓无怨愁之声，闲暇之时，又“与四方之贤士大夫共乐于此”，称其精神之可贵。

文章只凭图纸和许元介绍，充分发挥想象，着重从今昔对比方面来写园中景象，显得优美可爱、气象万千。又设想建园前监军废营的荒芜来作陪衬，引起人们遐想感慨，更觉今日园中盛况弥足珍贵。清刘大櫆评说此文：“柳州记山水，从实处写景，欧公记园亭，从虚处生情，柳州山水以幽冷奇峭胜，欧公园亭以敷娱都雅胜。此篇铺叙今日为园之美，一一倒追未有之荒芜，更有情韵意态。”（《唐宋八家文百篇》）清过珙评说此文：“坡公《凌虚台记》由盛而逆料其衰，欧公《东园记》因兴而追忆其废，俯仰之间，同一感慨，而文字变化，意到景新，可谓奇纪。”（《古文评注》评语卷八）

苏氏文集序

予友苏子美之亡后四年[1]，始得其平生文章遗稿于太子太傅杜公之家[2]，而集录之以为十卷。

子美，杜氏婿也，遂以其集归之，而告于公曰："斯文，金玉也，弃掷埋没粪土，不能销蚀。其见遗于一时，必有收而宝之于后世者。虽其埋没而未出，其精气光怪已能常自发见，而物亦不能掩也[3]。故方其摈斥摧挫、流离穷厄之时，文章已自行于天下，虽其怨家仇人，及尝能出力而挤之死者，至其文章，则不能少毁而掩蔽之也。凡人之情，忽近而贵远，子美屈于今世犹若此，其伸于后世宜如何也！公其可无恨。"

予尝考前世文章政理之盛衰，而怪唐太宗致治几乎三王之盛，而文章不能革五代之余习[4]。后百有余年，韩、李之徒出[5]，然后元和之文始复于古。唐衰兵乱，又百余年而圣宋兴，天下一定，晏然无事。又几百年，而古文始盛于今。自古治时少而乱时多，幸时治矣，文章或不能纯粹，或迟久而不相及[6]，何其难之若是欤？岂非难得其人欤？苟一有其人，又幸而及出于治世，世其可不为之贵重而爱惜之欤？嗟吾子美，以一酒食之过，至废为民而流落以死[7]。此其可以叹息流涕，而为当世仁人君子之职位宜与国家乐育贤材者惜也！

子美之齿少于予，而予学古文反在其后。天圣之间，予举进士于有司，见时学者务以言语声偶擿裂，号为时文，以相夸尚[8]。而子美独与其兄才翁及穆参军伯长[9]，作为古歌诗杂文，时人颇共非笑之，而子美不顾也。其后天子患时文之弊，下诏书讽勉学者以近古[10]，由是其风渐息，而学者稍趋于古焉。独子美为于举世不为之时，其始终自守，不牵世俗趋舍，可谓特立之士也。

子美官至大理评事、集贤校理而废，后为湖州长史以卒[11]，享年四十有一。其状貌奇伟，望之昂然，而即之温温[12]，久而愈可爱慕。其材虽高，而人亦不甚嫉忌，其击而去之者，意不在子美也。赖天子聪明仁圣，凡当时所指名而排斥，二三大臣而下。欲以子美为根而累之者[13]，皆蒙保全，今并列于荣宠。虽与子美同时饮酒得罪之人[14]，多一时之豪俊，亦被收采，进显于朝廷。而子美独不幸死矣，岂非其命也？悲夫！

庐陵欧阳修序。

注释

[1]苏子美：苏舜钦，字子美。今四川绵阳人。工于诗文，与欧阳修、梅尧臣相唱和，多论政及抒写抱负之作。死于庆历八年(1048)。

[2]杜公：苏舜钦岳父杜衍，字世昌，越州山阴人，庆历四年(1044)任宰相，不久罢去，皇祐元年(1049)进位太子太傅。

[3]“虽其”三句：借用丰城剑气的典故，赞颂苏舜钦文章的光辉不可掩盖。《晋书·张华传》记载，张华见斗牛二星之间常有紫气，雷焕说是宝剑之精气上贯于天。于是张华派雷焕为丰城令，在地下掘得龙泉、太阿两宝剑。

[4]“予尝考”三句：作者考察历史，发现政治与文章的盛衰并不完全一致。五代，指宋、齐、梁、陈、隋。一作梁、陈、齐、周、隋。

[5]韩、李：指韩愈、李翱，两人主要活动期在唐宪宗元和年间。

[6]“或迟久”句：指文章兴盛时期往往来得很慢，因而赶不上太平盛世。

[7]“以一酒食之过”二句：指苏舜钦等人进奏院饮酒宴会的过失。魏泰《东轩笔录》记载，苏舜钦掌进奏院，按例用卖库房、拆封废纸的钱备办酒席宴会，并召乐伎侑酒，被诬为“监守自盗”，革职为民，同时获罪被逐者十余人。这些人大多是当时名士，苏舜钦、王益柔都是范仲淹推荐的，苏又是杜衍的女婿。王拱辰等人的意图是扩大事态，打击范、杜等革新派人士。

[8]“天圣”五句：写仁宗天圣年间浮靡文风盛行。擿裂，剔取割裂。时文，当时流行的四六文。

[9]才翁：苏舜元，字才翁。苏舜钦之兄长。穆参军伯长：穆修，字伯长。曾任泰州司理参军。喜作古文诗歌，与苏舜钦兄弟，力排时文，为宋代古文运动的先驱之一。

[10]“其后”二句：指宋仁宗不满意时文，于天圣七年(1029)、明道二年(1033)、庆历四年(1044)多次下诏，责令礼部贡举戒除文弊，使文风渐趋好转。

[11]大理评事：宋朝设大理寺，掌管一定品级以上官员的狱事，设大理正、丞、评事等官职，分掌断狱。集贤校理：集贤院为三馆之一，设大学士、直学士、修撰、直馆、校理之职，掌刊辑经籍，由京官兼任。湖州长史：苏舜钦庆历四年(1044)革职，寓居苏州，两年后被任命为湖州长史。长史，散官名，无实职，多以犯有过失的官员充任。

[12]“望之昂然”二句：称颂苏舜钦仪表及为人。看上去，气宇轩昂；接近他后，发现他温和柔顺。化用《论语·子张》“望之俨然，即之也温”句意。

[13]“欲以”句：想沿着苏舜钦这条线索而牵连上一些人，指杜衍、范仲淹等。

[14]同时饮酒得罪之人：指王洙、王益柔、吕溱、刁约、宋敏求、蔡襄等人，贬官后不久皆陆续复职，后来大都成了朝廷名臣。

评析

本文作于皇祐三年(1051)，时作者知应天府兼南京留守司事。

这是作者整理、编集亡友苏舜钦遗稿后撰写的序言。赞扬苏氏的才华和品格,对迫害苏舜钦的朝中大臣们作了委婉的指责;同时回顾了宋初诗文革新的历史,表彰苏氏在宋代古文运动中的先驱作用。文章人品、文品并论,将叙事、议论、抒情融为一体,语言低回深沉,一唱三叹,感情色彩浓烈。

文章先简略交待编辑《苏氏文集》的过程,高度颂扬苏文的价值。作者是在好友苏舜钦去世四年之后,才从其岳父杜衍家得到他一生所写的文章遗稿,编辑成文集十卷。作者把文集归还杜衍时,将苏文比做金玉,认为即使埋没在粪土之中,也不会销磨腐蚀;即使一时被抛弃,后世也一定会被当做珍宝收藏。作者又用丰城宝剑之气的典故来形容苏文的光辉,认为苏文犹如龙泉、太阿宝剑,金光四射,可冲斗牛。说明苏氏诗文的精光连陷害他的冤家仇人都无法掩蔽,并预言必将大放光彩于后世。从文学方面对苏文作了极高评价后,接着论述了政治的盛衰与文章的盛衰并不完全一致,自古以来治世少而乱世多,一旦面临治世,而文章跟不上政治,那是由于不爱惜文学人才的缘故。由此,作者发出深沉的叹息:"嗟吾子美,以一酒食之过,至废为民而流落以死。此其可以叹息流涕,而为当世仁人君子之职位宜与国家乐育贤材者惜也!"政敌们小题大做,为一顿酒食的小过失,竟将一代英才摧残致死,无论从私人感情,还是从为国家培养人才方面说,都要令人扼腕痛惜,痛哭流泪而不能自已呀!这段文字既申之以理,又动之以情,真是情理交融。接着写苏舜钦不顾世俗嘲笑,在时文盛极而无人写作古文时,他特立独行,抗世俗写作古体诗文,作者将他誉为"特立之士"是当之无愧的。最后文章继续感叹苏氏的不幸,年仅不惑而亡,的确令人痛彻心扉。又回忆苏氏的状貌与为人:"其状貌奇伟,望之昂然,而即之温温,久而愈可爱慕。其材虽高,而人亦不甚嫉忌。"虽仅寥寥数语,却极精彩传神,如此和蔼可亲、奇伟杰出的一代英才,却不幸死于政治斗争的漩涡中,实在可惜。特别是写到其他因苏氏一案受牵连者一一复职,"今并列于荣宠""而子美独不幸死矣,岂非其命也?悲夫!"此真有哀音绕梁、三日不绝于耳之感。

文章字里行间充溢着深挚的感情、弥漫着凄怆的气氛，读来悲风四起，催人泪下。明茅坤评此文说："予读此文，往往欲流涕。专以悲悯子美为世所摈死上立论。"（《唐宋八大家文钞·宋大家欧阳文忠公文钞》卷十六）清储欣评述说："唏嘘流涕，典则森然。诸序中匠心之构。"（《唐宋十大家全集录·六一居士全集录》卷五）清沈德潜评此序说："序中极言有文无命，徘徊惋惜，令后人读之，犹觉悲风四起。"（《唐宋八家文读本》卷十一）

祭资政范公文

月日，庐陵欧阳修谨以清酌庶羞之奠，致祭于故资政殿学士、尚书户部侍郎范文正公之灵曰：

呜呼公乎！学古居今，持方入圆[1]。丘、轲之艰[2]，其道则然。公曰"彼恶"，公为好讦[3]；公曰"彼善"，公为树朋[4]。公所勇为，公则躁进；公有退让，公为近名。谗人之言，其何可听！先事而斥[5]，群讥众排。有事而思[6]，虽仇谓材[7]。毁不吾伤，誉不吾喜。进退有仪，夷行险止。

呜呼公乎！举世之善，谁非公徒？谗人岂多，公志不舒。善不胜恶，岂其然乎？成难毁易，理又然欤？

呜呼公乎！欲坏其栋，先摧桷榱[8]；倾巢破鷇，披折傍枝。害一损百，人谁不罹？谁为党论，是不仁哉！

呜呼公乎！易名谥行[9]，君子之荣。生也何毁，没也何称？好死恶生，殆非人情，岂其生有所嫉，而死无所争？自公云亡，谤不待辨。愈久愈明，由今可见。始屈终伸，公其无恨。写怀平生，寓此薄奠。

注释

[1]持方入圆:用方正的品德去适合圆滑的世俗。语出《离骚》:“何方圆之能周兮,夫孰异道而相安?”

[2]丘、轲:孔子,名丘。孟子,名轲。

[3]好讦:喜爱揭别人短处。

[4]树朋:结营朋党。景祐三年(1036),范仲淹批评宰相吕夷简,吕以“越职言事,离间君臣,引用朋党”的罪名,将范仲淹贬知饶州。

[5]先事而斥:发生事变之前便排斥他。指范仲淹被贬饶州事。景祐三年,吏部员外郎、权知开封府的范仲淹以官吏的进用多出吕夷简私门,遂上《百官图》,指出居官者谁为当,谁为不当,并提出近臣进退不宜完全出自于宰相,这触怒了吕夷简。不久,范仲淹因论迁都事又与吕夷简发生冲突,吕评范为“迂阔,务名无实”;范公进献“帝王好尚”“选贤任能”“推诿”“近名”四论,讥切时政,且指责吕夷简败坏宋朝家法。吕夷简遂攻击范“越职言事,离间君臣,引用朋党”。结果范仲淹被贬知饶州。

[6]有事而思:发生事变之后便思念他。指宝元元年(1038)西夏赵元昊反叛,边事屡起,朝廷起用范仲淹为陕西经略安抚副使,官迁龙图阁直学士。

[7]虽仇谓材:即使仇人也称他有才能。范仲淹复职时,政敌吕夷简对宋仁宗说:“仲淹长者,朝廷方将用之,岂可但复旧职?”后来,范、吕两人言归于好。

[8]桷(jué)榱(cuī):椽木。方形的椽木叫桷。

[9]易名:封建时代有地位的人死后,朝廷另有谥号。起谥号之后,称其谥而不称其名,故云。

评析

本文作于皇祐四年(1052)五月,时作者颍州守母丧,范仲淹卒于徐州,享年六十有四。资政,即范仲淹卒前任资政殿学士。祭文沉痛哀悼范公病逝,歌颂范公持方入圆、刚正不阿的品格,驳斥守旧派对他的诬蔑与攻击。文章运用强烈的对比手法,多次换韵,哀音促急,激昂慷慨。

文章开头以褒贬分明的感情,直言其事,因事明理。首先赞扬范仲淹推行的新政,是奉行了古圣先贤之道,虽历尽艰难坎坷,为世所不容,如同孔子、孟子为推行王道奔走呼号而终无成,但是其改革的信念却矢志不移。作者对范仲淹主持的庆历改革给予了高度评价。同时作者又将矛头指向置革新于死地的反对派,愤怒揭露他们对范仲淹的攻击是恶意诽谤,是“谗人之言”。作者用一系列的排比句,一针见血地指出:“公曰‘彼恶’,公为好讦;公曰‘彼善’,公为树朋。公所勇为,公则躁进;公有退让,公为近名。谗人之言,其何可听!”排比句中又两两对举,将保守派无孔不入、无所不用的卑劣行径暴露无遗,真是“欲加之罪,何患无辞?”作者笔之所至,可谓锋芒毕露,痛快淋漓。随后又写面对保守派的诬陷,范仲淹“毁不吾伤,誉不吾喜”,总是“进退有仪”。作者对范仲淹的赞誉和对反对派的无情揭露,形成鲜明的对照,在善与恶的对比中,是非曲直,了了分明。于此,作者将庆历新政的失败、范仲淹遭受的厄运,归结为“善不胜恶”“成难毁易”。紧接着,作者又用类比的方法进一步揭露反对派的卑劣手段及险恶用心,将他们比作想破坏房屋的栋梁就先摧毁其椽木一样;想覆巢之下无完卵就先折去傍枝一样。反对派以苏舜钦进奏院之狱来倾毁杜衍、范仲淹。杜、范罢相之后,凡支持新政者均以朋党之罪一网打尽,其目的是“害一损百”,摧毁新政。作者痛斥其朋党之诬,是蓄意构陷。“谁为党论,是不仁哉!”最后,作者笔锋一转,盛赞范仲淹说,其谥号“文正”,正是对其品德的高度评价,其生前虽遭谗毁,但死后受到称誉,是“始屈终伸”。作者以宽慰之情寄托哀思,告慰亡灵。

文章引经据典,援古论今,善恶相对,爱憎分明,吸骈文所长,运用对偶、排比,音韵铿锵,有很强的艺术感染力。明茅坤评说此文:“范公与公同治同难,故痛独深。”(《唐宋八大家文钞》卷五十九)清浦起龙称赞本文为:“骏方而轮圆,祭文中正体逸调。”(《古文眉诠》卷六十二)

与十二侄书

自南方多事以来[1]，日夕忧汝。得昨日递中书，知与新妇诸孙等各安，守官无事，顿解远想。吾此哀苦如常。欧阳氏自江南归朝，累世蒙朝廷官禄[2]，吾今又被荣显，致汝等并列官裳[3]，当思报效。偶此多事，如有差使，尽心向前，不得避事。至于临难死节[4]，亦是汝荣事，但存心尽公，神明亦自祐汝，慎不可思避事也。

昨书中言欲买朱砂来，吾不阙此物，汝于官下宜守廉，何得买官下物？吾在官所，除饮食物外，不曾买一物，汝可观此为戒也。已寒，好将息。不具。吾书送通理十二郎[5]。

注释

[1]南方多事：指当时广源州蛮族首领侬智高的叛乱。

[2]"欧阳氏"二句：据欧阳修《欧阳氏谱图》：欧阳载"淳化三年进士及第，欧阳氏自江南归朝，以进士登科者，自府君始。"官至尚书工部郎中。随后中第的有欧阳观、欧阳晔、欧阳颖等人。

[3]"致汝等"句：欧阳通理当因欧阳修恩荫获官。庆历三年(1043)，欧阳修《班班林间鸠寄内》："还朝今几年，官禄沾儿侄。"并列官裳，指置身于士大夫中间。

[4]临难死节：遇到灾难，勇于牺牲，要坚守气节。

[5]十二郎：欧阳通理在本家兄弟中排行十二。郎，对晚辈的称呼。

评析

本文作于皇祐四年(1052)秋，时作者在颍州守母丧。十二侄即欧阳通理,其兄欧阳昞之子。题下原注:“通理,皇祐四年任象州司理。”本年夏季,广源州蛮族首领侬智高起兵反宋,称帝改年号,建大南国。又连陷州县,两广动乱。作者致书问候,教勉家侄忠心报国,廉正守官。

作者在这封家书中,以朴实的语言,简短而平凡的两件小事,深情地教育晚辈:一是要尽忠报国。作者告诫说:现在国难当头,困厄重重,人心惶惶,如果国家有任务交给你,就一定要义无反顾、勇往直前去完成,哪怕是为国捐躯,身死国难,这也是你的光荣,千万不要退缩逃避;二是要严守清廉。作者又告诫侄儿:做官一定要清正廉洁,忠于职守,千万不能利用职务之便购买自己管辖范围内的物品。作者拿自己举例说,我在官衙里,除了买饮食一类的东西外,从来没有买过一样其他东西,要求侄儿以此为戒。

两件小事充分反映出作者有一颗强烈的报国之心和严于律己的处世态度。宋苏轼评价此书:“凡人勉强于外,何所不至,惟考之其私,乃见真伪。此欧阳文忠公与其弟侄家书也。”(《东坡题跋》卷四)宋人俞文豹的《吹剑录》引此书与包拯的训子语录,共尊奉为封建家教典范。

五代史伶官传序[1]

呜呼!盛衰之理,虽曰天命,岂非人事哉!原庄宗之所以得天下[2],与其所以失之者,可以知之矣。

世言晋王之将终也,以三矢赐庄宗而告之曰:“梁,吾仇也[3];燕王,吾所立[4];契丹,与吾约为兄弟[5],而皆背晋以归梁。此三者,吾遗恨也。与尔三矢,尔其无忘乃父之志。”庄宗受而藏之于庙[6]。其后用兵,则遣从事以一少牢告庙[7],请其矢,盛以锦囊,负而前驱,及凯旋而纳之[8]。

方其系燕父子以组[9]，函梁君臣之首[10]，入于太庙，还矢先王而告以成功，其意气之盛，可谓壮哉！及仇雠已灭[11]，天下已定，一夫夜呼，乱者四应[12]，苍皇东出[13]，未及见贼，而士卒离散，君臣相顾，不知所归，至于誓天断发，泣下沾襟[14]，何其衰也！岂得之难而失之易欤？抑本其成败之迹而皆自于人欤？

《书》曰："满招损，谦得益。"[15]忧劳可以兴国，逸豫可以亡身，自然之理也。故方其盛也，举天下之豪杰莫能与之争；及其衰也，数十伶人困之而身死国灭[16]，为天下笑。夫祸患常积于忽微，而智勇多困于所溺[17]，岂独伶人也哉！作《伶官传》。

注释

[1]伶官：古代乐官，此指供职宫廷的伶人。

[2]天命：天意决定人的命运。封建帝王常用"受命于天"作为欺骗麻痹人民的手段。《五代史·郭崇韬传》即有"帝王应运，必有天命"的说法。在当时的情况下，彻底反对天命说，就要损害皇帝的威严，所以这里用"虽曰""岂非"来缓和语气。原：审察、推究。庄宗：指后唐庄宗李存勖，沙陀族人，其祖助唐有功，赐姓李。其父李克用镇压黄巢起义有功，后封为晋王。

[3]梁：指后梁太祖朱温。原为黄巢农民起义军将领，后叛变降唐，赐名全忠，与李克用一起成为唐昭宗时的两大军阀，互相争斗。朱温曾袭击李克用，遂结下深仇。天复元年（901）被封为梁王，天祐四年（907）篡唐自立为帝，国号梁，号称后梁。

[4]燕王：指刘仁恭、刘守光父子。刘仁恭曾得到李克用保荐，当上了卢龙军节度使。后又与李发生冲突，归附朱温。朱温于开平三年（909）封刘仁恭之子刘守光为燕王。

[5]契丹：我国北方的一个游牧部族，即后来的辽。天祐二年（905）李克用与契丹首领阿保机约为兄弟，准备共同攻打朱温，后

来阿保机又背约与朱温通好,相约共举兵灭晋。

[6]庙:指帝王供奉祖先神位的太庙。

[7]少牢:古代祭品,指一猪一羊。若牛、羊、猪全备称为太牢。

[8]纳之:把箭仍放回太庙。

[9]系燕父子以组:用绳索捆绑燕王父子。组,绳子。史载:天祐十年(913),李存勖率兵攻打幽州,生俘燕王刘仁恭、刘守光父子,献于太庙。

[10]函梁君臣之首:用木匣装梁君臣的首级。函,木匣,此处作动词用。史载:同光元年(923)李存勖率兵攻梁,长驱直入。梁末帝朱友贞(朱温之子)为避免被活捉,命臣子皇甫麟杀死他。末帝死后,麟即自刎。后庄宗将梁王君臣首级献于太庙。

[11]仇雠(chóu):仇敌。

[12]"一夫夜呼"二句:同光四年(926),驻守在贝州(今河北清河)的军士皇甫晖作乱,派李嗣源镇压,李反联合叛军进攻京城,李存勖仓皇出逃。

[13]苍皇东出:指庄宗众叛亲离时由京城洛阳仓皇出奔至汴州(今河南开封)。

[14]"至于"二句:指庄宗至石桥(今河南洛阳东),置酒悲哭,臣子元行钦等百余人拔刀断发,誓死效忠,君臣相对而泣。

[15]"满招损"二句:语出《尚书·虞书·大禹谟》:"满招损,谦受益。"指自满会遭到损害,自谦会受到益处。

[16]"数十伶人"句:庄宗喜好伶人,又洞晓音律,有时自己还粉墨登场,与伶人杂戏于庭,伶人由此得到重用。当庄宗的养子李嗣源叛变后,时任皇帝近卫军指挥使的伶官郭从谦乘机作乱,庄宗被乱兵射死,李嗣源继承帝位。《新五代史·伶官传》:"然时诸伶,独新磨尤善俳,其语最著,而不闻其他过恶。其败政乱国者,有景进、史彦琼、郭门高三人为最。"景进官至银青光禄大夫、检校左骑散常侍兼御史大夫、上柱国,曾进谗于庄宗,杀功臣朱友谦等。史彦琼任武德使,居邺都,造成邺都赵在礼的叛乱。郭门高即郭从谦艺名,任从马直指挥使,李存勖曾和他开玩笑,说他有

异心,他担心被杀,便蓄谋作乱。

[17]"夫祸患"二句:意为祸乱往往始于微小事,有才能的人大多为自己的偏爱所蒙蔽。忽微:形容极其细微。忽,为寸的十万分之一。微,为寸的百万分之一。所溺:所溺爱的事或人。

评析

本文作于皇祐五年(1053)作者守母丧时。这是作者编修《新五代史》时,为《伶官传》所写的一篇序文。序文是写后唐李存勖不忘父志而夺取天下,当他得到天下之后,又宠幸宦官、伶人(宫廷乐师、艺人),最终死于伶人郭从谦手中,以致身死国灭。作者通过对这一史实的分析,得出"忧劳可以兴国,逸豫可以亡身""祸患常积于忽微,而智勇多困于所溺"等著名论断,并提出"成败之迹"皆出自于"人事"的观点。这也可以说是向北宋统治者发出了善意的忠告和警示的信号。

文章开头就开宗明义地提出:"盛衰之理,虽曰天命,岂非人事哉?"提出这一中心论点后,作者就紧扣庄宗得天下与失天下的原因展开议论。先说晋王李克用在临终前,赐三矢庄宗李存勖,期待他复仇兴国说:后梁是我的仇敌,燕王是我扶持起来的,契丹首领与我结为兄弟,可是他们都背叛了我而归附后梁,这三件事是我死后的遗恨。庄宗不忘父志,图强兴国,后生俘了燕王父子,又提着后梁君臣的首级,进入太庙,告慰先灵。父志实现后,其"意气之盛,可谓壮哉"!作者认为,庄宗之所以有这一系列的壮举,就是因为他"毋忘父志",用父亲的"期待"来作为自己的精神动力,这既非天命,亦非侥幸,而是人的主观因素起了决定作用。后来"仇雠已灭,天下已定",庄宗又耽于逸乐,宠于伶人,重用宦官,杀害功臣。最后因伶宦作乱,身死国灭。作者感慨说:"方其盛也,举天下之豪杰莫能与之争;及其衰也,数十伶人困之而身死国灭,为天下笑。"就在庄宗一个人身上,也是在庄宗短短的一生当中,清楚地看到他的成与败、得与失、开与合、盛与衰等历史轨迹。这些轨迹也充分地反映了庄宗"盛衰"的原因在于他用人不当。对此作者又发出哀叹:"岂得之难而失之易欤?抑本其成败之迹而皆自于人欤?"这两个反诘句，动之以情，申之以理，不容人不信服。至此，中心论点的申说已经完成，但意犹未尽。最后作者引述儒家经典中的至理名言“满招损，谦受益”来对中心论点作进一步的申述，得出“忧劳可以兴国，逸豫可以亡身，自然之理也”的结论。这一饱含哲理的结论，既是作者对“满招损，谦受益”的引申发挥，又体现出他对得失天下在于人事这一观点的坚定态度。接着将盛衰作进一步对比，就势引出“夫祸患常积于忽微，而智勇多困于所溺，岂独伶人也哉”，强调祸乱常起自于细小的所沉溺的事物，并不局限于狎近伶人，而是普遍意义上的细微末节，指出防微杜渐、不为所溺的重要性，并将个别性、特殊性的判断扩展为普遍性的结论。这和文章开头盛衰在于人事的论点首尾呼应，进一步深化了题旨，也有劝诫统治者从中吸取经验教训的用意，以引人深思、催人猛醒。

文章史论中心明确，对比强烈，委婉曲折，情理兼擅。明茅坤评说此文：“此等文章，千年绝调。”（《唐宋八大家文钞·欧阳文忠公文钞》）清沈德潜评论此文：“抑扬顿挫，得《史记》神髓，《五代史》中第一篇文字！”（《唐宋八家文读本》卷十四）

资政殿学士户部侍郎文正范公神道碑铭　并序

皇祐四年五月甲子，资政殿学士、尚书户部侍郎汝南文正公薨于徐州，以其年十有二月壬申，葬于河南尹樊里之万安山下[1]。

公讳仲淹，字希文。五代之际，世家苏州，事吴越[2]。太宗皇帝时，吴越献其地，公之皇考从钱俶朝京师[3]，后为武宁军掌书记以卒。公生二岁而孤，母夫人贫无依，再适长山朱氏[4]。既长，知其世家，感泣，去之南都[5]。入学舍，扫一室，昼夜讲诵，其起居饮食，人所不堪，而公自刻益苦[6]。居五年，大通六经之旨，为文章论说必本于仁义。祥符八年举进士,礼部选第一,遂中乙科,为广德军司理参军[7],始归迎其母以养。及公既贵,天子赠公曾祖苏州粮料判官讳梦龄为太保[8],祖秘书监讳赞时为太傅,考讳墉为太师,妣谢氏为吴国夫人。

公少有大节[9],于富贵、贫贱、毁誉、欢戚不一动其心,而慨然有志于天下。常自诵曰:"士当先天下之忧而忧,后天下之乐而乐也[10]。"其事上遇人,一以自信,不择利害为趋舍。其所有为,必尽其方,曰:"为之自我者当如是,其成与否,有不在我者。虽圣贤不能必,吾岂苟哉!"

天圣中,晏丞相荐公文学,以大理寺丞为秘阁校理[11]。以言事忤章献太后旨,通判河中府[12]。久之,上记其忠,召拜右司谏。当太后临朝听政时,以至日大会前殿[13],上将率百官为寿。有司已具,公上疏言天子无北面[14],且开后世弱人主以强母后之渐,其事遂已。又上书请还政天子,不报。及太后崩,言事者希旨,多求太后时事,欲深治之[15]。公独以谓太后受托先帝,保佑圣躬,始终十年,未见过失,宜掩其小故以全大德。初,太后有遗命,立杨太妃代为太后[16]。公谏曰:"太后,母号也,自古无代立者。"由是罢其册命[17]。

是岁,大旱蝗,奉使安抚东南。使还,会郭皇后废[18],率谏官、御史伏阁争,不能得,贬知睦州,又徙苏州。岁余,即拜礼部员外郎、天章阁待制,召还,益论时政阙失,而大臣权幸多忌恶之。居数月,以公知开封府。开封素号难治,公治有声,事日益简。暇则益取古今治乱安危为上开说,又为《百官图》以献[19],曰:"任人各以其材而百职修,尧、舜之治不过此也。"因指其迁进迟速次序曰:"如此而可以为公,可以为私,亦不可以不察。"

由是吕丞相怒,至交论上前。公求对辨,语切,坐落职,知饶州[20]。明年,吕公亦罢。公徙润州,又徙越州[21]。而赵元昊反河西[22],上复召相吕公。乃以公为陕西经略安抚副使[23],迁龙图阁直学士。

是时新失大将,延州危[24]。公请自守鄜延捍贼,乃知延州。元昊遣人遗书以求和,公以谓无事请和,难信,且书有僭号[25],不可以闻,乃自为书,告以逆顺成败之说,甚辩。坐擅复书,夺一官,知耀州[26]。未逾月,徙知庆州[27]。既而四路置帅[28],以公为环庆路经略安抚招讨使、兵马都部署,累迁谏议大夫、枢密直学士。

公为将,务持重,不急近功小利。于延州筑青涧城[29],垦营田,复承平、永平废寨,熟羌归业者数万户[30]。于庆州城大顺以据要害,又城细腰胡芦[31],于是明珠、灭臧等大族皆去贼为中国用[32]。自边制久隳,至兵与将常不相识。公始分延州兵为六将,训练齐整,诸路皆用以为法[33]。公之所在,贼不敢犯。人或疑公见敌应变为如何?至其城大顺也,一旦引兵出,诸将不知所向,军至柔远[34],始号令告其地处,使往筑城。至于版筑之用,大小毕具,而军中初不知。贼以骑三万来争,公戒诸将:“战而贼走,追勿过河。”已而贼果走,追者不渡,而河外果有伏。贼失计,乃引去。于是诸将皆服公为不可及。

公待将吏,必使畏法而爱己。所得赐赉,皆以上意分赐诸将,使自为谢。诸蕃质子[35],纵其出入,无一人逃者。蕃酋来见,召之卧内,屏人撤卫,与语不疑。公居三岁,士勇边实,恩信大洽,乃决策谋取横山[36],复灵武[37],而元昊数遣使称臣请和,上亦召公归矣。

初,西人籍为乡兵者十数万[38],既而黥以为军[39],

惟公所部，但刺其手，公去兵罢，独得复为民。其于两路，既得熟羌为用，使以守边，因徙屯兵就食内地，而纾西人馈挽之劳[40]。其所设施，去而人德之与守其法不敢变者，至今尤多。

自公坐吕公贬，群士大夫各持二公曲直。吕公患之，凡直公者，皆指为党，或坐窜逐[41]。及吕公复相[42]，公亦再起被用，于是二公欢然相约戮力平贼。天下之士皆以此多二公，然朋党之论遂起而不能止。上既贤公可大用，故卒置群议而用之。

庆历三年春，召为枢密副使，五让不许，乃就道。既至数月，以为参知政事，每进见，必以太平责之。公叹曰："上之用我者至矣，然事有先后，而革弊于久安，非朝夕可也。"既而上再赐手诏，趣使条天下事。又开天章阁[43]，召见赐坐，授以纸笔，使疏于前。公惶恐避席，始退而条列时所宜先者十数事上之。其诏天下兴学，取士先德行不专文辞，革磨勘例迁以别能否[44]，减任子之数而除滥官[45]，用农桑、考课、守宰等事，方施行，而磨勘、任子之法，侥幸之人皆不便，因相与腾口。而嫉公者亦幸外有言，喜为之佐佑。会边奏有警，公即请行，乃以公为河东、陕西宣抚使。至则上书愿复守边，即拜资政殿学士，知邠州[46]，兼陕西四路安抚使。

其知政事，才一岁而罢，有司悉奏罢公前所施行而复其故。言者遂以危事中之，赖上察其忠，不听。是时，夏人已称臣，公因以疾请邓州[47]。守邓三岁，求知杭州，又徙青州[48]。公益病。又求知颍州[49]。肩舁至徐，遂不起，享年六十有四。方公之病，上赐药存问。既薨，辍朝一日，以其遗表无所请，使就问其家所欲，赠以兵部尚书，所以哀恤之甚厚。

公为人外和内刚,乐善泛爱。丧其母时尚贫,终身非宾客食不重肉,临财好施,意豁如也。及退而视其私,妻子仅给衣食。其为政所至,民多立祠画像[50]。其行己临事,自山林处士、里闾田野之人,外至夷狄,莫不知其名字,而乐道其事者甚众。及其世次、官爵,志于墓、谱于家、藏于有司者,皆不论著,著其系天下国家之大者,亦公之志也欤!

铭曰:

范于吴越,世实陪臣。俶纳山川,及其士民。范始来北,中间几息。公奋自躬,与时偕逢。事有罪功,言有违从。岂公必能,天子用公。其艰其劳,一其初终。夏童跳边,乘吏怠安[51]。帝命公往,问彼骄顽。有不听顺,锄其穴根。公居三年,怯勇隳完。儿怜兽扰,卒俾来臣。夏人在廷,其事方议。帝趣公来,以就予治。公拜稽首,兹惟难哉!初匪其难,在其终之[52]。群言营营[53],卒坏于成。匪恶其成,惟公是倾。不倾不危,天子之明。存有显荣,殁有赠谥。藏其子孙,宠及后世。惟百有位,可劝无怠[54]。

注释

[1]尚书户部侍郎:尚书省所属户部主管官的副职,主管官称尚书。汝南:在今河南省鲁山县东,范氏的郡望。文正:范仲淹死后的谥号。

[2]事吴越:指范仲淹的先辈在吴越做官。吴越,五代时江南钱镠立的国名。下文"钱俶"是钱镠之孙。太平兴国三年(978)献所据两浙十三州之地归宋。

[3]皇考:宋代以前,一般尊称亡父为皇考。《称谓录》卷一:"唐宋碑志每称其父曰皇考。欧阳修《泷冈阡表》亦然,南宋以后

始禁止之。”

[4]“再适”句:范母改嫁朱氏,范仲淹改姓为朱。

[5]南都:宋真宗改宋州(今河南商丘市)为应天府,又改称南京,为北宋陪都之一。

[6]“其起居”三句:《宋史·范仲淹传》:“昼夜不息,冬月惫甚,以水沃面;食不给,至以糜粥继之。人不能堪,仲淹不苦也。”

[7]乙科:举子礼部试后,再经殿试,中式者分甲、乙科。广德军:太平兴国四年(979)置,治所在今安徽广德县。司理参军:由原来的司寇参军改称,掌刑狱勘鞫。

[8]赠:封赠,宋代高级官员追封祖先三代。

[9]大节:安邦定国的雄心壮志。语出《论语·泰伯》:“临大节而不可夺也。”何晏注:“大节,安国家,定社稷。”

[10]“士当先天下”二句:语出范仲淹《岳阳楼记》,为传世名言。

[11]晏丞相:晏殊,字同叔,抚州临川人。当时晏知应天知府。范仲淹以母丧去官。晏殊延请范仲淹教授生徒,范除丧服后,又荐为秘阁校理。

[12]“以言事”二句:时章献刘太后垂帘听政,天圣七年(1029)冬至日,太后准备临朝受贺,仁宗将率百官上寿,范仲淹谏阻。范又上书请太后还政,由是触怒太后。河中府,治所在蒲州(今山西永济县西蒲州镇)。

[13]至日:冬至日。

[14]北面:指朝拜。古代帝王坐北面南,所以说皇帝无北面朝拜之礼。

[15]“及太后崩”四句:仁宗实为真宗李宸妃所生,章献太后当时为真宗刘德妃,据仁宗为己子,当她死后,朝官纷纷发难,欲加之罪。

[16]杨太妃:真宗杨淑妃。章献刘太后遗命,尊杨太妃为皇太后,与皇帝同议军国事,目的在于保护自己死后免受攻击。

[17]册命:古代帝王封立继承人、后妃及诸王大臣的命令。

[18]郭皇后废:明道二年(1033)仁宗废郭后,宰相吕夷简因

与郭后有憾,主废立之议。御史中丞孔道辅率范仲淹等谏阻,面责吕夷简,结果孔被贬泰州(今江苏泰州市),范贬睦州(今浙江建德)。

[19]《百官图》:景祐三年(1036)五月,范仲淹献《百官图》,揭露吕夷简徇私进退官员,吕夷简怀恨于心。

[20]饶州:今江西鄱阳。

[21]润州:今江苏镇江。越州:今浙江绍兴。

[22]赵元昊反河西:宝元元年(1038),党项首领李元昊称帝建国,国号大夏,宋人称西夏。都兴庆府(今宁夏银川),故称河西。

[23]"乃以公"句:范仲淹于康定元年(1040)任陕西经略安抚副使。

[24]"是时"二句:康定元年正月,元昊入侵延州,鄜延副总管刘平、石元孙等兵败被俘。

[25]僭号:超越本分的封号。

[26]耀州:今陕西耀县。

[27]庆州:今甘肃庆阳。

[28]四路置帅:庆历元年(1041),分陕西路为秦凤、泾源、环庆、鄜延四路,各置经略安抚使,以抵抗西夏。

[29]筑青涧城:青涧,今属陕西,以青涧水得名,是当时西北边防战略要地。范仲淹采用种世衡建议,在此筑城。

[30]熟羌:当地的羌族居民。

[31]大顺:即大顺城,在今甘肃庆阳县北百余里。细腰胡芦:故城在今庆阳县西北葫芦河附近。

[32]明珠、灭臧:为当地少数部族。

[33]"自边制"五句:《宋史·范仲淹传》:"先是诏分边兵,总管领万人,钤辖领五千人,都监领三千人,寇至御之,则官卑者先出。仲淹曰:将不择人,以官为先后,取败之道也。于是大阅州兵,得万八千人,分为六,各将三千人,分部教之,量贼众寡,使更出御贼。"

[34]柔远:故城在今甘肃华池县。

[35]诸蕃质子:臣服宋朝的少数部族首领要送自己的儿子作抵押,故称质子。

[36]横山:在陕西北部,为西夏的经济要地。

[37]灵武:今属宁夏,为西夏的政治中心。

[38]乡兵:宋代的地方民兵。一般是从几名壮丁中选拔一名充当,平时不脱离生产,农闲定期集结训练,就地防守。

[39]黥以为军:宋代正规军脸上要刺字,以示标记。这里指强迫乡兵为正规军。

[40]"其于两路"五句:范仲淹以边地有归顺的少数部族可自为防守,春夏两季将驻军调回附近河中、同、华等州府,以省远道供输粮草之劳。两路,指鄜延路、环庆路。屯兵,北宋时,禁军实行更戍法,轮流驻防边区。

[41]"凡直公者"三句:支持范仲淹意见的朝官余靖、尹洙、欧阳修等人,都遭到贬谪。

[42]"及吕公复相"句:范仲淹与吕夷简和好,共同抗御外敌,此事为欧阳修亲眼所见。欧阳修《与渑池徐宰无党》:"范文正公神道碑……述吕公事,于范公见德量包宇宙、忠义先国家;于吕公事各纪实,则万事取信。"对于范纯仁擅自删芟此数句,欧甚感愤慨。他在《与杜诉论祁公墓志铭》中说:"范公家神刻,为其子擅自增损,不免更作文字发明,欲后世以家集为信。"

[43]天章阁:宋阁名,收藏真宗御制文集、御书之处。

[44]磨勘例迁:宋有磨勘司,初定文官五年、武官七年都得升官,后来遇皇帝生日、郊祀也要升官。范仲淹认为官冗是由于磨勘太快,应该加以限制。

[45]减任子:宋初定任子法,台省六品官,诸司五品官,历官两任,子孙都可得荫。后来遇皇帝生日、郊祀要加封荫,使得官员泛滥,因此范仲淹建议削任子之法。

[46]邠(bīn)州:今陕西彬县。

[47]"是时"三句:庆历四年五月,西夏称臣。这与范仲淹的自请邓州无关。之后,朝廷排挤以杜衍、范仲淹、富弼为首的新政派。其实,范早知不免而自请罢去参知政事。新政时期的宰执皆

遭贬斥。邓州,州治在今河南南阳。

[48]青州:州治在今山东益都。

[49]颍州:州治在今安徽阜阳。

[50]"其为政"二句:《宋史》本传:"(范)为政尚忠厚,所至有恩。邠、庆二州之民与属羌皆画像立生祠祀之。及其卒也,羌酋数百人哭之如父,斋三日而去。"

[51]"夏童"二句:谓宋朝边政废坏,西夏元昊兴兵反叛。

[52]"初匪其难"二句:意思是事情不是难在开始,而是难在终结,难在善始善终。语出《诗·大雅·荡》:"靡不有初,鲜克有终。"

[53]营营:往来不绝的样子,形容谗言无孔不入。语出《诗·小雅·青蝇》:"营营青蝇。"朱熹传:"往来飞声。"

[54]"惟百有位"二句:范仲淹一生的事迹,可以鼓励百官不怠忽国家大事。有位,指官员。

评析

本文作于至和元年(1054)十二月,时作者任翰林学士兼史馆修撰。本文记载范仲淹学行大节,多层次、全方位地展示逝者的志趣、际遇及功业。

作者写这篇文章时,就对标题作了认真推敲。"文正范公"是朝廷的卒谥;"户部侍郎"是掌管全国土地、户籍、赋税、财政收支等事务的长官之副,属重要职位;"资政殿学士"是接近皇帝、参与机要的一种官名。作者在"神道碑铭"前加这三个附加词,是为显示范仲淹当时的地位,表示作者对范仲淹的一种尊敬,也由此可见作者与死者关系的不同寻常。作者用了不足三千的文字,对这位有显著文功武绩、博学多才的文学家作出了中肯的评价。

文章采用倒叙法,先写范仲淹的逝世,后介绍他的出身、仕途生涯、武场业绩、高贵品质,最后用韵文作全面评价。作者选定本文以歌颂范仲淹的政绩、武功、品德为主,将文学方面的成就予以省略,这是为了把范仲淹塑造成一个伟大政治人物的光辉形象。作者选材十分精当,如从他出生,一直写到"公益病。又求知颍州。

肩舁至徐，遂不起，享年六十有四”。又用了较短的一段碑铭，将范仲淹六十多年的主要事迹表达得淋漓尽致。我们可以从最后一段看出作者选材方面的功夫，这段的观点是“公为人外和内刚，乐善泛爱”。为了说明范仲淹“外和内刚，乐善泛爱”，作者截取“丧其母时尚贫，终身非宾客食不重肉，临财好施，意豁如也。及退而视其私，妻子仅给衣食”。虽选材不多，但事情典型，寥寥数语就把范仲淹的品质反映出来了。范仲淹是作者的良师益友，两人志同道合，交情深笃。对范仲淹病故，作者极其悲痛，但碑铭很少议论和抒情，而是寓情理于事实，让事实表达自己的情怀。如写范仲淹年少时家境贫寒，处境艰难，而依然刻苦好学，只写了“公生二岁而孤，母夫人贫无依，再适长山朱氏。既长，知其世家，感泣，去之南都。入学舍，扫一室，昼夜讲诵”。无一句议论，但范仲淹不怕困难、刻苦好学的精神便跃然纸上。又如，范仲淹去世后，上至天子，下至平民，无不哀悼，作者也未直抒胸臆，仍让事实说话：“方公之病，上赐药存问。既薨，辍朝一日”“其为政所至，民多立祠画像”“自山林处士、里闾田野之人，外至夷狄，莫不知其名字”。作者寓情于事的写法，比直接议论和抒情更为感人。

文章内容翔实可信，选材精准得当，寓情理于事实。明茅坤评述此文“欧得史迁之髓，故于叙事处截节有法，字不繁而体已完。”（《唐宋八大家文钞》卷五十一）近人王文濡评说此文：“叙事能扼其大，措词不觉其繁，是欧公极意经营文字。”（《评校音注古文辞类纂》卷四十四）本文虽经韩琦审定，还是遭到富弼非议、范公家属的不满，孝子范纯仁刻石时，删芟了范、吕“欢然如约”数语，作者对此十分气愤，声称范公神道碑刻，应“以家集为信”。

送徐无党南归序

草木鸟兽之为物，众人之为人，其为生虽异，而为死则同，一归于腐坏，澌尽、泯灭而已[1]。而众人之中有圣贤者,固亦生且死于其间,而独异于草木鸟兽众人者,虽死而不朽,逾远而弥存也。其所以为圣贤者,修之于身,施之于事,见之于言,是三者所以能不朽而存也[2]。

修于身者,无所不获;施于事者,有得有不得焉;其见于言者,则又有能有不能也[3]。施于事矣,不见于言可也。自《诗》《书》《史记》所传,其人岂必皆能言之士哉[4]?修于身矣,而不施于事、不见于言,亦可也。孔子弟子有能政事者矣,有能言语者矣[5]。若颜回者,在陋巷曲肱饥卧而已,其群居则默然终日如愚人[6]。然自当时群弟子皆推尊之,以为不敢望而及[7],而后世更百千岁,亦未有能及之者。其不朽而存者,固不待施于事,况于言乎?

予读班固《艺文志》、唐《四库书目》[8],见其所列,自三代、秦、汉以来,著书之士多者至百余篇,少者犹三四十篇,其人不可胜数,而散亡磨灭百不一二存焉。予窃悲其人,文章丽矣,言语工矣,无异草木荣华之飘风、鸟兽好音之过耳也[9]。方其用心与力之劳,亦何异众人之汲汲营营[10]?而忽焉以死者,虽有迟有速,而卒与三者同归于泯灭。夫言之不可恃也盖如此。今之学者,莫不慕古圣贤之不朽,而勤一世以尽心于文字间者,皆可悲也。

东阳徐生[11],少从予学,为文章,稍稍见称于人。既去,而与群士试于礼部,得高第,由是知名。其文辞日进,如水涌而山出。予欲摧其盛气而勉其思也,故于其归,告以是言。然予固亦喜为文辞者,亦因以自警焉。

注释

[1]“一归”二句:指万物死后腐烂,归于泯灭。澌尽,消失

殆尽。

[2]“其所以”五句:唯有立德、立功、立言“三不朽”,才能成为圣贤。

[3]“修于身者”六句:意思为修身立德是个人的事,只要身体力行,必然有所收获;施事立功是关系社会的事,不能完全取决于个人;著书立言则因各人的才华不同,有能和不能的区别。

[4]“自《诗》”二句:《诗经》《尚书》《史记》等典籍所记载流传的人物,难道都是著书立说之士吗?

[5]“孔子弟子”二句:孔子把弟子的才能分为德行、政事、言语、文学多种。《史记·仲尼弟子列传》:“孔子曰:受业身通者七十有七人,皆异能之士也。德行:颜渊、闵子骞、冉伯牛、仲弓。政事:冉有、季路。言语:宰我、子贡。文学:子游、子夏。”

[6]“若颜回”三句:颜回即颜渊,字子渊,孔子弟子。《论语·雍也》:“子曰:贤哉回也,一箪食,一瓢饮,在陋巷,人不堪其忧,回也不改其乐。回也如愚,退而省其私,亦足以发,回也不愚。……回年二十九,发尽白,早死,孔子哭之恸,曰:自吾有回,门人益亲。鲁哀公问:弟子孰为好学?孔子对曰:有颜回者好学,不迁怒,不贰过,不幸短命死矣,今也则亡。”

[7]不敢望而及:不敢相比。《论语·公冶长》:“子谓子贡曰:‘女与回也孰愈?’对曰:‘赐也何敢望回?回也闻一以知十,赐也闻一以知二。’”

[8]“予读”句:班固《艺文志》,即《汉书·艺文志》。唐《四库书目》,唐玄宗在长安、洛阳各建书库,以甲乙丙丁为次,分为经、史、子、集四库,并修有目录,如《开元四部录》。

[9]“无异”二句:跟草木的花朵随风飘散、鸟兽的鸣唱过耳即逝没有差别。

[10]汲汲营营:匆匆忙忙奔走经营。汲汲,心情急迫的样子。营营,往来不停的样子。

[11]东阳徐生:指徐无党,婺州东阳(今浙江永康县)人,欧阳修的学生。

评析

本文作于至和元年(1054),时作者任翰林学士兼史馆修撰。徐无党,婺州永康(今浙江永康)人,庆历初师从作者学古文,皇祐五年(1053)进士及第,为作者编撰的《新五代史》作过注释。此次南归故里,作者作序赠别。文章宗旨是论述“道”与“文”的关系,在坚持文以明道、文以载道的原则基础上,以“三不朽”立说,强调立德与立功,以此自警并勉励后学。

作者开篇就指出,草木、鸟兽是动植物,普通的人作为人类,在生存的时候他们与动植物是有差异的,但死后则是相同的:“一归于腐坏,澌尽、泯灭而已。”不过也有与草木、鸟兽、众人不同的“圣贤”之人,他们虽有生也有死,然却“死而不朽”,名垂青史。究其原因,就是他们努力“修之于身,施之于事,见之于言”,做到古人所宣传的“立德、立功、立言”三不朽原则。这是人生最理想的目标,是人生追求的最高境界。接着,作者对“三不朽”加以分析,认为“修之于身”(立德)是根本,只要自己努力,不断提高自身道德修养,就必然有收获;“施之于事”(立功)不完全取决个人,有社会因素、个人机遇等等,有人成功也有人失败;“其见于言者”(立言),存在个人才智、能力的差异,有人能著书立说,也有人一生不能留下片言只字。三者当中真正可以不朽的,作者认为首先是修身(立德),它不受机遇、才能的限制,是人人都能做到的,因此认为人生努力的重点应放在修养品德上。其次是立功,再次才是立言。为了说明这一论点,作者列举了两个事例加以证明,一是以《诗》《书》《史记》中记载的人物为例,这些人一生都有突出功业,但他们不一定都是能言之士,他们又为什么能流传后世呢?作者的结论是“施于事矣,不见于言可也”。二是以孔子弟子颜回为例,他一生“在陋巷曲肱饥卧而已”,并未“施之于事”“其群居则默然终日如愚人”,并无“见之于言”,然而他却受到孔子弟子们的一致“推尊”。所以作者感叹说:“其不朽而存者,固不待施于事,况于言乎?”说明人生不朽,不在于非要干出一番惊天动地的事业,更不在于著书立说,作者认为“修于身矣,而不施于事、不见于言,亦可也”。至此,似乎感觉作者有重道轻文倾向。为此作者又从反面举证,论述只重文不重道的可悲后果，先列举夏、商、周、秦、汉以来著书人士名单，多至百余篇，少则三四十篇，但留传下来不朽的人士和文章却不到百分之一二，这就是只重文不重道，只在形式上下功夫，不努力修养个人品德的原因。结果“文章丽矣，言语工矣”，而死后与草木、鸟兽及普通人一样，归于泯灭，故作者叹道：“夫言之不可恃也盖如此。”文章在结尾时才落到徐无党身上，先说徐无党从少年跟随自己学习古文辞，很快科举高中，有了名声。作者担心他会产生骄傲情绪，只在文辞上下工夫，忘了修养品德，故“勉其思也”。同时作者谦虚而诚恳地说：“予固亦喜为文辞者，亦因以自警焉。”

文章结构严密，逻辑性强，广论博行，层层剖析，步步探究，说理透彻，语言明快，抑扬顿挫，有很强说服力和感染力。宋楼昉称赏此文“转折过换妙”。（《崇古文诀》卷十九）清沈德潜评述此文“文情感喟款欷，最足动人”。（《唐宋八家文读本》卷十一）清刘大櫆评说：“欧公赠送序，当以杨寘、田画为第一，而徐无党次之。”（《古文辞类纂·诸家集评》）

廖氏文集序

自孔子殁而周衰[1]，接乎战国，秦遂焚书[2]，六经于是中绝[3]。汉兴，盖久而后出，其散乱磨灭，既失其传，然后诸儒因得措其异说于其间[4]，如《河图》《洛书》[5]，怪妄之尤甚者。余尝哀夫学者知守经以笃信，而不知伪说之乱经也，屡为说以黜之。而学者溺其久习之传，反骇然非余以一人之见，决千岁不可考之是非，欲夺众人之所信，徒自守而世莫之从也。

余以谓自孔子殁，至今二千岁之间，有一欧阳修者为是说矣。又二千岁，焉知无一人焉，与修同其说也？又二千岁，将复有一人焉。然则同者至于三，则后之人不待千岁而有也。同予说者既众,则众人之所溺者可胜而夺也。夫六经非一世之书,其将与天地无终极而存也,以无终极视数千岁,于其间顷刻尔。是则余之有待于后者远矣,非汲汲有求于今世也。

衡山廖倚[6],与余游三十年。已而出其兄偁之遗文百余篇号《朱陵编》者[7],其论《洪范》[8],以为九畴圣人之法尔[9],非有龟书出洛之事也。余乃知不待千岁,而有与余同于今世者。始余之待于后世也,冀有因余言而同者尔,若偁者未尝闻余言,盖其意有所合焉。然则举今之世,固有不相求而同者矣,亦何待于数千岁乎!

廖氏家衡山,世以能诗知名于湖南。而偁尤好古,能文章,其德行闻于乡里,一时贤士皆与之游。以其不达而早死,故不显于世。呜呼!知所待者,必有时而获;知所畜者,必有时而施。苟有志焉,不必有求而后合。余嘉与偁不相求而两得也,于是乎书。

嘉祐六年四月十六日,翰林学士、尚书吏部郎中,知制诰、充史馆修撰欧阳修序。

注释

[1]孔子殁:孔子死于周敬王四十一年(前479),当时东周已经衰微。

[2]焚书:公元前212年,秦始皇下令烧毁《秦记》以外的列国史记及《诗》《书》等典籍。

[3]六经:六部儒家经典,即《易》《诗》《书》《春秋》《礼》《乐》。汉以来无《乐经》,今文学家认为"乐"本无经,皆包含于《诗》《礼》之中。古文学家以为《乐》毁于秦始皇焚书。

[4]"汉兴"五句:汉代的儒家经典,大都没有先秦的古文旧本,而由战国以来学者师徒父子传授,到汉代才一一写成当时通

行的文字记录的定本,称为今文经。《汉书·艺文志》:“汉兴,改秦之败,大收篇籍,广开献书之路。”时有田何传《易》,伏生传《尚书》,又有《古文尚书》出自孔壁中,传《诗》有毛、齐、鲁、韩四家。

[5]《河图》《洛书》:古代儒家关于《周易》和《洪范》两书来源的传说。传说伏羲氏时,有龙马从黄河出现,背负“河图”,有神龟从洛水出现,背负“洛书”。伏羲据《河图》《洛书》画成八卦,撰成《周易》。

[6]衡山:在湖南省境内,为五岳之一。

[7]“已而”句:梅尧臣《宛陵先生集》卷五十有《送廖倚归衡山》诗,题下自注:“倚来为其兄求集序于欧阳永叔。”其兄廖偁,真宗天禧年间进士及第,好古能文,著有《朱陵编》。

[8]《洪范》:《尚书》篇名。文中有“天乃锡禹《洪范》九畴,彝伦攸叙”等语。

[9]九畴:治理天下的九种方法。

评析

本文是欧阳修为朋友廖倚之兄廖偁的遗作《朱陵编》写的序言,作于嘉祐元年(1056)四月,作者时任翰林学士、判三班院兼史馆修撰。文章赞扬廖氏对儒家经典著作中关于天地鬼神一类的怪妄之说,敢于大胆怀疑和否定。此与作者观点不谋而合,故不仅是对廖氏怀疑精神的赞扬,更表明作者自己求学信念及真理追求不懈努力的肯定。

序文开始,作者就先谈了自己对儒家经典中一些怪妄之说的怀疑。作者追述,自秦始皇焚书坑儒,六经中绝。汉兴之后,经书多靠私家传诵、传授,“然后诸儒因得措其异说于其间”,这样使得儒家经典说法不一,版本多样,特别是“怪妄之尤甚者”。如《周易·系辞》有“河出图、洛出书、圣人则之”的话,作者对这些说法极不相信,于是屡次写文章驳斥。但学者溺于久习之传,积习难反,反而责难他自不量力,以一己之见,妄图决断千岁不可考的是非。于是一时改变不了众人之所信。这些似乎与“集序”关系不大,其实不然，它既与廖氏的论《洪范》有密切关系，也与作者自己批驳经书怪妄观点密不可分，是为后文作铺垫。接着，作者反复申说等待后世有同意自己观点的人出现，哪怕是二千年间出现一人，再过二千年又出现一人，三人为众，赞同自己观点的人越来越多，怪妄之说就自然会改变，这就是作者的期望。这种等待，是作者坚信正确的东西必将战胜错误与怪妄，真理必将取得最后胜利。接着过渡到为廖氏写序文的缘起上来，作者看到廖氏《朱陵篇》中对《尚书·洪范》的解释，对“九畴”是圣人治理天下的九种方法，既非上天赐予大禹的天意垂示，也与“河出图、洛出书”无关，是人事而非天意显示，廖氏的观点与作者不谋而合，可谓“不相求而同者矣”。这必然引起作者的共鸣，原期望等待数千岁以求“同其说”之人，不料今世即遇，故“集序”以记。接着写“集序”的中心内容，正面描写集主的家世、生平、德行、文章。用“世以能诗知名于湖南”叙其家世，以“好古，能文章，其德行闻于乡里，一时贤士皆与之游”描写集主的学行人品，对其“不达而早死，故不显于世”，深表同情。最后说知道等待成功的人，一定有机会取得成功；知道积蓄才学的人，一定有机会施展才华，故以“知所待者，必有时而获；知所畜者，必有时而施。苟有志焉，不必有求而后合”的议论作结。

文章以议论开始，又以议论结束。对于廖氏《朱陵篇》，作者只拈出其论《洪苑》一篇文章，突出此文的独到观点，且与自己不谋而合。明写他人，暗写自己，肯定廖氏的怀疑精神，并将其引为同道，也表明了自己坚定的疑经惑传思想。明茅坤评说此文：“识见韵折，总属匠心。”(《唐宋八大家文钞·欧阳文忠公文钞》卷十七)

祭杜祁公文

维嘉祐二年三月日，具官欧阳修谨遣驱使官赵日宣，以清酌庶羞之奠，致祭于故太子太师、赠司徒、侍中杜公之灵曰[1]：

士之进显于荣禄者，莫不欲安享于丰腴。公为辅弼[2]，饮食起居，如陋巷之士，环堵之儒[3]。他人不堪，公处愉愉。士之退老而归休者，所以思自放于闲适。公居于家，心在于国，思虑精深，言辞感激。或达旦不寐，或忧形于色，如在朝廷，而有官责[4]。呜呼！进不知富贵之为乐，退不忘天下以为心。故行于己者老益笃，而信于人者久愈深。

人之爱公，宁有厌已？寿胡不多，八十而止？自公之丧，道路嗟咨[5]。况于愚鄙，久辱公知。系官在朝，心往神驰。送不临穴，哭不望帷。衔辞写恨，有涕涟洏[6]。尚飨！

注释

[1]"具官"三句：嘉祐二年(1057)，欧阳修在开封任翰林学士、判太常寺兼礼仪事。杜衍是年二月五日卒于南京(今河南商丘)，只能遣人前往致祭。

[2]辅弼：宰相。《尚书・大传》："古者天子必有四邻，前曰疑，后曰丞，左曰辅，右曰弼。"

[3]环堵：四围土墙。喻生活清苦，家徒四壁。欧阳修《杜祁公墓志铭》："家故饶财，诸父分产，公以所得悉与昆弟之贫者，俸禄所入，分给宗族，赒人急难。"

[4]"公居于家"八句：《杜祁公墓志铭》："居家见宾客，必问时事。闻其善，喜若己出；至有所不可，忧见于色，或夜不能寐，如任其责者。"

[5]道路嗟咨：指与杜衍没有关系的人听到杜衍去世，都有悲怆之感。道路，谓路人。

[6]"系官在朝"六句：谓自己为官职所累，不能前往祭奠，只能含泪将悲痛述诸文字。

评析

本文作于嘉祐二年(1057),作者时任翰林学士、权判三班院兼史馆修撰。杜衍,封祁国公,官至宰相,北宋政治家,庆历新政主持者之一。二月五日,卒于南京(今河南商丘),享年八十,当时作者正在贡举的锁院中,出院后即作此文。祭文赞颂杜公“进不知富贵之为乐,退不忘天下以为心”的高风亮节,抒发自己的沉痛哀悼之情。

文章开头,作者就交待了无法亲临祭吊恩师杜祁公亡灵的原因。作者只作了“系官在朝”的解释,其实当时他受命于朝,主持三年一度的礼部考试,当时正在锁院中批阅考卷。一出锁院,他就立即作文以祭吊。文章没有叙述杜公的生平、仕宦、家世等,着重叙述杜祁公立身、处事方面的品格,赞扬杜公在朝廷当宰相时,起居饮食简陋得让人不堪忍受,“如陋巷之士,环堵之儒。他人不堪”。退位居家时,仍同在职一样,尽心尽责,忧国忧民,“或达旦不寐,或忧形于色,如在朝廷,而有官责”。接着,作者又饱含深情地哀呼,“进不知富贵之为乐,退不忘天下以为心”,点出文章的主题,指出“人之爱公”,是因为“行于己者老益笃,而信于人者久愈深”,所以“自公之丧,道路嗟咨。况于愚鄙,久辱公知”。当时作者虽然因公事无法抽身,但“心往神驰”;虽然“送不临穴,哭不望帷”,但“衔辞写恨,有涕涟洏”。

文章重点突出,塑造形象鲜明,善用对比手法,通过对比,文意自深,道理自明,情感自露,将作者的悲伤感怀表现得淋漓尽致。

有美堂记

嘉祐二年,龙图阁直学士、尚书吏部郎中梅公出守于杭[1]。于其行也,天子宠之以诗[2],于是始作有美之堂。盖取赐诗之首章而名之,以为杭人之荣。然公之甚爱斯堂也,虽去而不忘。今年自金陵遣人走京师[3],命予志之，其请至六七而不倦。予乃为之言曰：

夫举天下之至美与其乐，有不得而兼焉者多矣。故穷山水登临之美者，必之乎宽闲之野、寂寞之乡而后得焉；览人物之盛丽、夸都邑之雄富者，必据乎四达之冲、舟车之会而后足焉。盖彼放心于物外，而此娱意于繁华，二者各有适焉。然其为乐，不得而兼也。

今夫所谓罗浮、天台、衡岳、庐阜、洞庭之广，三峡之险[4]，号为东南奇伟秀绝者，乃皆在乎下州小邑、僻陋之邦。此幽潜之士、穷愁放逐之臣之所乐也。若乃四方之所聚，百货之所交，物盛人众，为一都会，而又能兼有山水之美，以资富贵之娱者，惟金陵、钱塘，然二邦皆僭窃于乱世[5]。及圣宋受命，海内为一，金陵以后服见诛[6]，今其江山虽在，而颓垣废址，荒烟野草，过而览者莫不为之踌躇而凄怆。独钱塘自五代时知尊中国、效臣顺，及其亡也，顿首请命，不烦干戈[7]，今其民幸富完安乐。又其俗习工巧，邑屋华丽，盖十余万家。环以湖山，左右映带，而闽商海贾，风帆浪舶，出入于江涛浩渺、烟云杳霭之间，可谓盛矣。

而临是邦者，必皆朝廷公卿大臣若天子之侍从，又有四方游士为之宾客，故喜占形胜，治亭榭，相与极游览之娱。然其于所取，有得于此者必有遗于彼。独所谓有美堂者，山水登临之美，人物邑居之繁，一寓目而尽得之。盖钱塘兼有天下之美，而斯堂者又尽得钱塘之美焉，宜乎公之甚爱而难忘也。

梅公，清慎好学君子也[8]。视其所好，可以知其人焉[9]。

四年八月丁亥，庐陵欧阳修记。

注释

[1]梅公:梅挚,字公仪,成都新繁人。进士出身,擢天章阁待制、陕西都转运使。后官右谏议大夫,徙江宁府。

[2]"天子"句:宋仁宗《赐梅挚知杭州》诗,首联为:"地有吴山美,东南第一州。"

[3]"今年"句:时梅挚改知江宁府,府治在金陵(今南京)。

[4]"今夫"二句:罗浮:罗浮山,在今广东增城县东。天台:天台山,在今浙江天台县东北。庐阜:庐山,在今江西九江市郊。洞庭:洞庭湖,在今湖南省境内,是我国最大的内陆湖泊之一。三峡:长江三峡,以险峻著称。

[5]"惟金陵"二句:五代十国南唐李氏都金陵,五代十国吴越钱氏都钱塘(今杭州)。

[6]"金陵"句:宋太祖开宝七年(974),命南唐后主李煜投降,李煜举兵抵抗。次年宋将曹彬攻入金陵,俘李煜,灭南唐。

[7]"独钱塘"四句:宋太宗太平兴国三年(978),吴越王钱俶主动臣服于宋,江南未遭战害。

[8]"梅公"二句:《宋史·梅挚传》:"挚性淳静,不为矫厉之行,政迹如其为人。平居未尝问生业,喜为诗,多警句。有奏议四十余篇。"

[9]"视其所好"二句:是作者对梅挚的赞颂。作者有《赠梅挚守杭州》诗:"万里东南富且繁,羡君风力有余闲。渔樵人乐江湖外,谈笑诗成樽俎间。日暖梨花催送酒,天寒柱子落空山。邮筒不绝如飞翼,莫惜新篇屡往还。"可见彼此引为同调。

评析

本文作于嘉祐四年(1059),作者时为给事中、同提举在京诸司库务兼群牧使。嘉祐二年(1057),梅挚知杭州,仁宗赠诗"地有吴山美,东南第一州"。取诗中"有美"二字,建有美堂,并请作者作记。文章夹叙夹议,既写杭州山水兼天下之美,而有美堂尽得杭州之美,又写梅公勤奋好学、品德高尚,同时还感慨王朝的盛衰更替。

文章开头简述梅公修建有美堂的原因及请作者为之作记的始末。梅公"出守于杭。于其行也,天子宠之以诗,于是始作有美之堂",梅公"甚爱斯堂也",他虽然离开杭州,改作江陵知府,但他对此堂仍留恋不忘,所以坚请文章大师作记,"以为杭人之荣",梅公"遣人走京师,命予志之,其请至六七而不倦",可见梅公之心诚意笃。接着以"美"与"乐"作为全文的脉络,层层叙写,"夫举天下之至美与其乐,有不得兼焉者多矣"。所谓美者,乃山水之美;乐者,乃富贵之乐。一般情况,有山水之美,未必有富贵之乐;有富贵之乐,未必有山水之美。往往二者不能兼而有之。所以作者指出:欲穷山尽水登临之美者,一定要去地广人稀、清静冷落的山乡村野,这样才可美、乐兼得;欲观览人物俊秀俏丽、夸耀都市雄奇富饶者,一定要处在四通八达的要冲、舟船车马集结的地方,这样才能得到满足。大概前者怡情悦性于大自然,后者娱心宽意于繁华都市,二者各有所适。但他们寻求欢乐,不能两方面兼而可得。在辽阔空旷的原野、寂静荒芜的僻壤,可以欣赏到山水之美,但却无富贵之乐;在富丽繁华的城市、交通发达的都会,可以享受到富贵之乐,但又无山水之美。接着列举罗浮、天台、衡山、庐山、洞庭、三峡等等,这些号称东南地区奇伟秀绝的景观,都位于很小的州县、边远的山区,只具山水之美,却无富贵之乐。至于四方聚会、百货交集、物质丰富、人口众多的都市,而又有美丽的山水供富者娱乐的,只有金陵和钱塘。也就是说,天下只有金陵、钱塘(杭州)既具山水之美,又有富贵之乐。但金陵历经战火洗礼,"今其江山虽在,而颓垣废址,荒烟野草",原先的山水美景,却已经成为过眼云烟。"过而览者莫不为之踌躇而凄怆",其富贵之乐也不复存在,无处寻觅。而钱塘所幸吴越王钱俶主动臣服于宋,没有经过战争,人民幸福安乐。"邑屋华丽,盖十余万家""闽商海贾,风帆浪舶",可见其富贵之乐犹存;"环以湖山,左右映带""江涛浩渺、烟云杳蔼",可见其山水之美尚在。"美"与"乐"钱塘均可兼得。最后由钱塘之美写到有美堂,故"独所谓有美堂者,山水登临之美,人物邑居之繁,一寓目而尽得之。盖钱塘兼有天下之美,而斯堂者尽得钱塘之美焉"。

全文章法严谨,变化有致,意蕴深沉,慷慨多气。明茅坤称此文“胸次清旷，洗绝古今”。(《唐宋八大家文钞》卷四十八)清姚鼐评述说：“势随意变，风韵溢于行间，涌之锵然。”(《古文辞类纂·诸家集评》)

祭梅圣俞文

维嘉祐五年岁次庚子七月丁亥朔九日乙未，具官欧阳修谨率具官吕某、刘某，以清酌庶羞之奠，致祭于亡友圣俞之灵而言曰：

昔始见子，伊川之上[1]，余仕方初，子年亦壮。读书饮酒，握手相欢，谈辩锋出，贤豪满前。谓言仕宦，所至皆然，但当行乐，何有忧患？

子去河南，余贬山峡[2]，三十年间，乖离会合。晚被选擢，滥官朝廷，荐子学舍，吟哦六经[3]。余才过分，可愧非荣[4]；子虽穷厄，日有声名。

余狷而刚，中遭多难[5]，气血先耗，发须早变。子心宽易，在险如夷，年实加我，其颜不衰[6]。谓子仁人，自宜多寿；余譬膏火，煎熬岂久？事今反此，理固难知，况于富贵，又可必期？

念昔河南，同时一辈，零落之余，惟予子在[7]。子又去我，余存兀然，凡今之游，皆莫余先。纪行琢辞，子宜余责；送终恤孤，则有众力[8]。惟声与泪，独出余臆。尚飨！

注释

[1]伊川：今河南洛水支流伊水，伊水流经洛阳。作者天圣九年(1031)春赴西京推官任，在伊阙结识梅尧臣。作者《书怀感事

寄梅圣俞》:“逢君伊水畔,一见已开颜。不暇谒大尹,相携步香山。”

[2]“子去”二句:景祐三年(1036)五月,作者贬官峡州夷陵。一年前,梅尧臣离开河南,赴建德知县任。建德县属江南东路池州。

[3]“荐子”二句:嘉祐元年(1056),梅尧臣母丧期满返抵汴京,翰林学士欧阳修荐举梅为国子监直讲。两年后,欧知开封府时,致书韩琦,推荐梅尧臣任职馆阁,未果,于是引梅编纂《唐书》。

[4]“余才”二句:我的声名超过我的才能,对这过高的荣誉我感到很惭愧。非荣,过高的荣誉。

[5]“余狷”二句:作者说自己性情偏急而刚正,所以导致了几次被打击和迫害。史载景祐三年(1036),作者因支持革新派范仲淹,上书斥责谏官高若讷而受打击,由馆阁校勘贬为夷陵县令。庆历五年(1045),作者为解除仁宗皇帝对庆历新政产生的疑虑,批判保守派对革新派以“朋党”“专权”的诬陷,写下著名《朋党论》,却因此贬知滁州。

[6]“年实”二句:谓梅尧臣的年龄比欧阳修大,但看上去似乎比作者年轻。

[7]“念昔”四句:迄于嘉祐五年(1060)初夏,天圣末年供职西京的幕友张汝士、张先、谢绛、杨子聪、尹洙、王顾、张谷、王复等人先后故世,只有欧阳修、梅尧臣尚在。

[8]“送终”二句:梅尧臣弃世时,遗下生母张氏、妻刁氏及四子一女,赖友辈恤助,家人得以为生。《欧阳文忠公集》附录欧阳发等《先公事迹》:“先公笃于交友,恤人之孤。梅圣俞家素贫,既卒,公醵于诸公,得钱数百千,置义田,以恤其家。”

评析

本文作于嘉祐五年(1060)。这年春天,京师流行一种传染病,梅圣俞去探望染病的好友江休复,回家不久染病,逝于京师,享年五十有九。作者为这位至交好友写了墓志铭,现在又撰祭文,沉痛哀悼。全文回忆与梅尧臣相识及交往的过程，赞扬尧臣非凡的谈吐、杰出的诗才和旷达的性格，并对他坎坷的人生经历和不享高寿的际遇深表同情。

文章开始，作者用简短的文字，回忆和概括了与梅尧臣三十多年的交往情况，而以在西京洛阳相识时那一段“读书饮酒，握手相欢”的愉快生活为重点。那时名士荟萃，同游共宴，互相唱和，历历在目，记忆犹新。那段丰富的创作生活，是作者与梅尧臣建立牢不可破的深厚友谊的基础，也是波澜壮阔的北宋诗文革新运动成功的起点。正因为他们有共同的理想和抱负，有非凡的才华和深厚的感情，三十年间，离多聚少，但他们诗文酬唱，往来不绝。接着描写梅尧臣的外貌、才华和品格，以“年实加我，其颜不衰”来展现他一副永葆青春的容貌；以“日有声名”来概括他声名远播的才华；用“子心宽易，在险如夷”来展现他爽朗的性格和“不慕富贵”“上不以意迎”的坦荡胸怀。作者认为他不仅用如此真诚的态度处世，也用以指导创作和评论作品。像梅尧臣这样优秀的知识分子，作者虽极力荐拔，却很难扭转这种怀才不遇的弊政，对他始终不过是一个官府左吏的境遇也只能深表同情，发出“可不惜哉”的感叹。最后，作者以沉痛的心情向梅尧臣表示深切的哀悼。慨叹世人愚蠢，企图掩盖梅文章的光辉，诋毁梅善良的品德，殊不知梅的品德文章就像磨好的镜子，不仅不会消失，反而愈磨愈加光亮，照耀千秋万代。

文章以二人交往为线索，采用对比手法，将自己与逝者作比较，一正一反，道理自深，立意自明，悲痛之情尤为突出。明茅坤评说此文“悲怆刺骨”。（《唐宋八大家文钞·欧阳文忠公文钞》卷三十一）近人王文濡评说此文“无一句一字不自肺腑中流出，足以当‘真挚’二字”。（《评校音注古文辞类纂》卷七十四）

梅圣俞诗集序

予闻世谓诗人少达而多穷[1]，夫岂然哉？盖世所传诗者，多出于古穷人之辞也。凡士之蕴其所有而不得施于世者，多喜自放于山巅水涯。外见虫鱼、草木、风云、鸟兽之状类，往往探其奇怪。内有忧思感愤之郁积，其兴于怨刺，以道羁臣、寡妇之所叹，而写人情之难言，盖愈穷则愈工[2]。然则非诗之能穷人，殆穷者而后工也。

予友梅圣俞，少以荫补为吏，累举进士，辄抑于有司，困于州县凡十余年[3]。年今五十，犹从辟书[4]，为人之佐，郁其所蓄，不得奋见于事业。其家宛陵[5]，幼习于诗，自为童子，出语已惊其长老。既长，学乎六经仁义之说。其为文章，简古纯粹，不求苟说于世[6]，世之人徒知其诗而已。然时无贤愚，语诗者必求之圣俞，圣俞亦自以其不得志者，乐于诗而发之。故其平生所作，于诗尤多。

世既知之矣，而未有荐于上者。昔王文康公尝见而叹曰："二百年无此作矣[7]！"虽知之深，亦不果荐也。若使其幸得用于朝廷，作为雅颂，以歌咏大宋之功德，荐之清庙，而追商、周、鲁《颂》之作者，岂不伟欤！奈何使其老不得志，而为穷者之诗，乃徒发于虫鱼物类、羁愁感叹之言？世徒喜其工，不知其穷之久而将老也，可不惜哉！

圣俞诗既多，不自收拾。其妻之兄子谢景初惧其多而易失也[8]，取其自洛阳至于吴兴已来所作[9]，次为十卷。予尝嗜圣俞诗，而患不能尽得之，遽喜谢氏之能类次也，辄序而藏之。其后十五年，圣俞以疾卒于京师[10]。余既哭而铭之，因索于其家，得其遗稿千余篇，并旧所藏，掇其尤者六百七十七篇[11]，为一十五卷。呜呼！吾于圣俞诗，论之详矣[12]，故不复云。

庐陵欧阳修序。

注释

[1]“予闻”句：诗人显达得意的少，困厄失志的多。此说法已见于前人，如杜甫《天末怀李白》：“文章憎命达，魑魅喜人过。”韩愈《荆墠唱和诗序》：“欢愉之辞难工，而穷苦之言易好。”对于梅尧臣因诗而穷的说法当时很流行，曾敏行《独醒杂志》记苏轼在海南时，欧阳辟告当年梅尧臣曾赏识苏轼及其父苏洵，苏轼说：“天下皆言圣俞以诗穷，吾二人又穷于圣俞之诗，不可大笑乎。”达，通显。穷，困厄。

[2]“凡士”九句：叙穷而后工的原因。大意是读书人怀才不遇，没有官职得以施展才华，就常常漫游山水以自遣，广泛地接触自然界，而其内心愤慨不平，发为诗歌，写出难以描摹的忧思孤独之情。所以诗人的遭遇愈困顿，他写出来的诗歌就愈成熟、巧妙。虫鱼、草木，语出《论语·阳货》：“小子何莫学夫诗，诗可以兴，可以观，可以群，可以怨，迩之事父，远之事君，多识于鸟兽草木之名。”怨刺，语出《汉书·礼乐志》：“周道始缺，怨刺之诗起。”羁臣、寡妇，指忧思孤独。

[3]“予友”五句：介绍梅尧臣出身及其困厄生平。圣俞，宣城人，因叔父梅询官翰林侍读学士而荫补为太庙斋郎，而他自己多次参加进士考试未中，故终生不得志。困于州县，被困在州县做小官。梅尧臣曾任桐城、河南、河阳三县主簿，又任建德、襄城县令，还监湖州盐税等地方官，为时十余年。

[4]辟书：召聘的文书。时梅尧臣应王举正的召聘，出任许昌忠武军节度签书判官。

[5]宛陵：安徽宣城的旧名。

[6]不求苟说于世：不作雕琢险怪的文字以迎合世俗。

[7]王文康公：即王曙，字晦叔，河南洛阳人。仁宗朝官至宰

相,卒谥“文康”。宋曾敏行《独醒杂志》卷一:“王文康公晦叔……对座客谓圣俞曰:子之诗有晋宋遗风,自杜子美没后二百余年不见此作。”

[8]谢景初:字师厚,富阳人,谢绛的儿子。梅尧臣的妻子是谢绛的妹妹,故称“妻之兄子”。

[9]自洛阳至于吴兴:梅尧臣于天圣八年(1031)任河南县主簿,居洛阳;庆历元年(1041)至四年在吴兴任湖州监税,其间十年。

[10]以疾卒于京师:嘉祐五年(1060)春夏之间,京师疫病流行,梅尧臣染病而死。

[11]哭而铭之:时作者有《哭圣俞》诗、《祭梅圣俞文》和《梅圣俞墓志铭》。

[12]“吾于”二句:作者平生与梅尧臣多有寄赠、唱和诗歌,其中《水谷夜行寄子美圣俞》为评价苏、梅诗的名作,此外,《书梅圣俞稿后》《梅圣俞墓志铭》《六一诗话》等著作,都论及梅尧臣诗作。

评析

本文作于嘉祐六年(1061)。作者介绍梅尧臣诗歌成就及编集经过,高度评价梅尧臣诗歌的艺术成就,对其仕途坎坷、郁郁而终的际遇深表同情。也就是在这篇文章里,作者继承司马迁发愤著书说、韩愈不平则鸣说,提出了“诗穷而后工”的观点,对后世影响很大。

开头先论述诗歌创作与生活的关系。作者针对“诗人少达而多穷”的看法,指出产生这种情况的原因是那些穷困潦倒不得志的人,有才学与抱负无法施展,所以只有寄情山水、虫鱼、草木、风云、鸟兽,倾诉自己怀才不遇的隐忧。作者认为,一个人在困厄中会对社会产生更深刻的认识,他的怨愤之情也会更加充沛,这种情感越深,在创作上取得的成就也就会越大,故曰“非诗之能穷人,殆穷者而后工也”。这告诉我们,不是诗能使人穷困,而是穷困能使人写出好诗。接着叙述梅尧臣一生的不幸遭遇及其在文学创作方面的成就，并表现出对他处境的同情。说他凭借先辈功名做了一个小官，之后多次应试进士，总被主考官压抑，只得长期做州县小吏。如今年近五十，还只能当人家的幕僚，满腹才学不能在事业上发挥。作者又介绍说，梅尧臣幼时学习写诗，诗文让成年人惊叹。成年之后，文章简练、古朴、纯正、精当，不苟合世俗，时人只知他诗写得好，谈到诗就向他求教。他自己也常将不得志的感情用诗抒发出来，所以诗写得尤其多。虽然时人都很了解他，但没人向朝廷推荐他。作者把叙事、抒情融为一体，使对梅尧臣的不幸遭遇、贫困处境的同情以及对他的文学才能、创作成就的赞赏都跃然纸上。另外，这些叙述又紧紧扣住前面的议论，由梅尧臣的不幸点出“穷”，“圣俞亦自以其不得志者，乐于诗而发之”并取得成就，这又说明“诗穷而后工”。接着叙述收藏梅尧臣诗作并为之写序的经过，最后写梅尧臣死后，作者精选梅诗并作本序。

文章以“穷而后工”为主线，将叙事、议论、抒情糅合在一起，具有极强的说服力和艺术感染力。清吴楚材、吴调侯评述此文“‘穷而后工’四字，是欧公独创之言。实为千古不易之论，通篇写来低昂顿折，一往情深”。（《古文观止》卷十）清林云铭称其“婉曲淋漓，感叹欲绝”。（《古文析义》初编卷五）

集古录目序

物常聚于所好，而常得于有力之强。有力而不好，好之而无力，虽近且易，有不能致之。象犀虎豹，蛮夷山海杀人之兽，然其齿角皮革，可聚而有也。玉出昆仑流沙万里之外[1]，经十余驿乃至乎中国。珠出南海，常生深渊，采者腰绠而入水，形色非人，往往不出，则下饱蛟鱼[2]。金矿于山，凿深而穴远，篝火糇粮而后进，其崖崩窟塞，则遂葬于其中者，率常数十百人。其远且难而又多死祸,常如此。然而金玉珠玑,世常兼聚而有也。凡物好之而有力,则无不至也。

汤盘、孔鼎[3],岐阳之鼓[4],岱山、邹峄、会稽之刻石[5],与夫汉、魏已来圣君贤士桓碑、彝器、铭诗、序记,下至古文、籀篆、分隶诸家之字书[6],皆三代以来至宝,怪奇伟丽、工妙可喜之物。其去人不远,其取之无祸。然而风霜兵火,湮沦磨灭,散弃于山崖墟莽之间未尝收拾者,由世之好者少也。幸而有好之者,又其力或不足,故仅得其一二,而不能使其聚也。

夫力莫如好,好莫如一[7]。予性颛而嗜古,凡世人之所贪者,皆无欲于其间[8],故得一其所好于斯。好之已笃,则力虽未足,犹能致之。故上自周穆王以来[9],下更秦、汉、隋、唐、五代,外至四海九州,名山大泽,穷崖绝谷,荒林破冢,神仙鬼物,诡怪所传,莫不皆有,以为《集古录》。以谓转写失真,故因其石本[10],轴而藏之。有卷帙次第而无时世之先后[11],盖其取多而未已,故随其所得而录之。又以谓聚多而终必散,乃撮其大要,别为录目,因并载夫可与史传正其阙谬者,以传后学,庶益于多闻。

或讥予曰:"物多则其势难聚,聚久而无不散,何必区区于是哉?"予对曰:"足吾所好,玩而老焉可也。象犀金玉之聚,其能果不散乎?予固未能以此而易彼也。"

庐陵欧阳修序。

注释

[1]玉出昆仑:语出《尚书·胤徵》:"火炎昆冈,玉石俱焚。"孔安国注:"昆山出玉。"昆山,即昆仑山,指今新疆、甘肃间的中昆仑山,以产玉闻名。流沙:西北沙漠地区。

[2]"珠出南海"六句:写采珠的艰辛和危险。南海,古代郡名,治所在广州。《初学记》卷二十七引沈怀远《南越志》:"海中有大珠,明月珠、水晶珠。"

[3]汤盘、孔鼎:汤盘相传为商汤沐浴之盘,上有铭文。《礼记·大学》载其铭文为:"苟日新,日日新,又日新。"孔鼎相传为孔子先世正考父之鼎,上有铭文。李商隐《韩碑》诗:"汤盘孔鼎有述作,今无其器存其辞。"

[4]岐阳之鼓:唐初在陕西凤翔发现的石鼓,共十枚,刻有籀文,近人考定为秦刻石,为我国今存最早的石刻文字。

[5]"岱山"句:秦始皇巡游泰山、邹峄山、会稽,皆刻石纪功。岱山,即泰山。

[6]桓碑:墓碑。桓,大。彝器:青铜礼器之总称。铭诗:在器物上刻的诗句。古文:先秦文字,如钟鼎文、战国时的大篆等。籀:籀文,即大篆。篆:篆书,特指小篆。分:分书,即八分书,书法字体之一。隶:隶书。

[7]"夫力"二句:意思是强加的力量不如有这方面的兴趣爱好,一般的爱好又不如专心致志。

[8]"凡世"二句:意谓不贪世之所贪(象牙犀角珠宝等),故得以将自己的兴趣专注在这些金石文物之上。

[9]周穆王:西周第五代帝王。姬姓,名满。作者在《毛伯敦铭》跋文中说:"右毛伯古敦铭……及武王时器也。盖余集录最后得此铭,当作《录目序》时,但有《伯冏铭》……故叙言'自周穆王以来'。叙已刻石,始得斯铭,乃武王时器也。"

[10]石本:即拓本,以湿纸紧覆在碑刻或金石文物上,用墨打拓其文字或图形的印刷品。

[11]"有卷帙"句:《集古录》还要不断收集,所以只是分卷编次,而未按时代先后编排。今传《集古录》,经后人整理,已按时代顺序编排。

评析

本文作于嘉祐七年(1062),作者时任参知政事。《集古录》是作者所收集的古代金石文字专集，今有十卷，有四百二十篇跋语，并有部分描摹的原文。本文是为《集古录》写的一篇总序。它记叙作者对文物碑拓的爱好，肯定金石文学的价值，回顾《集古录》成书的经过，是我国现存最早的研究金石学的专著。

文章开头提出收藏古物必须具备兴趣爱好和承受能力两个方面的前提条件，二者缺一不可。作者分别以象犀珠宝与金石文物作例证，阐释上述观点。他指出象牙、犀角、虎豹皮革和金玉珠玑等贵重之物，虽然是在边疆地区、深山大海，采集十分困难、非常艰险，但它们常被世人收集占有，这就从正面印证了作者"凡物好之而有力，则无不至也"的观点。接着指出，商汤时的铭盘，孔子先世的铜鼎，岐山的石鼓，泰山、邹峄、会稽的石刻，与汉魏以来杰出帝王、名士的铭记碑文等等，都是夏、商、周以来的碑刻文物，是怪奇伟丽、精工巧妙的可爱物品。它们近在世人身边，收集也无危险，却被埋没损毁于风霜兵火之下，散弃于山崖、废墟、草丛之中，不曾被人们收集，这是由于世上爱好这些物品的人少，即使有爱好者，又因能力不够，只能得到其中的一两件，不能使它们全部聚集起来。这又一次对作者的观点作了印证。从正反两方面证明，收集物品需要爱好和能力，作者正具备了这样的条件，才从事《集古录》的编辑工作。作者为了阐明自己的志趣爱好，首先对物品收集的两个前提条件加以比较，认为能力不如爱好，爱好不如专一。接着阐述自己的志趣爱好与众不同，认为自己生性愚笨好古，凡世人所贪图的东西，自己都不感兴趣，所以能够专心一意地爱好金石文物。爱好到了极点，即使能力不够，也能得到它，从而编成《集古录》专集。接着介绍《集古录》的编辑情况。从时代上讲，上至周穆王，下经秦、汉、隋、唐、五代。从地域上讲，外至四海九州、名山大川、悬崖深谷、荒林古墓，包括传说中的神仙鬼怪用品，以及历来奇特的物件，无所不有。从编辑方法上讲，作者认为传抄容易失真，便将文物拓本制作成卷轴收藏。作者考虑到，东西收集多了，容易散失，于是选择其中重要的编成目录，因与史传同时记载，以证史补史、扩大见闻。

文章围绕爱好和能力反复论述，环环相扣，论点明确，结构严谨,逻辑严密。清林云铭评述此文:“把一个‘好’字,一个‘聚’字,缭绕盘旋到底,如走盘之珠,圆转不穷。”(《古文析义》二编卷七)近人高步瀛评述此文说:“案永叔之文,多以风神姿媚胜,往往不能苍古,而跋尾时有苍古之气,盖得心应手,不求工而益工矣。”(《唐宋文举要》甲编卷六)

记旧本韩文后

予少家汉东[1],汉东僻陋,无学者;吾家又贫,无藏书。州南有大姓李氏者,其子尧辅颇好学。予为儿童时,多游其家,见有弊筐贮故书在壁间,发而视之,得唐《昌黎先生文集》六卷[2],脱落颠倒无次序,因乞李氏以归。读之,见其言深厚而雄博,然予犹少,未能悉究其义,徒见其浩然无涯,若可爱。

是时天下学者杨、刘之作[3],号为时文,能者取科第,擅名声,以夸荣当世,未尝有道韩文者。予亦方举进士,以礼部诗赋为事[4]。年十有七试于州,为有司所黜[5]。因取所藏韩氏之文复阅之,则喟然叹曰:“学者当至于是而止尔!”因怪时人之不道,而顾己亦未暇学,徒时时独念于予心,以谓方从进士干禄以养亲,苟得禄矣,当尽力于斯文,以偿其素志。

后七年,举进士及第,官于洛阳。而尹师鲁之徒皆在,遂相与作为古文[6]。因出所藏《昌黎集》而补缀之,求人家所有旧本而校定之。其后天下学者亦渐趋于古,而韩文遂行于世,至于今盖三十余年矣,学者非韩不学也,可谓盛矣。

鸣呼!道固有行于远而止于近,有忽于往而贵于今者，非惟世俗好恶之使然，亦其理有当然者。而孔、孟惶惶于一时，而师法于千万世[7]。韩氏之文没而不见者二百年，而后大施于今，此又非特好恶之所上下，盖其久而愈明，不可磨灭，虽蔽于暂而终耀于无穷者[8]，其道当然也。

予之始得于韩也[9]，当其沉没弃废之时，予固知其不足以追时好而取势利，于是就而学之，则予之所为者，岂所以急名誉而干势利之用哉？亦志乎久而已矣[10]。故予之仕，于进不为喜、退不为惧者，盖其志先定而所学者宜然也[11]。

集本出于蜀[12]，文字刻画颇精于今世俗本，而脱谬尤多。凡三十年间，闻人有善本者，必求而改正之。其最后卷帙不足，今不复补者，重增其故也。予家藏书万卷，独《昌黎先生集》为旧物也。呜呼！韩氏之文、之道，万世所共尊，天下所共传而有也[13]。

予于此本，特以其旧物而尤惜之。

注释

[1]少家汉东：作者四岁丧父，随母前往随州投靠叔父欧阳晔。汉东，指随州，随州位于汉水之东，宋时设有汉东郡。

[2]《昌黎先生文集》：韩愈的文集，为其弟子李汉所编。

[3]杨、刘之作：杨亿、刘筠的作品。杨亿，字大年，宋建州浦城人。官至翰林学士、户部侍郎。诗学李商隐，辞藻华丽。刘筠，字子仪，官至翰林学士承旨兼龙图阁直学士。杨、刘等人唱和之作，合编为《西昆酬唱集》，诗风雍容华贵，切对工整，号称“西昆体”。

[4]礼部诗赋：宋代进士考试由礼部主持，考试内容主要是骈体文和试帖诗。

[5]为有司所黜：作者天圣元年(1023)应随州州试，因赋卷出

韵而未被录取。有司,古代设官分职,各有专司,因称官吏为“有司”,此处指主考官。

[6]“后七年”五句:天圣八年(1030),作者中进士后,任西京留守推官,即抛弃时文,在洛阳与尹洙、梅尧臣等交游,倡作古文歌诗。

[7]“而孔、孟”二句:孔子、孟子在世时,周游列国,不遗余力地推行其学说,到处碰壁,但后世却被尊为圣贤,树为万世师表。

[8]蔽于暂:暂时被掩抑。

[9]得于韩:从韩文中得到教益。

[10]志乎久:有志于此很久了。

[11]“故予”三句:作者一生多次遭受贬斥,能够不因官职升降而喜惧,原因是其志向不在“急名誉”“干势利”,同时也得力于韩文学习。

[12]“集本”句:当五代中原混乱之际,王氏、孟氏控制的前、后蜀相对安定,不少文人前往四川避乱,刊刻了不少书籍。

[13]“韩氏”三句:作者极力推崇韩愈的文章和思想,认为它能传之万代,为天下人共同享有。

评析

本文作于嘉祐八年(1063),作者时任参知政事。文章回顾了作者自己三十多年来,从接触韩文到学习韩文,再到倡导古文运动的全过程,强调为学为文应该不趋世俗、不急名誉、不干势利,表现作者志在发挥韩愈之文、韩愈之道的理想与决心,是研究北宋古文运动和欧阳修创作道路的重要资料。

文章先记叙发现《昌黎先生文集》的经过。说此文集是作者无意间在一位朋友家弃置于壁间的弊筐中发现的,且“脱落颠倒无次序”。说明当时韩文被人遗弃,无人问津,但作者虽然年少,却被韩文“其言深厚而雄博”“浩然无涯,若可爱”的文章风格和气势所深深吸引,内心受到强烈震撼。接着回忆应举落选的情况。当时以杨亿、刘筠等人为代表的西昆体时文主导文坛,士子们为取科第,纷纷仿效，自然无人道及韩文。作者在首次应举落选后，再次取出韩文拜读，这说明了作者内心的价值取向。但韩文依然寂寞，而旧本韩文却深得作者珍藏，同时也体会到“学者当至于是而止尔”。作者阅读的感受不止停留在文章气势的直觉上，而对韩文作出了根本价值的确认，也清醒地认识到韩文与时文的不同意义。为“干禄以养亲”，作者又不得不违心地学作时文，用作打开科举大门的敲门砖。接着写到七年之后，进士及第，又经过三十多年的努力倡导，韩文形成大盛局面，文坛风气得到根本改变。这些都经历了一个从情感上的喜爱到价值意义上的确认，从内心向往到大力推崇的实际行动过程，也事实证明了文章生命力不能以一时盛衰来判断。韩文由沉没废弃到发扬光大，是作者等一批人极力推崇弘扬的结果，当然作者对韩文的推崇并非缘于个人喜好，而是正合于事物发展的客观规律，所以他们的努力才得到社会的认同。文章最后，作者申说了他对旧本《昌黎先生集》进行校正的情况，即三十年间，凡闻人有善本，即求得以校正。可见他认真严肃的态度和满腔的热情。在作者心目中，《昌黎先生集》远不是一本简单的旧书，而是一段人生历程的见证，也是他理想追求的见证。三十年的不懈努力，三十年的巨大变化，在作者心中蕴积着强烈的情感，但也毫无慷慨之色，只是围绕着旧本韩文，缓缓地叙说往事，平和地抒发感想，却在不露声色的文辞中记录下一段文坛风云，传示出深广的旨意，这正是作者散文风格的典型表现。

文章事理相合，情文相生，字里行间透露出对旧本韩文的珍爱之情。清浦起龙评说此文：“斯文拈出瓣香，历叙伏见进退，本身与韩文相助发以为终始，当作一段大事因缘观。”（《古文眉诠》卷六十）清孙琮评述说：“处处叙韩文，处处写自己得力，此可见古人自信处，亦可见古人不忘所本处。”（《山晓阁唐宋八大家选·欧阳庐陵》卷四）

相州昼锦堂记

仕宦而至将相，富贵而归故乡，此人情之所荣，而今昔之所同也。盖士方穷时，困厄闾里，庸人孺子皆得易而侮之，若季子不礼于其嫂[1]，买臣见弃于其妻[2]。一旦高车驷马，旗旄导前而骑卒拥后，夹道之人，相与骈肩累迹，瞻望咨嗟，而所谓庸夫愚妇者，奔走骇汗，羞愧俯伏，以自悔罪于车尘马足之间，而莫敢仰视[3]。此一介之士得志当时，而意气之盛，昔人比之衣锦之荣者也[4]。

惟大丞相卫国公则不然[5]。公，相人也。世有令德，为时名卿[6]。自公少时，已擢高科、登显仕。海内之士闻下风而望余光者，盖亦有年矣[7]。所谓将相而富贵，皆公所宜素有，非如穷厄之人侥幸得志于一时，出于庸夫愚妇之不意，以惊骇而夸耀之也。然则高牙大纛[8]，不足为公荣；桓圭衮冕[9]，不足为公贵。惟德被生民而功施社稷，勒之金石，播之声诗，以耀后世而垂无穷，此公之志，而士亦以此望于公也，岂止夸一时而荣一乡哉！

公在至和中，尝以武康之节来治于相，乃作昼锦之堂于后圃[10]。既又刻诗于石[11]，以遗相人。其言以快恩仇、矜名誉为可薄，盖不以昔人所夸者为荣，而以为戒。于此见公之视富贵为如何，而其志岂易量哉！故能出入将相，勤劳王家，而夷险一节[12]。至于临大事，决大议，垂绅正笏，不动声气，而措天下于泰山之安，可谓社稷之臣矣[13]。其丰功盛烈，所以铭彝鼎而被弦歌者，乃邦家之光，非闾里之荣也。

余虽不获登公之堂，幸尝窃诵公之诗，乐公之志有成，而喜为天下道也。于是乎书。

尚书吏部侍郎、参知政事欧阳修记。

注释

[1]季子：战国苏秦，字季子，洛阳人。《战国策》记载苏秦游说秦惠王，失意而归，"归至家，妻不下纴，嫂不为炊，父母不与言"。

[2]买臣：朱买臣，西汉吴县人。《汉书·朱买臣传》载："家贫，好读书，不治产业……妻羞之，求去。买臣笑曰：'我年五十当富贵，今已四十余矣，女苦日久，待我富贵报女功。'妻恚怒曰：'如公等，终饿死沟中耳，何能富贵！'买臣不能留，即听去。"

[3]羞愧俯伏：《战国策》《史记》《汉书》都记载苏秦、买臣富贵归乡时，苏秦嫂、朱买臣故妻俯伏迎候之事。

[4]意气之盛：志满意得，盛气凌人。《战国策》记苏秦为赵相后，"将说楚王，路过洛阳，父母闻之，清宫除道，张乐设饮，郊迎三十里。妻侧目而视，倾耳而听。嫂蛇行匍伏，四拜自跪而谢。苏秦曰：'嫂何前倨而后卑也？'嫂曰：'以季子之位尊而多金。'苏秦曰：'嗟乎！贫穷则父母不子，富贵则亲戚畏惧。人生世上，势位富贵，盍可忽乎哉？'"

[5]相卫国公：韩琦，字稚圭，相州安阳人。庆历新政失败出知扬、郓、定、相等州。嘉祐年间，入朝为枢密使，拜相。累封仪、卫、魏三国公。

[6]"世有令德"二句：谓韩琦祖先即已富贵，其父韩国华，真宗大中祥符初年谏议大夫。《宋史》有传。

[7]"自公少时"四句：韩琦不到二十岁，即中进士而知名。闻下风，闻风钦佩之意。《左传》僖公十五年："群臣敢在下风。"望余光，相与求益之意。《史记·甘茂列传》："子可分我余光。"

[8]高牙大纛(dào)：高级官员的仪仗队。牙，军营前的牙旗。纛，仪仗队的大旗。

[9]桓圭衮(gǔn)冕：高级官员的服饰。桓圭，帝王授给三公

的礼器。衮冕,三公穿戴的礼服、礼帽。

[10]"尝以武康"二句:指韩琦至和二年(1055)二月,因病自请由并州武康节度使改知相州,营建昼锦堂。

[11]刻诗于石:韩琦作《昼锦堂》诗,勒石传世。

[12]夷险一节:无论太平岁月或危难时刻,表现都一样。

[13]"至于临大事"六句:韩琦历官宋仁宗、英宗、神宗三朝,曾经略西夏事务,提议册立英宗、神宗的嗣子地位,后又调和英宗与曹太后之间的矛盾。这些都是稳定封建朝廷的"大事""大议",故称"社稷之臣"。社稷之臣,安邦定国的朝廷栋梁。《礼记·檀弓》:"有臣柳庄也者,非寡人之臣,社稷之臣也。"刘向《说苑》:"社稷之臣,能立社稷,辨上下之宜,使得其理;制百官之序,使得其宜;作为辞令,可分布于四方。"

评析

本文作于治平二年(1065),作者时任参知政事。昼锦堂,是功勋盖世、出将入相的文武全才韩琦,回故乡相州(今河南安阳)任知州时所建,堂名反用《汉书·项籍传》"富贵不归故里,如衣锦夜行"文意。文章从"昼锦"入题,以"三不朽"立论,赞扬主人公追求"德被生民而功施社稷"的高尚品格,也表现出作者的襟怀与抱负。

文章从世人对功名富贵的态度入手:"仕宦而至将相,富贵而归故乡,此人情之所荣,而今昔之所同也。"认为人们如此追逐高官厚禄、功名富贵是天经地义、根本无法动摇的事情。殊不知这是作者欲擒故纵的一种行文技巧,是为了反衬韩琦高尚品德的一种铺垫。接着说明在这种观念的支配下,士人处于厄境,连"庸人孺子皆得易而侮之",列举了苏秦受辱于其嫂、朱买臣被妻子抛弃两桩典型事例,进行穷、达对比论证。当士人得志时,一方面是"高车驷马,旗旄导前而骑卒拥后",为官者极其威风;另一方面是看热闹的人"相与骈肩累迹,瞻望咨嗟",庸夫愚妇"奔走骇汗,羞愧俯伏,以自悔罪于车尘马足之间,而莫敢仰视",这些世俗庸人诚惶诚恐。以"此一介之士得志当时,而意气之盛,昔人比之衣锦之荣者也"数语,再次点明衣锦昼行,富贵还乡的荣耀,为下文的韩魏公琦高尚品德作陪衬。接着以"惟大丞相卫国公则不然"句,转入对韩琦功业品德的赞颂。年轻时"已擢高科、登显士",受天下士人敬仰,进而"所谓将相而富贵,皆公所宜素有"。"然则高牙大纛,不足为公荣;桓圭衮服,不足为公贵。"把韩琦从世俗之人中分离出来。"惟德被生民而功施社稷",才是他的远大志向;"耀后世而垂无穷",才是他的最大追求。"岂止夸一时而荣一乡哉!"接着写昼锦堂,点明地点与题目后,又将重点转到韩琦的《昼锦堂》诗上去了,突出世人以快恩仇为得意,韩公以快恩仇为可鄙。世人以衣锦昼行为荣,韩公以衣锦昼行为戒。这不仅写诗自戒,还"刻诗于石,以遗相人",以之戒人,由此更可看出韩公品德之高尚。至此文章又从正面赞颂韩琦的事业功德,说他"能出入将相,勤劳王家,而夷险一节",说他"临大事,决大议,垂绅正笏,不动声气,而措天下于泰山之安,可谓社稷之臣矣",修养之高,临事不乱,胸怀坦荡,功高盖世,因此,像他这样的丰功伟绩足够"铭彝鼎"和"被弦歌",这是国家的光荣,决不仅仅是乡里的荣耀。最后作者点出作记的缘由。

文章以议论为主体,高论宏裁,堂堂正正,浩气凛然,十分感人。在手法上,反宾为主,不记其堂,而论其人,由远及近,由反而正,笔意迂徐曲折,文气抑扬激荡。宋楼昉称其"文字委曲,善于形容"。(《崇古文诀》卷十八)明茅坤称誉它"以史迁之烟波,行宋人之格调"。(《唐宋八大家文钞》卷四十八)清唐介轩评述此文说:"堂名昼锦,似以仕宦富贵为荣矣。文却随擒随纵,写出卫公心事荦荦,与俗辈不同,可谓手写题面而神游题外者。"(《古文翼》卷七)

徂徕石先生墓志铭　并序

徂徕先生姓石氏,名介,字守道,兖州奉符人也[1]。徂徕,鲁东山[2];而先生,非隐者也,其仕尝位于朝矣。

鲁之人不称其官而称其德，以为徂徕鲁之望[3]，先生鲁人之所尊，故因其所居山，以配其有德之称，曰徂徕先生者，鲁人之志也。

先生貌厚而气实，学笃而志大，虽在畎亩[4]，不忘天下之忧。以谓时无不可为，为之无不至，不在其位，则行其言。吾言用，功利施于天下，不必出乎己；吾言不用，虽获祸咎，至死而不悔。其遇事发愤，作为文章，极陈古今治乱成败，以指切当世，贤愚善恶，是是非非，无所讳忌。世俗颇骇其言，由是谤议喧然，而小人尤嫉恶之，相与出力必挤之死。先生安然，不惑不变，曰："吾道固如是，吾勇过孟贲矣[5]。"不幸遇疾以卒。既卒，而奸人有欲以奇祸中伤大臣者，犹指先生以起事，谓其诈死而北走契丹矣，请发棺以验[6]。赖天子仁圣，察其诬，得不发棺，而保全其妻子。

先生世为农家，父讳丙，始以仕进，官至太常博士。先生年二十六举进士甲科，为郓州观察推官、南京留守推官。御史台辟主簿，未至，以上书论赦[7]，罢不召。秩满，迁某军节度掌书记[8]，代其父官于蜀，为嘉州军事判官[9]。丁内外艰去官[10]，垢面跣足，躬耕徂徕之下，葬其五世未葬者七十丧。服除，召入国子监直讲[11]。是时，兵讨元昊久无功[12]，海内重困，天子奋然思欲振起威德，而进退二三大臣，增置谏官御史[13]，所以求治之意甚锐。先生跃然喜曰："此盛事也，雅颂吾职，其可已乎！"乃作《庆历圣德诗》，以褒贬大臣，分别邪正，累数百言。诗出，太山孙明复曰[14]："子祸始于此矣。"明复，先生之师友也。其后所谓奸人作奇祸者，乃诗之所斥也。

先生自闲居徂徕，后官于南京，常以经术教授。及在太学，益以师道自居，门人弟子从之者甚众，太学之兴，自先生始。其所为文章，曰某集者若干卷，曰某集者若干卷。其斥佛、老、时文，则有《怪说》《中国论》，曰去此三者，然后可以有为[15]。其戒奸臣、宦女[16]，则有《唐鉴》，曰吾非为一世监也。其余喜怒哀乐，必见于文。其辞博辩雄伟，而忧思深远。其为言曰："学者，学为仁义也。仁急于利物，义果于有为。惟忠能忘其身，信笃于自信者：乃可以力行也。"以是行于己，亦以是教于人，所谓尧、舜、禹、汤、文、武、周公、孔子、孟轲、扬雄、韩愈氏者[17]，未尝一日不诵于口。思与天下之士，皆为周、孔之徒，以致其君为尧舜之君，民为尧舜之民，亦未尝一日少忘于心。至其违世惊众，人或笑之，则曰："吾非狂痴者也。"是以君子察其行而信其言，推其用心而哀其志。

先生直讲岁余，杜祁公荐之天子，拜太子中允[18]。今丞相韩公又荐之，乃直集贤院[19]。又岁余，始去太学，通判濮州[20]。方待次于徂徕[21]，以庆历五年七月某日卒于家，享年四十有一。友人庐陵欧阳修哭之以诗[22]，以谓待彼谤焰熄，然后先生之道明矣。先生既没，妻子冻馁不自胜，今丞相韩公与河阳富公分俸买田以活之。后二十一年，其家始克葬先生于某所。

将葬，其子师讷与其门人姜潜、杜默、徐遁等来告曰："谤焰熄矣，可以发先生之光矣。敢请铭。"某曰："吾诗不云乎'子道自能久'也[23]，何必吾铭？"遁等曰："虽然，鲁人之欲也。"乃为之铭曰：

徂徕之岩岩[24]，与子之德兮，鲁人之所瞻；汶水之汤汤[25]，与子之道兮，逾远而弥长。道之难行兮，孔孟遑遑。一世之屯兮，万世之光。曰吾不有命兮，安在夫桓魋与臧仓[26]？自古圣贤皆然兮，噫，子虽毁其何伤！

注释

[1]兖州奉符:今山东泰安县。

[2]徂徕:山名,在泰安县东南四十里。东山:又称蒙山,在今山东费县西北。《孟子·尽心上》:"孔子登东山而小鲁。"而《诗经·鲁颂·閟宫》所称"徂徕之松"的徂徕,在泰安东南。作者认为徂徕山即东山,不知所指相同否。

[3]望:众人瞻仰的名山。古时诸侯祭祀境内的名山大川叫"望"。

[4]畎(quǎn)亩:田野,引申为民间。

[5]孟贲:战国时勇士。《孟子·公孙丑》"则夫子过孟贲远矣",孔颖达疏引《帝王世纪》:"秦武王好多力之士,齐孟贲之徒并归焉。孟贲生拔牛角,是谓之勇士也。"

[6]"而奸人"四句:庆历七年(1047),徐州人孔直温谋反,搜家时发现有石介书信。夏竦素恨石介,并想借机打击革新大臣杜衍,于是散布谣言说石介已逃亡到契丹,请朝廷开棺验尸。后经龚鼎臣等数百人担保求情,才免于开棺。其家属被拘管于外地,多年后才放还开封。奸人,指夏竦等人。

[7]"以上书"句:石介认为不应该录用五代刘知远等人的后代。

[8]某军:指镇南军(今江西南昌)。

[9]嘉州:今四川乐山县。

[10]丁内外艰去官:古代称父母丧为丁忧。丁父丧称外艰,丁母丧称内艰。石介于宝元元年(1038)十月以母丧归家守制,康定元年(1040)三月,母服未满,又守父丧。

[11]国子监:古代最高学府,唐宋时期以国子监总辖国子、太学、四门等学。

[12]元昊:宝元元年(1038)赵元昊称帝,建大夏国。庆历二年(1042),元昊率大军攻打镇戎军,泾原路马步军副总管兼泾原、秦凤两路经略安抚副使葛怀敏败死战场。

[13]“天子奋然”三句：庆历三年(1043)，仁宗推行新政，罢免老相吕夷简，任用晏殊、范仲淹、富弼、杜衍等人执政，起用欧阳修、王素、余靖、蔡襄等人为谏官。

[14]孙明复：孙复，字明复，宋晋州平阳人。举进士不第，退居泰山著书讲学，石介为其高足弟子。

[15]“其斥”四句：《宋史·石介传》：“介为文有气，尝患文章之弊，佛老为蠹，著《怪说》《中国论》，言去此三者乃可以有为。”佛、老，佛教与道教。时文，杨亿为代表的西昆体，是宋初应试的规定文体。

[16]宦女：宦官与女色。唐代宦官和后妃专权现象严重，石介因而作《唐鉴》。

[17]“所谓”句：北宋古文运动提倡儒家学说，发展韩愈的道统观念。韩愈的道统从尧、舜到孔、孟，并以孟子的继承者自居；宋人加进扬雄，并以韩愈的继承者自居。

[18]太子中允：东宫官，掌管侍从礼仪，审核太子给皇帝的奏章文书，并监管用药等事。

[19]集贤院：宋代管理秘书图籍的机构，设有学士、直学士、修撰、校理等职。

[20]濮州：今山东濮县。

[21]待次：等候补官。次，次第，古代补官按次第进行。

[22]哭之以诗：石介死后，作者曾作《读徂徕集》《重读徂徕集》两首诗，其中有“待彼谤焰熄，放此光芒悬”等诗句。

[23]“子道”句：《重读徂徕集》诗末句：“子道自能久，吾言岂须镌。”

[24]岩岩：山高峻的样子。

[25]汶水：出山东莱芜，经泰安，至汶上入运河。

[26]桓魋(tuí)：宋国司马向魋，因为是宋桓公之后，故名桓魋。孔子过宋，他想谋杀孔子。《论语·述而》：“天生德于予，桓魋其如予何?”臧仓：鲁平公宠爱的小臣。鲁平公欲接见孟子，被臧仓谗言阻止。《孟子·梁惠王》：“吾之不遇鲁侯，天也。臧氏之子焉能使予不遇哉?”

评析

本文作于治平二年(1065),作者时任参知政事。徂徕石先生,即石介,因曾躬耕徂徕山,世称徂徕先生。时离石介去世已二十年。文章以“不称其官而称其德”为中心主题,从石介的为人、为政、为学、为文等方面叙述他的高风亮节。

文章开头简单交代墓主姓名、籍贯后,又写鲁人不称石介的官职,而称其道德风范,故以徂徕山配其德,称他为徂徕先生,这是鲁人对石介的极大尊重。接着笔锋一转,以“貌厚”“气实”“学笃”“志大”,高度概括石介的体貌气质,特别突出他“虽在畎亩,不忘天下之忧”的忧国忧民思想。石介一心为天下,用他自己的话说,“不在其位,则行其言。吾言用,功利施于天下,不必出乎己;吾言不用,虽获祸咎,至死而不悔”。这几句话,是石介的人生格言,充分地展现出他的个人品格,鲜明地表现出他的个性特征。石介所写的文章,大都是为了经世致用,有所为而发,是遇事发愤之作。他指陈古今治乱成败,总结历史经验教训,讥评当代时政弊事,尤其对是非、善恶、贤愚的评论,无所顾忌,锋芒毕露,多有惊世骇俗之言,因此招致谤议四起,如夏竦之流小人,对石介更是深恶痛绝,欲置之死地而后快,但石介却泰然处之,且说“吾道固如是,吾勇过孟贲矣”。笑骂由人,我行我素。当石介死后,夏竦等奸邪小人还造谣石介诈死而北走契丹,要求朝廷开棺验尸。由于数以百计的人立下军令状担保,小人们的阴谋才没有得逞,石介的妻子儿女才得以保全。

接着,文章介绍石介二十六岁中进士,历任推官、国子监直讲等职,是“庆历新政”的积极支持和鼓吹者。他写《庆历圣德诗》,“褒贬大臣,分别邪正”,赞美新政推行者范仲淹、富弼等人,歌颂皇帝“退奸进贤”等等。然后叙述石介讲学授徒之贡献,他教导大家,学习就是要学会做仁义之事。仁,急于造福于社会;义,敢于有所作为。只有忠诚才能忘我,只有真正相信自己的人,才可能努力办好事情。他不仅以此去教导别人,自己也身体力行地坚持着,想跟天下读书人一起成为周公、孔子的信徒,帮助君主成为尧、舜那样的明君。最后作者满怀激情地写道："谤焰熄矣，可以发先生之光矣。"石介担任直讲一年之后，又做了集贤院学士，后被任命为濮州通判，正在先生等候上任的庆历五年七月某日，病逝家中，享年四十有一岁。也就是在他去世二十年之后，他的家人才把他正式安葬，石介的儿子和几名学生请求作者写墓志铭，作者挥毫写下了铭文，即高高的徂徕山与先生的品德一样，为鲁地人所敬仰；作者以沉痛的笔调道出了鲁国的百姓对这位德高望重的学者深深的爱戴和无限的崇敬；作者又奋力疾呼：徂徕先生的一生虽然处境艰难，但他的精神将万代光芒四射。

文章气势充沛，感情深挚，且跌宕有致。明唐顺之评说"此文极其变化"。（《唐宋八大家文钞·欧阳文忠公文钞》卷二十五）清方苞也称道本文"笔阵酣恣，辞繁而不懈"。（《诸家评点古文辞类纂》卷四十六）晚清吴汝纶称赞说"此欧文之极有气势者"。（《桐城吴先生文集》卷四十六）

故霸州文安县主簿苏君墓志铭　并序

有蜀君子曰苏君，讳洵，字明允，眉州眉山人也[1]。君之行义修于家，信于乡里，闻于蜀之人久矣。当至和、嘉祐之间，与其二子轼、辙偕至京师，翰林学士欧阳修得其所著书二十二篇，献诸朝[2]。书既出，而公卿士大夫争传之。其二子举进士[3]，皆在高等，亦以文学称于时。眉山在西南数千里外，一日父子隐然名动京师，而苏氏文章遂擅天下。君之文博辩宏伟，读者悚然而想见其人[4]。既见，而温温似不能言。及即之，与居愈久而愈可爱，间而出其所有，愈叩而愈无穷。呜呼！可谓纯明笃实之君子也。

曾祖讳祜。祖讳杲。父讳序，赠尚书职方员外郎。

三世皆不显。职方君三子[5],曰澹、曰涣,皆以文学举进士。而君少独不喜学,年已壮,犹不知书,职方君纵而不问,乡闾亲族皆怪之。或问其故,职方君笑而不答,君亦自如也。年二十七,始大发愤,谢其素所往来少年,闭户读书,为文辞。岁余,举进士,再不中。又举茂材异等[6],不中。退而叹曰:“此不足为吾学也。”悉取所为文数百篇焚之,益闭户读书,绝笔不为文辞者五六年,乃大究六经、百家之说,以考质古今治乱成败、圣贤穷达出处之际,得其粹精,涵畜充溢,抑而不发。久之,慨然曰:“可矣。”由是下笔,顷刻数千言,其纵横上下,出入驰骤,必造于深微而后止。盖其禀也厚,故发之迟;志也悫,故得之精。自来京师,一时后生学者皆尊其贤,学其文以为师法,以其父子俱知名,故号老苏以别之。

初,修为上其书,召试紫微阁[7],辞不至,遂除试秘书省校书郎[8]。会太常修纂建隆以来礼书[9],乃以为霸州文安县主簿,使其食禄。与陈州项城县令姚辟同修礼书,为《太常因革礼》一百卷。书成,方奏未报,而君以疾卒,实治平三年四月戊申也[10],享年五十有八。天子闻而哀之,特赠光禄寺丞,敕有司具舟,载其丧归于蜀。君娶程氏,大理寺丞文应之女。生三子:曰景先,早卒;轼,今为殿中丞、直史馆;辙,权大名府推官。三女,皆早卒。孙曰迈、曰迟。有文集二十卷、《谥法》三卷[11]。

君善与人交,急人患难,死则恤养其孤,乡人多德之。盖晚而好《易》,曰:“《易》之道深矣,汩而不明者,诸儒以附会之说乱之也,去之,则圣人之旨见矣[12]。”作《易传》,未成而卒。治平四年十月壬申,葬于彭山之安镇乡可龙里[13]。

君生于远方,而学又晚成,常叹曰:“知我者,惟吾父与欧阳公也。”然则，非余谁宜铭？铭曰：

苏显唐世，实栾城人，以宦留眉，蕃蕃子孙[14]。自其高曾[15]，乡里称仁。伟欤明允，大发于文。亦既有文，而又有子。其存不朽，其嗣弥昌。呜呼明允，可谓不亡。

注释

[1]眉州眉山：故城在今四川彭山县南部。

[2]“当至和、嘉祐”四句：据南宋叶梦得《避暑录话》：“张安道(方平)与欧公素不相能。庆历初，杜祁公、韩、富、范四人在朝，欲有所为，文忠为谏官协助之，而前日吕许公所用人多不然，于是诸人以朋党罢去。安道继为中丞，颇弹击前事，二人遂交恶，盖趣操各有主也。嘉祐初，安道守成都，文忠为翰林苏明允父子自眉州走成都，将求之安道路。安道曰：吾何足以为重？其欧阳永叔乎。乃为作书办装，使人送之京师，谒文忠。文忠得明允父子所著书，亦不以安道荐之非其类，大喜曰：后来文章当在此，极力推誉，天下于是高此两人。”轼，字子瞻。辙，字子由。与其父洵均为宋代著名文学家。

[3]其二子举进士：苏轼、苏辙于嘉祐二年(1057)中进士，作者为主试官。《诚斋诗话》：“欧公知举，得东坡之文，惊喜，欲取为第一人，又疑为门人曾子固之文，恐招物议，抑为第二。坡来谢，欧公问：皋陶曰杀之三，尧曰宥之三(苏轼试卷《刑赏忠厚之至论》中语)，见何书？坡曰：事在《三国志·孔融传》注。欧阅之无有，他日再问坡。坡云：曹操以袁熙妻赐子丕，孔融曰，昔武王以妲己赐周公，曹问何经见，融曰以今日之事观之，意其如此。尧、皋陶之事，某亦意其如此。欧退而大惊曰：此人可谓善读书、善用书，他日文章必独步天下。”

[4]想见其人：意思是文如其人，读其书能感觉到这个人的风貌。语出《史记·孔子世家》太史公曰：“余读孔氏书，想见其为人。”

[5]职方君:苏洵父苏序。

[6]茂材异等:宋代进士科以外的制科名。苏洵《寄梅尧臣书》:"自思少年举茂才,夜起裹饭携饼,待晓东华门外……其后每思至此,即为寒心。"

[7]紫微阁:中书省办事处。

[8]秘书省:掌管图籍的中央官署。

[9]太常:太常寺,主管礼乐祭祀的机构。

[10]"实治平"句:苏洵卒于治平三年(1066)四月二十五日。

[11]文集:《嘉祐集》二十卷。

[12]"去之"二句:是指除去诸儒附会之说,《易》的深刻涵义才能发现。

[13]"治平"二句:苏轼兄弟治平四年(1067)十月二十七日葬父于眉州彭山安镇乡可龙里老翁泉侧。

[14]"苏显唐世"四句:唐初栾城(今属河北)人苏味道,曾任凤阁侍郎。后因事贬为眉州刺史。语出《苏氏族谱》载:"唐神尧初,长史苏味道刺眉州,卒于官。一子留于眉,眉之有苏氏自此始。"

[15]高曾:苏洵的高祖苏釿、曾祖苏祜。

评析

本文作于治平四年(1067),作者时任刑部尚书、亳州知州。苏君,名洵,字明允,眉州眉山(今四川眉州)人,唐宋八大家之一。文章着重记叙苏洵在文学上的成就、刻苦治学的精神以及他发愤求学、大器晚成的经历,赞颂其才华、学识和人品,是研究苏洵生平思想的宝贵资料。

文章开始先介绍苏君的情况,侧重写其家世渊源,又写了他的两个儿子,以文章著称于世,受人尊重。转而介绍他本人,说他的行义"修于家,信于乡里,闻于蜀之人久矣"。嘉祐初,携二子来到京城,文章得到公卿士大夫的争相传阅,名动京师,于是文章"遂擅天下"。德行久闻于西蜀,文章名动于京都,这突出了苏洵的德行、才华之闻名，给人留下了深刻印象。接着对苏洵文风和性情气质进行客观评价。“悚然而想见其人”，及至见到其人之后，则“温温似不能言”，与其相处愈久愈觉得其可爱。苏洵文风上的气势与锋芒和性格上内向温雅的气质反差，进一步给人留下深刻印象。作者从其才到德，从西蜀到京师乃至天下，从远处说到自身与之相处的感觉，说他是个温文尔雅、朴实内向的人。与他接触得越多，越觉得他可爱，与他辩论得越多，越觉得他学识渊博、思维敏锐，故作者说他真正称得上“纯明笃实之君子也”。紧扣才、德两方面反复求证，既突出了苏洵才学之高超，又烘托出其人格魅力之无穷。接着写苏洵传奇般的成长经历。他少不知书，父亲却并不责怪，他自己也处之自如。二十七岁，开始发愤，闭门攻读。制考失败后，他烧掉了之前所有为应考而作的文章，并封笔不为文辞。于是潜心研究六经百家著作，广览博收，追根探源，五六年后，终于得其精粹，从此下笔，片刻千言，他的文思纵横上下，出入疾驰，一定要达到精深细微的境界才肯停笔。一到京师，他的贤德与文才就得到后生学者的尊崇，当然也得到作者的赏识，并评价他天赋深厚。作者此段选材颇具特色给读者展示的是一个古代学者屡历挫折的坎坷人生和坚定不移的求学治学之路。至此，可叹可敬的文坛奇人苏洵形象，更加丰满地凸显出来了。接着又写苏洵以非凡的才德被任命为霸州文安县主簿，既而参加礼书的修纂。书成却未得到朝廷的赏识与重用，其才能也未得到充分的发挥，就这样匆匆地离开了人世，真是何等的悲叹，又是何等的遗憾。所幸的是他的文章得以传世，两个儿子承继了父志，以文章闻名于世。苏君泉下，应能自慰。最后作者仍以德、文为纲，称叹苏氏德、才之高，其德昭世，其文不朽。

文章围绕苏洵的才识与人品精心选材，记事重点突出，结构不落俗套，文笔生动，人物形象鲜明，读后“想见其人”。清储欣评述此文“(欧)集中诸名士墓铭，此为第一”。(《唐宋十大家全集录·六一居士全集录》卷四)

祭石曼卿文

维治平四年七月日,具官欧阳修谨遣尚书都省令史李敭至于太清,以清酌庶羞之奠[1],致祭于亡友曼卿之墓下,而吊之以文曰:

呜呼曼卿!生而为英,死而为灵[2]。其同乎万物生死而复归于无物者,暂聚之形;不与万物共尽而卓然其不朽者,后世之名[3]。此自古圣贤,莫不皆然,而著在简册者,昭如日星。

呜呼曼卿!吾不见子久矣,犹能仿佛子之平生。其轩昂磊落、突兀峥嵘而埋藏于地下者[4],意其不化为朽壤,而为金玉之精。不然,生长松之千尺,产灵芝而九茎[5]。奈何荒烟野蔓,荆棘纵横,风凄露下,走磷飞萤。但见牧童樵叟,歌吟而上下,与夫惊禽骇兽,悲鸣踯躅而咿嘤。今固如此,更千秋而万岁矣,安知其不穴藏狐貉与鼯鼪?此自古圣贤亦皆然兮,独不见夫累累乎旷野与荒城[6]?

呜呼曼卿!盛衰之理,吾固知其如此,而感念畴昔,悲凉凄怆,不觉临风而陨涕者,有愧乎太上之忘情[7]。尚飨!

注释

[1]尚书都省:即尚书省,管理全国行政的官署。令史:掌文书的办事官员。太清:石曼卿的故乡,在今河南商丘东南。

[2]英:突出的人物,语出《淮南子·泰族训》:“智过万人者谓之英”。灵:神灵,语出《尸子》:“天神曰灵。”

[3]“其同乎”四句:意思是石延年的形体虽同万物一样死后

化为无有,而他的名声永传不朽。作者认为的万物都是天地精气临时的聚合,死后精气涣散,归返自然。人与万物的区别,在于能立德、立功、立言,传声名于不朽。语出《庄子·知北游》:“人之生,气之聚也。聚则为生,散则为死。”

[4]突兀峥嵘:形容石曼卿人品崇高,气质杰出优异。

[5]灵芝而九茎:灵芝,芝草,本是寄生在枯木上的菌类植物,古人认为是灵异之物。语出《汉书·武帝纪》:“芝生殿房中,九茎。”灵芝中一干九茎者,色红黄,是灵芝中的珍品。

[6]“此自古圣贤”二句:指盛衰的变化,身后的凄凉,古来圣贤也不免如此。荒城,指坟墓。

[7]有愧乎太上之忘情:这里是说自己怀念故人而涕泪交下,但还不能达到忘情的境界,因此有愧。《世说新语·伤逝》载:晋王衍丧子,山简劝其节哀,王说:“圣人忘情,最下不及情,情之所钟,正在我辈。”太上,指圣人,最高尚的人物。忘情,不为喜怒哀乐动感情。

评析

本文作于治平四年(1067)七月,作者时任亳州知州。石曼卿即石延年,能诗善书知兵法,貌美魁伟有气节,有“天下奇才”之誉,但仕途不得志,英年早逝。在他去世二十六年之后,作者怀着孤独寂寞的心情,“感念畴昔”,作文悼念。祭文三呼曼卿,赞其声名不朽,哀其身后凄凉,抒写了作者的盛衰之感和悲怆之思。

文章开头是引言,点明了时间、地点和祭奠人员等。接着连续三段都是以“呜呼曼卿”起笔,这不单是使感情的波澜一层深过一层,更主要的是随着文思的逐步深入,激起对亡友不平遭遇的深痛哀悼。“呜呼曼卿”,一声深情迸泪的呼唤,是幽明永隔的对话,宛若平生风雨对床夜语。一呼曼卿,叹其声名,卓然不朽,赞扬他“生而为英,死而为灵”。其名传后世,而“不与万物共尽”。这是对曼卿的至高礼赞,尽管形体倏然即逝,而死后英名却永垂不朽。这也饱含“著在简册”“昭如日星”的哲理。二呼曼卿,则多用间接抒情的方式，先用一连串生动的比喻，托物寓情。这也揭示出理想与现实的强烈反差，仿佛目击了死生界域的巨大鸿沟。虽岁月流逝，阴阳阻隔，使“吾不见子久矣”，然“犹能仿佛子之平生”，音容体貌，宛然如故，你那“轩昂磊落、突兀峥嵘”的人格风范，死后将会化为“金玉之精”，永不磨灭地矗立在后世读者的心中，或愿你墓地上长出千尺长松、九茎灵芝，供后人凭吊。可惜现实“荒烟野蔓，荆棘纵横，风凄露下，走磷飞萤。但见牧童樵叟，歌吟而上下，与夫惊禽骇兽，悲鸣踯躅而咿嘤”。一幅满目肃杀、悲天悯人的秋坟鬼哭图，呈现眼前。“今固如此”，叩问未来，心事浩渺，更过千秋万代，则早已是白云苍狗，沧海桑田，今日埋骨之所，他年一片丘墟，断碑残碣，魂归何处？所谓墓者，焉知不会成为野兽栖息的巢穴？作者没有正面顺势解答这个问题，而是笔锋一转，用“此自古圣贤亦皆然兮”作结，指出那累累的旷野和荒城，不就是证据吗？三呼曼卿，感念往昔，叹荣枯兴衰变化，悲怆流泣。最后写其理智与情感冲突，以理节情，情不自胜。故曰“盛衰之理，吾固知其如此”，用生死存亡的道理，慰藉其面对生死的豁达与平静。

文章感情浓烈，语言工丽而不失平易，骈散结合，一韵到底，读之令人回肠荡气。清林云铭称其“文情浓至，音节悲哀，不忍多读”。（《古文析义》卷十四）清张伯行评说“似骚似赋，亦怆亦达”。（《唐宋八大家文钞》卷六）清朱宗洛评述“此文妙处，总在转换处、顿束处及开宕处见精神，故尺幅中有排宕百折之妙”。（《古文一隅》评语卷下）

欧阳氏谱图序

欧阳氏之先，本出于夏禹之苗裔[1]。自帝少康封其庶子于会稽[2]，使守禹祀，历夏、商、周，以世相传。至于允常[3]，子曰句践[4]，是为越王。越王句践传五世，至王无疆[5]，为楚威王所灭。其诸族子分散争立，皆受封于楚。而无疆之子蹄，封于乌程欧余山之阳[6]，为欧阳亭侯，其后子孙，遂以为氏。

当汉之初，有仕为涿郡太守者，子孙遂居于北，或居青州之千乘[7]，或居冀州之渤海[8]。千乘之显者曰生，字和伯，为汉博士，以经名家，所谓欧阳尚书者是也[9]。渤海之显者曰建，字坚石，所谓渤海赫赫欧阳坚石者是也[10]。建遇赵王伦之乱见杀[11]，其兄子质，以其族南奔，居于长沙。其七世孙曰景达[12]，仕于齐，不显。至其孙颇，颇子纥，仕于陈[13]。纥子询，询子通，仕于唐，四世有闻，遂显[14]。自通三世生琮[15]，为吉州刺史，子孙因家于吉州。自琮八世生万[16]，又为吉州安福令。其后世，或居安福，或居庐陵，或居吉水[17]。而修之皇祖始居沙溪，至和二年[18]，分吉水置永丰县，而沙溪分属永丰，今谱虽著庐陵，而实为吉州永丰人也。

盖自亭侯蹄因封命氏，自别于越，其后子孙散亡，不可悉纪。其可纪者，千乘、渤海而已。千乘之族，自生传八世至歙[19]，子复无后，世绝，经不传家。其他子孙，亦皆微弱，遂不复见。而渤海之后独见于今，然中间失其世次者再。盖自质奔长沙，至于景达，七世而始见。自琮至于安福府君，又八世而始见。其后遂不绝。

安福府君之九世孙曰修[20]，当皇祐、至和之间，以其家之旧谱问于族人，各得其所藏诸本，以考正其同异，列其世次，为《谱图》一篇，自景达以后，始得其次叙。

注释

[1]夏禹：又称大禹，姒姓。夏后氏部落领袖。建都安邑，后来东巡狩至会稽而卒。

[2]少康：夏王相的儿子，禹的七世孙。

[3]允常:少康庶子无余的二十余世孙,拓充国土,与吴王阖闾交战结怨。

[4]句践:亦作勾践,春秋时越王。

[5]无疆:越王勾践五世孙。

[6]乌程:治所在今浙江吴兴县(湖州)南下菰城。

[7]千乘:治所在今山东高青县东南高苑城北。

[8]渤海:治所在今河北沧县。

[9]欧阳尚书:即欧阳生,字和伯。汉初侍奉伏生研习尚书。后世《尚书》有欧阳氏学。

[10]欧阳坚石:欧阳建,字坚石。晋朝石崇外甥。有文才,闻名北州。历官冯翊太守。与赵王司马伦有矛盾,被诛杀。

[11]赵王伦:即司马伦,字子彝。晋宣帝司马懿第九子,封琅琊郡王,后改封于赵。晋惠帝时争夺帝位,被赐死。

[12]景达:欧阳景达仕于南朝齐,为本州治中。

[13]"颁子"二句:欧阳頠,字靖世,南朝陈临湘人。博通经史,官至广州刺史,进号"征南将军",封阳山郡公,卒谥穆。欧阳纥,字奉圣。有才略,官广州刺史。在州十余年,威惠著于百越,进号"轻车将军"。

[14]"纥子"五句:欧阳询,字信本。博通经史,仕隋为太常博士。唐太宗时官至太子率更令、弘文馆学士,封渤海男。擅长书法,世称其书体为"率更体"。卒年八十五,著有《艺文类聚》一百卷。欧阳通,字通师。唐高宗仪凤年间任中书舍人,武则天天授初年转司礼卿、判纳言事,辅政月余,被杀。

[15]琮:欧阳琮。《欧阳氏谱图》:"吉州府君讳琮,葬袁州之萍乡,而子孙始家于吉州。当唐之末,黄巢攻陷州县,府君率州人扞贼,乡里赖以保全,至今人称其德。"南宋欧阳守道《巽斋文集》卷十九《书欧阳氏族谱》、周密《齐东野语》卷十一《谱牒难考》均揭示《谱图》关于欧阳琮"通三世孙"与"当唐之末"自相矛盾。作者似将欧阳万事迹误载欧阳琮名下。清末刘绎《江西通志·职官表》将吉州刺史欧阳琮隶于"年次失考的二百十二人"之中。

[16]万:欧阳万。《欧阳氏谱图》:"安福府君讳万,事迹缺。"

民国二十三年欧阳渐等《欧阳六宗通谱目录》:“自渤海一世至三十七世万,唐僖宗乾符时为安福县令,因家于安福之东乡义历,称安福府君。”欧阳万墓葬在今江西安福县江南乡欧金村。

[17]“其后世”四句:安福、庐陵、吉水,均属今江西吉安市。

[18]至和二年:公元1055年,疑为至和元年。见王存《元丰九域志》卷六诸书。

[19]歙:欧阳歙,字正思,东汉千乘人。自汉初欧阳生传伏生《尚书》,至歙八世,皆为博士。光武帝时官汝南太守,政绩卓越,征为大司徒。获罪下狱,死于狱中。

[20]安福府君:即欧阳万。欧阳修为欧阳万九世孙,有《谱图》可征。

评析

本文定稿于熙宁二年(1069),作者时任青州知州、充京东东路安抚使。皇祐五年(1053)七月十五日,作者从颍州(今安徽阜阳)护送母亲灵柩回故里今永丰沙溪与父亲合葬,居家守制期间,感念谱牒衰微情状,叹息不已。于是参考司马迁《史记》表、郑玄《诗谱》,略于其上下旁行,取出自己收藏的谱族,搜集族人珍藏的旧谱,反复比照,创制出《欧阳氏谱图》并作谱序。谱图以九世为限,上至高祖下至玄孙,九世之外,另外开辟一个世系,谱图又以时间为经、以人物为纬,每人名下记载子孙姓名、人物事迹,如迁徙、婚嫁、官封、名谥等等,凡见于史传及家谱者,附在图后,其记事繁简,则以远近亲疏为别。

作者关于族谱的编修理论,主要反映在《欧阳氏谱图序》等文章里。所创修谱之法,具体表现以下几个方面:一是创立了以列表形式来表示世系承传的谱图法。其“谱图”之后,另附一段文字说明,讲述他编修《谱图》的过程和原则,表明其实事求是的态度。在欧阳氏族世系传承中,对无世系可稽者毫无勉强,而以“中间失其世次者再”,由此“可知其谬者,皆不录”,这样修成的家谱就比较可信了。二是作者提出了族谱编修详近略远的原则。说族谱编修要

“断自可见之世”，即上自高祖起，下至玄孙止，共九世，从玄孙始又可另修新谱，如此下去，族谱编修既不会中断，又不会烦琐复杂，亲疏远近在族谱中能够得到充分体现，编修也较简便，查考也很方便。作者的修谱理论，其实就是九族人伦理论，上至高祖下至玄孙，从玄孙起“别自为世”，以做到“各详其亲，各系其所出”。欧阳氏族谱编修，主要是用表记其世次，以牒注其行实，做到谱牒互见，长幼有序，尊卑有伦，亲疏有别。《欧阳氏谱图》今存石本、集本两种，此篇为石本，文字与集本稍有出入。石本今存作者故里江西省永丰县沙溪西阳宫内。

《欧阳氏谱图》一经问世，以其简明清晰，方便实用，被世人广为取法，成了明清两代谱牒的规范之作。直到千百年后的今天，大多姓氏编修族谱仍沿用此法。从这个意义上讲，作者重新开创了宋以后的新谱牒学，为史学的繁荣和中华文化的发展，作出了极为重要的贡献。

岘山亭记

岘山临汉上[1]，望之隐然，盖诸山之小者。而其名特著于荆州者[2]，岂非以其人哉？其人谓谁？羊祜叔子、杜预元凯是已[3]。方晋与吴以兵争，常倚荆州以为重，而二子相继于此，遂以平吴而成晋业，其功烈已盖于当世矣[4]。至于风流余韵，蔼然被于江汉之间者，至今人犹思之，而于思叔子也尤深[5]。盖元凯以其功，而叔子以其仁[6]，二子所为虽不同，然皆足以垂于不朽。

余颇疑其反自汲汲于后世之名者何哉。传言叔子尝登兹山，慨然语其属，以谓此山常在，而前世之士皆已湮灭于无闻，因自顾而悲伤。然独不知兹山待己而名著也[7]。元凯铭功于二石，一置兹山之上，一投汉水之渊[8]。是知陵谷有变,而不知石有时而磨灭也。岂皆自喜其名之甚而过为无穷之虑欤?将自待者厚而所思者远欤?

山故有亭,世传以为叔子之所游止也。故其屡废而复兴者,由后世慕其名而思其人者多也。熙宁元年,余友人史君中辉以光禄卿来守襄阳[9]。明年,因亭之旧,广而新之,既周以回廊之壮,又大其后轩,使与亭相称。君知名当世,所至有声。襄人安其政而乐从其游也,因以君之官,名其后轩为光禄堂;又欲纪其事于石,以与叔子、元凯之名并传于久远。君皆不能止也。乃来以记属于余。

余谓君知慕叔子之风而袭其遗迹,则其为人与其志之所存者可知矣;襄人爱君而安乐之如此,则君之为政于襄者又可知矣。此襄人之所欲求也。若其左右山川之胜势,与夫草木云烟之杳霭,出没于空旷有无之间,而可以备诗人之登高、写《离骚》之极目者,宜其览者自得之[10]。至于亭屡废兴,或自有记,或不必究其详者,皆不复道[11]。

熙宁三年十月二十有二日,六一居士欧阳修记。

注释

[1]岘山:又名岘首山,在今湖北襄阳市南汉水上。

[2]荆州:州名,治所在今湖北襄阳。

[3]羊祜(hù):字叔子,晋武帝时任都督荆州诸军事,镇守襄阳,有惠政。杜预:字元凯,西晋儒将。博学善兵,人称“杜武库”,平吴后封当阳县侯。

[4]“方晋与吴”五句:晋武帝司马炎篡魏以后,有志灭吴,任命羊祜为都督荆州诸军事,准备伐吴。羊祜死时举杜预自代。晋

武帝太康元年(280),命王濬、杜预等领兵平吴,统一了中国。

[5]“至于风流余韵”四句:据《晋书·羊祜传》:“祜出军行吴境,刈谷为粮,皆计所侵送绢偿之。每会众江沔游猎,常止晋地,若禽兽先为吴人所伤而为晋兵所得者,皆封还之。于是吴人翕然悦服,称为羊公,不之名也。”“襄阳百姓于岘山祜平生游憩之所,建碑立庙,岁时飨祭焉。望其碑者,莫不流涕,杜预因名为堕泪碑。”这些都是留传后世,值得称道的事迹。

[6]叔子以其仁:《晋书·羊祜传》:“祜率营兵出镇南夏,开设庠序,绥怀远近,甚得江汉之心。与吴人开布大信,降者欲去皆听之。”

[7]“传言叔子”六句:《太平御览》卷四十三引《十道志》:“羊祜常与从事邹润甫共登岘山,垂泣曰:‘自有宇宙便有此山,由来贤达胜士登此远望如我与卿者多矣,皆湮没无闻,不可得知,念此使人悲伤。我百年后,魂魄犹当此山也。’润甫对曰:‘公德冠四海,道嗣前哲,令闻令望当与此山俱传。若湛(润甫名)辈乃当如公语耳。’后以州人思慕,遂立羊公庙并碑于此山。”

[8]“元凯铭功”三句:《晋书·杜预传》:“预好为后世名,常言‘高岸为谷,深谷为陵’,刻石为二碑,纪其勋绩,一沉万山之下,一立岘山之上,曰:‘焉知此后不为陵谷乎?’”

[9]史君中辉:镇守襄阳的官员。光禄卿:光禄寺的主管官,掌朝廷祭祀朝会等事。

[10]“若其左右山川”五句:一般碑记的体裁,宜写所记事物的自然形势及其沿革。作者用“览者自得之”以及下文的“皆不复道”,是省略的写法。意思是放眼远望而写出忧思愁苦的诗句。其,指岘山亭。胜势,指秀丽的风景。

[11]“至于亭屡废兴”四句:意为岘山亭曾多次毁圮重修,以往也会有碑记,但也没有必要详细说它的兴废经过了,所以这里都不写进去。

评析

本文作于熙宁三年(1070)十月,作者时任蔡州知州。岘山,在今湖北省襄阳市南面汉水畔,以羊祜庙祀、杜预碑刻而闻名于世。本文是应当时襄阳知府史中辉之请而作,通过追慕羊祜、杜预功业,鼓励鞭策史中辉在政事中奋发有为。

文章从山说起,然后到人,再到亭。开头说岘山是汉上“诸山之小者”,而在荆州却特别有名。然后用反诘句“岂非以其人哉”,提起全文。接着介绍让这座小山出名的两个历史名人:一是羊祜,字叔子,晋武帝时都督荆州诸军事,镇守襄阳,以德政怀柔东吴人而名垂青史;二是杜预,字元凯,西晋儒将,善用兵,后为镇南大将军,平定东吴后,封为当阳县侯。他们为晋统一中国立下了汗马功劳,有“其功烈已盖于当时矣”的深远影响,其“风流余韵,蔼然被于江汉之间”,确实“皆足以垂于不朽”。作者特别强调,时至今日他们之所以能得到百姓的深深挚爱与怀念,是因为杜预以战功传世,而“叔子以其仁”。但史书记载:羊祜和杜预都在生前就想名垂千古,人们才为他们建亭刻石于岘山之上。于是,作者在歌颂他们功业之后,笔锋一转,对他们过于追求后世之名提出质疑说:“余颇疑其反自汲汲于后世之名者何哉。”这个承上启下的疑问句,也是作者从人写到岘山亭的建立和杜预碑的刻成的平缓过渡句。作者认为,羊祜慨叹山之永存和杜预希望石之不灭,都是太看重自己的名声了。故有“皆自喜其名之甚而过为无穷之虑”和“自待者厚而所思者远”的遐想。作者指出,其实岘山是依仗羊祜而出名的,杜预将记录自己功业的石碑分别置于山巅、水渊,以求不朽,实际上石亦“有时而磨灭”,这表面好像在批评羊祜、杜预,实际是在批评请作者写记的史中辉。

接下来写岘山亭的兴废、史中辉重修扩建以及作者写这篇记的原因。值得注意的是,史中辉镇守襄阳第二年,还没任何政绩,就迫不及待地对岘山亭“广而新之,既周以回廊之壮,又大其后轩,使与亭相称”,并将后轩命名为“光禄堂”“又欲纪其事于石,以与叔子、元凯之名并传于久远”。他花那么大的人财物力,去刷新、扩建岘山亭,还要推托说是襄阳人“安其政而乐从其游”,自己“皆不能止”所致。既然不是自己所愿,那又为什么去恳求作者作记呢?在这里作者只是客观地转述了史中辉的所作所为,未加褒贬,但作者用意，则不言自明。最后说明自己对《岘山亭记》这样选材，是因为史中辉“慕叔子之风而袭其遗迹”，且是“襄人爱君”之“所欲求”，用两个“可知矣”，言之凿凿地说明，这样写也完全是遵从史中辉的本意。作者又说，岘山的自然风光应该由亲自游览过的文人墨客来写，“至于亭屡废兴，或自有记，或不必究其详者，皆不复道”。文章既没有为史中辉歌功颂德，也没有使两位古代名人的功绩埋没；既表达了自己的仁政思想，又批评了贪图虚名的不良作风。

文章含蓄吞吐，意蕴深婉。清姚鼐评述此文说：“欧公此文神韵缥缈，如所谓吸风饮露、蝉蜕尘埃者，绝世之文也。”（《古文辞类纂》卷五十四）清刘大櫆评价说：“欧公长于感叹，况在古之名贤，兴遥集之思，宜其文之风流绝世也。”（《古文辞类纂》卷五十四）

六一居士传

六一居士初谪滁山[1]，自号醉翁。既老而衰且病，将退休于颍水之上[2]，则又更号六一居士。

客有问曰：“六一，何谓也？”居士曰：“吾家藏书一万卷，集录三代以来金石遗文一千卷[3]，有琴一张，有棋一局，而常置酒一壶。”客曰：“是为五一尔，奈何？”居士曰：“以吾一翁，老于此五物之间，是岂不为六一乎？”客笑曰：“子欲逃名者[4]乎，而屡易其号？此庄生所诮畏影而走乎日中者也[5]。余将见子疾走大喘渴死，而名不得逃也。”居士曰：“吾固知名之不可逃，然亦知夫不必逃也。吾为此名，聊以志吾之乐尔。”客曰：“其乐如何？”居士曰：“吾之乐可胜道[6]哉！方[7]其得意于五物也，太山[8]在前而不见，疾雷破柱而不惊，虽响九奏[9]于洞庭之野，阅大战于涿鹿之原[10]，未足喻其乐且适也。然常患不得极吾乐于其间者，世事之为吾累者众也。其大者有二焉，轩裳珪组[11]劳吾形于外，忧患思虑劳吾心于内，使吾形不病而已悴，心未老而先衰，尚何暇于五物哉？虽然，吾自乞其身于朝者三年矣。一日天子恻然哀之，赐其骸骨[12]，使得与此五物偕返于田庐，庶几偿其夙愿[13]焉。此吾之所以志也。”客复笑曰：“子知轩裳珪组之累其形，而不知五物之累其心乎？”居士曰：“不然。累于彼者已劳矣，又多忧；累于此者既佚[14]矣，幸无患。吾其何择哉？”于是与客俱起，握手大笑曰：“置之[15]，区区[16]不足较也。”

已而叹曰：“夫士少而仕，老而休，盖有不待七十者[17]矣。吾素慕之[18]，宜去一也。吾尝用于时[19]矣，而讫无称[20]焉，宜去二也。壮犹如此，今既老且病矣，乃以难强[21]之筋骸，贪过分之荣禄，是将违其素志[22]而自食其言[23]，宜去三也。吾负三宜去，虽无五物，其去宜矣，复何道哉！”

熙宁三年九月七日，六一居士自传。

注释

[1]初谪滁山：指作者贬谪滁州（今安徽滁州）知州，时宋仁宗庆历六年(1046)，欧阳修年四十岁，自号醉翁。

[2]将退休于颍水之上：指熙宁三年(1070)八月，作者赴蔡州知州途中，因足疾滞留颍州（今安徽阜阳）期间。

[3]“集录三代”句：搜集著录三代以来的金石遗文一千卷。三代，指中国古代夏、商、周三个朝代。金石遗文，指欧阳修所撰《集古录》中所搜集著录的金石拓本。金石，指镌刻文字、纪功颂德的青铜钟鼎彝器与碑碣石刻之类。

[4]逃名：指耿介之士处世低调匿迹，逃避名声。

[5]“此庄生所诮”句：庄子讥诮人害怕影迹却逃于日中。语出《庄子·渔父》：“人有畏影恶迹而去之走者，举足愈数而迹愈

多,走愈疾而影不离身。自以为尚迟,疾走不休,绝力而死。不知处阴以休影,处静以息迹,愚亦甚矣。”

[6]胜道:尽道,完全说得尽。

[7]方:当。

[8]太山:即泰山。

[9]响九奏:奏响九韶。九奏,即九韶,相传为远古舜帝时的舞乐。语出《庄子·至乐》:“咸池九韶之乐,张之洞庭之野。”

[10]阅大战于涿鹿之原:观阅黄帝与蚩尤大战于涿鹿之野。涿鹿,古地名,在今河北涿鹿一带。

[11]轩裳珪组:指身处官场的种种约束。轩,高车。裳,官服。珪,官员所佩带的玉制礼器。组,系印信之带,指官员的印绶。

[12]赐其骸骨:(皇帝)赐我骸骨(退休归老)。其,指代词,我。骸骨,古代官员告老退休称“乞骸骨”,即乞求归老残躯之意。

[13]庶几偿其夙愿:幸得满足我的夙愿。庶几,或许,表示希望。

[14]佚:即“逸”,安逸。

[15]置之:放置它(在一边)。

[16]区区:微小。形容微不足道的小事。

[17]不待七十者:不等待到七十岁才退休。《礼记·王制》:“七十不俟朝。”七十岁不等待上朝,指七十岁致仕退休。欧阳修以有人不到七十岁就已退休,来为自己六十余岁退休作自解。

[18]素慕之:素常羡慕他(不待七十而退休者)。

[19]用于时:指被皇帝信用于当世。欧阳修曾任枢密副使、参知政事等职,获得皇帝信任。

[20]讫(qì)无称:终究没有值得称许的政绩。讫,终究、毕竟。称,称许。

[21]难强:难以勉强。

[22]违其素志:违背我素常的愿望(不待七十而退休者)。

[23]自食其言:自己背弃自己所讲过的话。食,背弃(诺言)。作者五十二岁任翰林学士时,曾与韩绛、吴奎、王珪等人相约五十

八岁退休，现已过限，故云。作者熙宁四年作《寄韩子华》诗，序曰："余与韩子华、长文、禹玉同直玉堂，尝约五十八岁致仕，书于柱上，其后荐蒙恩宠，世故多艰，历仕三朝，备位二府，已过七年，方能乞身归老。"

评析

本文作于熙宁三年(1070)八月，作者赴蔡州知州途中，因足疾滞留颍州一月有余，九月二十七日抵达蔡州。作者自传以明志，极力渲染退居之乐，渲染溺于琴、棋、书、酒、金石遗文的生活情趣，表达急流勇退的心态和"悠游田亩，尽其天年"的愿望。

文章首先简单介绍由自号"醉翁"到更号"六一居士"的变迁缘由。接着作者采用主客问答方式，叙述自号"六一居士"的内涵与志趣。以"客有问"为发端，"六一，何谓也?"居士回答说："吾家藏书一万卷，集录三代以来金石遗文一千卷，有琴一张，有棋一局，而常置酒一壶。"客不解地问："是为五一尔，奈何?"居士又耐心地解释说："以吾一翁，老于此五物之间。"这难道不是六一吗? 这主客问答之间，既诙谐风趣，又表现出居士乐于琴棋书画、诗文美酒的文人雅士风范。客人又带嘲笑的口气问："子欲逃名者乎，而屡易其号?"你沉醉于五物之中是想逃名吗? 又借庄子讥讽"畏影恶迹"者在太阳底下逃走，"走愈疾而影不离身"的故事嘲笑居士："余将见子疾走大喘渴死，而名不得逃也。"居士坦然地说：我本来就知道逃不了名，也没有必要逃名，我更号"六一居士"，就是"聊以志吾之乐"而已。客人又追问："其乐如何?"居士回答说："吾之乐可胜道哉!"当自己沉醉于丰富藏书的博览，沉醉于金石遗文的研究，沉醉于琴曲的乐境，沉醉于棋局的博弈，沉醉于美酒的意趣，那就能使"吾"的精神忘我而升华：泰山矗前而不见，疾雷破柱而不惊，即使舜帝奏九韶舞乐于洞庭之野，黄帝与蚩尤大战于涿鹿之原，都不足以比拟吾之极乐与畅适。继而在辞意顿折的迂回中，居士又提出"常患不得极吾乐"而"为吾累"的两大困扰：一是"轩裳珪组劳吾形于外"，官场束缚，身不由己，使自己无病憔悴；二是"忧患思虑劳吾心于内"，时世忧患，忧思难舍，使自己未老先衰。最终皇上还是动了恻隐之心，准许自己提前致仕归老，“得与此五物偕返于田庐”，实现我的夙愿。最后客人又嘲笑诘问：“子知轩裳珪　组之累其形，而不知五物之累其心乎？”居士又说：我承认“五物”之累，但还是没有官场累，因为官场不仅劳其形，更多忧其心；累于五物，既身心安逸，又幸无灾患。这番话说得客人心悦诚服，于是主人“与客俱起，握手大笑”。

文章采用汉赋主客问答形式，问答风趣，行文活泼，结构跌宕有致，感情真挚动人，表达了作者旷达潇洒、从容淡定的襟怀。明茅坤评述说：“文旨旷达，欧阳公所自解脱在此。”（《唐宋八大家文钞·欧阳文忠公文钞》卷十九）清张伯行评说：“欧公晚年寓意之文。东坡集多得此解。”（《唐宋八大家文钞》卷六）

泷冈阡表

呜呼！惟我皇考崇公卜吉于泷冈之六十年[1]，其子修始克表于其阡，非敢缓也，盖有待也[2]。

修不幸，生四岁而孤。太夫人守节自誓[3]，居穷，自力于衣食，以长以教，俾至于成人。太夫人告之曰：“汝父为吏廉，而好施与，喜宾客，其俸禄虽薄，常不使有余，曰‘毋以是为我累’。故其亡也，无一瓦之覆、一垄之植以庇而为生。吾何恃而能自守邪？吾于汝父，知其一二，以有待于汝也。自吾为汝家妇，不及事吾姑，然知汝父之能养也；汝孤而幼，吾不能知汝之必有立，然知汝父之必将有后也。吾之始归也，汝父免于母丧方逾年[4]，岁时祭祀，则必涕泣曰：‘祭而丰不如养之薄也。’间御酒食，则又涕泣曰：‘昔常不足而今有余，其何及也！’吾始一二见之，以为新免于丧适然耳。既而其后常然，至其终身未尝不然。吾虽不及事姑，而以此知汝父之能养也。汝父为吏，尝夜烛治官书，屡废而叹。吾问之，则曰：'此死狱也，我求其生不得尔。'吾曰：'生可求乎?'曰：'求其生而不得，则死者与我皆无恨也，矧求而有得耶？以其有得，则知不求而死者有恨也。夫常求其生犹失之死，而世常求其死也。'回顾乳者抱汝而立于旁，因指而叹曰：'术者谓我岁行在戌将死[5]，使其言然，吾不及见儿之立也，后当以我语告之。'其平居教他子弟，常用此语，吾耳熟焉，故能详也。其施于外事，吾不能知；其居于家无所矜饰，而所为如此，是真发于中者邪。呜呼！其心厚于仁者邪，此吾知汝父之必将有后也。汝其勉之！夫养不必丰，要于孝；利虽不得博于物[6]，要其心之厚于仁。吾不能教汝，此汝父之志也。"修泣而志之，不敢忘。

先公少孤力学，咸平三年进士及第，为道州判官[7]，泗、绵二州推官[8]，又为泰州判官[9]。享年五十有九，葬沙溪之泷冈。太夫人姓郑氏，考讳德仪，世为江南名族。太夫人恭俭仁爱而有礼，初封福昌县太君[10]，进封乐安、安康、彭城三郡太君。自其家少微时，治其家以俭约，其后常不使过之，曰"吾儿不能苟合于世，俭薄所以居患难也。"其后修贬夷陵[11]，太夫人言笑自若，曰："汝家故贫贱也，吾处之有素矣。汝能安之，吾亦安矣。"

自先公之亡二十年，修始得禄而养[12]。又十有二年，列官于朝，始得赠封其亲[13]。又十年，修为龙图阁直学士、尚书吏部郎中，留守南京[14]，太夫人以疾终于官舍[15]，享年七十有二。又八年，修以非才，入副枢密，遂参政事[16]。又七年而罢[17]。自登二府[18]，天子推恩，褒其三世，故自嘉祐以来，逢国大庆，必加宠锡。皇曾祖府君累赠金紫光禄大夫、太师、中书令，曾祖妣累封楚国太夫人。皇祖府君累赠金紫光禄大夫、太师、中书令兼尚书令[19]，祖妣累封吴国太夫人。皇考崇公累赠金紫光禄大夫、太师、中书令兼尚书令，皇妣累封越国太夫人。今上初郊，皇考赐爵为崇国公，太夫人进号魏国。

于是，小子修泣而言曰："呜呼！为善无不报，而迟速有时，此理之常也。惟我祖考，积善成德，宜享其隆，虽不克有于其躬，而赐爵受封，显荣褒大，实有三朝之锡命。是足以表见于后世，而庇赖其子孙矣。"乃列其世谱，具刻于碑。既又载我皇考崇公之遗训，太夫人之所以教而有待于修者，并揭于阡，俾知夫小子修之德薄能鲜，遭时窃位，而幸全大节不辱其先者，其来有自。

熙宁三年岁次庚戌四月辛酉朔十有五日乙亥，男推诚保德崇仁翊戴功臣、观文殿学士、特进、行兵部尚书、知青州军州事兼管内劝农使、充京东东路安抚使、上柱国、乐安郡开国公[20]，食邑四千三百户、食实封一千二百户。修表[21]。

注释

[1]崇公：作者的父亲，名观，字仲宾。死后追封崇国公。卜吉：占卜风水好的墓地安葬。泷冈：地名，在今江西省永丰县沙溪镇凤凰山下。

[2]有待：等待皇帝封赠。

[3]太夫人：作者母亲郑氏。

[4]免于母丧：除去为母亲守丧而穿的丧服，即守丧期满。古时父母或祖父母去世，规定儿子或长房孙子须谢绝人事，做官者解除职务，在家守孝二十七个月（概称三年），也称守制。

[5]术者：指占卜星相、推算人事吉凶的人。岁行在戌：指岁星运行正在戌年。古时以干支纪年，戌为十二地支之一。欧阳观死于宋真宗大中祥符三年庚戌，正好与术者的话巧合。

[6]博于物:博施于众人。

[7]道州:治所在今湖南道县。判官:州府长官僚属,主管文书事务。

[8]泗、绵二州:泗州在今安徽泗县,绵州在今四川绵阳市。推官:州府长官僚司,主管刑事。

[9]泰州:治所在今江苏泰州。

[10]太君:封建时代官员母亲的封号之一。宋制,朝廷卿监和地方知州等官的母亲封县太君;朝廷侍郎、学士和地方观察等官的母亲封为郡太君;均次于太夫人。

[11]贬夷陵:作者景祐三年作《与高司谏书》,为范仲淹辩解,因而得罪守旧派,被贬为夷陵(今湖北宜昌)县令。

[12]"自先公"二句:作者于仁宗天圣八年(1030)进士及第,任西京留守推官,始得官禄,奉养母亲。

[13]"又十有二年"三句:作者于康定元年(1040)恢复馆阁校勘原职。次年改集贤校理,属于朝中高官,符合赠封亲属的规定。

[14]"又十年"三句:仁宗皇祐二年(1050),作者以龙图阁直学士、尚书吏部郎中、知应天府兼南京留守司事,转吏部郎中,加轻骑都尉。龙图阁,宋代管理典籍文献的官署,设有学士、直学士、待制、直阁等官。这些官号,常常是加给侍从官员的一种荣誉称号。尚书吏部郎中留守南京:尚书,即尚书省,下统吏、户、礼、工、刑、兵六部,吏部掌管全国官吏任免、考课、升降、调动等事务。南京,即应天府,原名宋州(宋代发祥地),在今河南商丘市。留守,宋制,西京、南京、北京各置留守一人,以知府兼任。

[15]"太夫人"句:作者母亲郑氏病死于皇祐四年(1052)。

[16]"又八年"四句:嘉祐五年(1060)十一月,作者任枢密副使。次年八月,拜参知政事。

[17]又七年而罢:治平四年(1067)三月,作者被罢参知政事,出知亳州。

[18]二府:宋枢密院主管军事,中书省主管政事,同为最高国务机关,并称二府。

[19]金紫光禄大夫:官名,战国时置中大夫;汉武帝时改称光禄大夫,掌顾问应对;宋代为散官,加金章紫绶的,称银青光禄大夫;光禄大夫为从二品,金紫光禄大夫为正三品,银青光禄大夫为从三品。太师:官名。周朝设置辅佐国君的官,历朝相沿,以太师、太傅、太保为三公。宋承唐制作为封赠的官号,表示恩宠,并无实职。中书令:中书省长官,宋代为赠官。尚书令:尚书省长官。魏晋以后,事实上即为宰相,宋朝改为加官、赠官,班次在太师之上。

[20]男:古代儿子对父母的自称。"推诚保德"以下为欧阳修当时的全部官衔和封爵。其中除"知青州军州事兼管内劝农使、充京东东路安抚使"为实际职务外,其余都是功臣号、勋号、爵号等空名虚衔。

[21]食邑:即封地。古制卿大夫征收封地的租税作食禄,故称。到唐代已成为虚设。食实封:即实封的食邑。宋制食邑自二百户至一万户,食实封自一百户至一千户,有时可以特加,但都是一种褒奖的名誉,并不像春秋时代诸侯真正享有几千户的租税。

评析

本文作于熙宁三年(1070),作者时任青州知州、充京东东路安抚使。皇祐五年(1053),作者回故里今永丰沙溪泷冈葬母时,撰写《先君墓表》,知青州时改写成《泷冈阡表》,并取青州青石刻碑立于父母墓道上。阡表借用母亲的话语,叙说父亲学行德履,侧面落笔,不落俗套,以虚求实,父德母节,交相辉映。

文章首先简括父亲死后六十年才在墓道上立碑,用"非敢缓也,盖有待也",说明不是有意迟缓,而是有所等待。本打算继续叙说是在等待己之显贵,荣宗耀祖,告慰先灵,但又立即打住,为记叙母亲对父亲处事为人的回忆、对先人受到荣封等情况留下巨大的空间,这是此文在结构上的匠心独运。接着从三个方面来记叙母亲回忆父亲的处事为人:一是为官至廉。父亲一生清廉自守,乐善好施,喜交宾朋,不让微薄的俸禄有所结余,总是说不要因为钱财牵累自己，这在封建社会里是一种很了不起的待物处事观。这也导致他去世之后，家里穷得“无一瓦之覆、一垅之植”的境况，母子窘迫无依，举步维艰。二是奉亲至孝。父亲的孝子之心，集中体现在“祭而丰不如养之薄”“昔常不足而今有余，其何及也”等名句名言中，反映了他的“厚养薄葬”思想和踏实做人、扎实做事的主张。三是为政至仁。在处理案卷时，父亲总是想方设法替死囚寻找活路，求而不得，万分痛苦，认为“求其生而不得，则死者与我皆无恨也，矧求而有得耶？以其有得，则知不求而死者有恨也。夫常求其生犹失之死，而世常求其死也。”其仁慈宽厚，公正廉明，如闻如见，历历在目，也间接地反映了封建社会吏治黑暗和草菅人命的罪恶。

作者运用巧借代言叙事手法，通过母亲褒扬父德，使母亲形象也逐渐凸显，她对丈夫人格与品德的认同与崇扬，以及她在丈夫去世之后自誓守节、居穷教子等细节描述，使一位襟怀开阔、贤惠、刚毅而坚强的母亲形象跃然纸上。这些琐事琐谈，恰如其分地表露出“以死后之贫验其廉，以思亲之久验其孝，以治狱之叹验其仁”的人生哲理。接着描写母亲在父亡之后俭约治家美德。身处逆境而安之若素，她常常告诫儿子“俭薄所以居患难也”，她预料随时都有可能出现困境，她非常赞许支持儿子刚正不阿的处世态度。“其后修贬夷陵”，而“太夫人言笑若”，这充分展示出封建社会一个普通妇女的通达和一位贤淑慈爱母亲的伟大。既写了母亲，也写了父亲，母亲的处世态度、人格魅力，是在父亲遗风遗范的潜移默化中形成。这也是对父亲高风亮节的侧面衬托，以母褒父，父因母成，一举两得。接着叙述作者及其先人受封情况与家世恩荣，结构上与开头的“非敢缓也，盖有待也”相呼应。最后进入“为善无不报，而迟速有时”的主题，处处紧扣“有待”二字，事事彰显“积善成德，必有厚报”的美好结局。这里既表现出作者有一定的封建宗亲观念，也展示他追求修身、齐家、治国、平天下以及注重节操人品的封建士大夫风范。

文章选择几件琐碎小事，语言质朴，代言叙事，一笔双写，叙事怀人，语出肺腑，情真意切。明薛瑄评说此文：“出于肺腑者也，故皆不求工而自工。”（《薛文清公读书录》卷七）清乾隆《唐宋文醇》

说:“朱子谓:韩愈《祭十二郎文》后数百年,而本朝复有欧阳文忠公《泷冈阡表》,其为朱子所心折如此。然以两文较之,其情致悱恻,能达所不能达之隐,所谓喜往后,善自道者,则果相伯仲。若夫垂诸万世,使酷吏读之亦不觉泫然流涕者,欧作固专其美,而韩逊不如矣。”(《唐宋文醇》卷三十一)近人王文濡评说此文“一字一句,俱从至性中流出,此与李密陈情表、昌黎祭十二郎文、震川先妣事略,同为天下古今有数文字”。(《宋元明文评注读本》)